ハヤカワ・ミステリ

RICHARD COLES

殺人は夕礼拝の前に

MURDER BEFORE EVENSONG

リチャード・コールズ
西谷かおり訳

TOKYO HAYAKAWA BOOKS

A HAYAKAWA
POCKET MYSTERY BOOK

MURDER BEFORE EVENSONG
by
RICHARD COLES
Copyright © 2022 by
RICHARD COLES
Translated by
KAORI NISHITANI
First published 2024 in Japan by
HAYAKAWA PUBLISHING, INC.
This book is published in Japan by
arrangement with
PETERS, FRASER AND DUNLOP LTD.
through TUTTLE-MORI AGENCY, INC., TOKYO.

装幀／水戸部 功

殺人は夕礼拝の前に

登場人物

ダニエル・クレメント………………英国国教会の司祭
オードリー・クレメント……………ダニエルの母親。噂話が好き
セオ・クレメント……………………ダニエルの弟。俳優

バーナード・ド・フローレス卿……地元の名士。〈チャンプトン・ハウス〉の主人
ヒュー・ド・フローレス……………バーナードの息子。跡継ぎ。カナダ在住
アノリア・ド・フローレス…………バーナードの娘。ロンドンのホテルの顧問を務める
アレックス・ド・フローレス………バーナードの息子。芸術家
アンソニー・ボウネス………………バーナードのいとこ。チャンプトンの公文書管理担当

ステラ・ハーパー……………………教会の花係
アン・ドリンジャー…………………ステラの助手
マーガレット・ポーティアス………〈チャンプトン・ハウス〉案内人のまとめ役
ボブ・エイチャーチ…………………聖堂管理人。物静かな男性
ノーマン・ステイヴリー……………地方議員
ドット・ステイヴリー………………ノーマンの妻。喫茶室を営む
ドーラ・シャーマン…………………ド・フローレス邸の元使用人。キャスとは双子の姉妹
キャス・シャーマン…………………ド・フローレス邸の元使用人。ドーラとは双子の姉妹
ネッド・スウェイト…………………元小学校校長
ジェイン・スウェイト………………ネッドの妻。オルガン奏者
エッジー………………………………猟場番人。村の雑務を引き受ける。ロマの末裔
ネイサン・リヴァセッジ……………エッジーの孫。祖父を手伝って暮らす

ローナに
（後ろから読んでいるだろうけれど）

光の源《みなもと》である主よ、この世の闇を照らし、
豊かなあわれみをもってわたしたちを守り、
今夜の危険をことごとく防いでください。
祈禱書　夕の祈りより

1

参事会員でもあるチャンプトン聖マリア教会の牧師、ダニエル・クレメント司祭は、説教壇から会衆を見下ろした。きょうの聖句は、旧約聖書の『民数記』からだった。約束の地でなく荒野へ導いたモーセに対し、イスラエルの民が反発をあらわにする場面だ。歴代五十八人の司祭たちも、古今の会衆も、感動することまちがいなしの説教になる。モーセが岩を打つと、奇跡の水が滔々《とうとう》と湧き出して、人々の渇きといらだちを癒し、反乱を鎮めた。ダニエルにも有効な戦術だ。

「モーセや、長旅の途上のイスラエルの民のように、わたしたちも希望を抱きつづけなくてはなりません。未来に目を向け、難題に取り組むすべを見出さなくてはなりません。モーセはメリバの地で岩を打ち、清らかな水を豊かにあふれさせました。わたしたちも新たな水が流れることを、というか水を流すことを、認めようではありませんか。みなさん、わたしたちには新たなトイレが必要なのです」

最後の力強いことばに、人々はおののいた。まるで、口に出すのもはばかられるなにものかを、この場で流したかのように。

聖マリア教会は、高い建築的価値と牧歌的な美しさが際立つ、イギリス垂直様式の宝石のごとき傑作だ。約五百年前に建てられて以来、トイレなしのまま。チャンプトン住民は代々、現在よりはるかに長くひんぱんな礼拝を、粗相《そそう》もせず切り抜けてきた。ついでにいえば、水漏れ多発の九十代まで居座っていた牧師たちも。教会北側の人目につかない壁際に、支度の長い花嫁を待つあいだ聖職者がこっそり用を足した跡を見つけた司祭は、ダニエルだけではないだろう。

陪餐《ばいさん》が始まると、おののきは治まった。ダニエルは聖別したパンを手に、信者たちが歩み出るのを祭壇の手前で待った。ここでやたらと時間がかかる。他の多くの教会と同様、聖マリアでも席は後ろから埋まっていく。前列は、弱きものにもよく見え、よく聞こえるように（補聴器の雑音が静まれば）、空けておく、というていいだ。

「主の近くへお進みください」わずかにじれた声が出た。「あなたのために与えられた主イエス・キリストの体と、あなたのために流された血とを、どうぞお受け取りください」

これだけすすめているのだから、一刻も早く永遠の命にあずかろうと、いそいそと出てくればいいのに。聖歌隊の面々だけは、さっさと並んでパンとぶどう酒を腹に入れると、聖歌を歌うため席へ戻っていった。

だが向かい合う会衆席ではだれも動かない。ようやくバーナード・ド・フローレス卿――地元の名士で、地主で、使用人は多く、欠席も多く、きょうだけはダニエルの頼みで出席――が、最初に立ち上がった。ド・フローレス家の花の紋章がついた指輪をきらめかせながら、一張羅のツイードのスーツ（貫禄という表現でも足りないほどの年季の入りようで、父親のお下がりかもしれない）姿で、一族の家族席から内陣へと進んでいく。足取りがおぼつかないのは、五十七という年齢のせいではなく、ゆうべの気つけのせいだろう。左手の小聖堂内に設置された一族の墓所の前を通るとき、軽く足がもつれた。地下に眠るご先祖たちから、誘いを受けたのだろうか。

後に続いたのは、マーガレット・ポーティアス。直前に、バーナードのいとこで、最近チャンプトンの公文書管理の職に就いたアンソニー・ボウネスが、鬱々とした詩人のような趣《おもむき》でド・フローレス家の家族席から立ち上がったのだが、マーガレットがそそくさと追い越した。バーナードやアンソニーほどは古びていないツイードに、リバティのスカーフを巻いている。ド・フローレス家の一員でも、一般の村人でもなく、その中間のような立場。一家の邸宅〈チャンプトン・ハウス〉とそのお宝を、年に二回一般公開する際の、案内ボランティアの取りまとめ役だ。これは相続税軽減のため、ド・フローレス卿が内国歳入庁と結んだ取り決めだった（みずからの老い先と相続税を思うとき、彼は当然不機嫌になる）。マーガレットは足音もなくバーナードに追いつき、同時に祭壇の前にひざまずいた。

その後には、行列が信心深きワニのようにのたくる。横一列に並んではひざまずく様子は、まるで紙に文字が書かれるよう――綴られるのは、チャンプトンの物語。その序列や、光と影や、認められたものとそうでないもの、幸運なものと不運なもの、高潔なものと道なかばのものの、物語だ。

ノーマン・ステイヴリーもいる。世間の評価を気にする地方議員で、ブレザーにコーデュロイのズボンというでたちで、張り切って歩み出てきた。お次は小学校校長のカトリーナ・ゴーシェ。二人の息子はいっしょだが、無神論者の夫エルヴェは、家でブランチを用意している（陪餐の鐘が鳴ると、あと十五分と読んでブラッディ・メアリーを注ぐのだろう）。晴れ着でしゃちほこばった、未婚の双子姉妹ドーラ・シャーマンとキャス・シャーマンは、落ちつきのないゴーシェ兄弟の後ろについた。

ダニエルは列の前を進みながら、パンを配っていく。

「主イエス・キリストの体……」

「アーメン」

「主イエス・キリストの体……」

「アーメン」

「主イエス・キリストの体……」

ただいた。

「これはどうも」ノーマンはカナッペのようにおしい
オルガニストのジェイン・スウェイトが、感謝の聖歌を弾きはじめた。ダニエルの好きな『主は地に来たまえり』だ。英国国教会華やかなりし十八世紀の曲。

「この一一年を、恵みたーもーう……」

たしかにいい年だ。うららかな春の陽《ひ》が高窓からきらめき、陪餐を待つ信者が中央の通路にずらりと並んでいる。順々にひざまずき、受け取り、立ち上がる。ほとんどはもといた席に戻るが、一人、二人はそのまま立ち去った。帰り際に知り合いから――あるいは牧師から――声をかけられたくないのだろう。

聖歌の響きが消え、教会委員による祈りも終わると、ダニエルは外へ出てポーチの定位置に立った。目の前には、墓石の並ぶ墓地――墓碑銘はもはや判読できず、芝刈りの都合上整列し直されている。境界のむこうに広がるド・フローレス家の庭園は、一七九〇年代に造園家ハンフリー・レプトンが手がけたもので、当時の〝浪漫的〟趣向だろう、池が掘られたり小屋が建てられたりと、いい感じに雑然としている。

その相続者ド・フローレス卿が、例によっていちばんに現われた。「トイレの件、みんなショック状態だったな、ダン」

「へんでしたね。どうしてあんな反応だったんでしょう?」

「教会で、うんちだのおしっこだの、考えるのもいやなんだろう。これはひと悶着ありそうだぞ。午後、うちで話をしないか? お茶の時間に。お母さんを連れてきなさい」

「ありがとうございます」

マーガレット・ポーティアスが、ご主人さまにつき従うように出てきた。ダニエルに向かって、「すばらしい礼拝でしたわ、先生!」とだけ声をかけ、バーナードを追いかけた。

続いては、教会の花係、泣く子も黙るステラ・ハーパーと、その助手アン・ドリンジャーだ。花係のご多分に漏れず、二人もひたすら華々しい装いで、ステラの店の高額商品である、似たような――完全なおそろいではないものの――花柄のドレスを身にまとっている。ステラの上着の襟には、階級章を思わせる、ぐったりした造花のコサージュ。この二人には、残念ながら春の生気は無縁らしい。ステラはやせて筋張ってとげとげしくて、ダニエルの母親にいわせると〝毒アザミ〟だ。アンの方は、でっぷりして、ださくて、どことなく薄汚れている（〝女装した死肉運び〟）。二人とも村の活動に熱心に参加し、礼拝にも休まず出席するが、ニケヤ信経《しんきょう》を心をこめて唱えるわけでもないし、教会暦にも無頓着。頭の中は花でいっぱいなのだ。イースター前の大斎節《たいさいせつ》にはかならず、アンとけんかになりかける。イエスの苦難にならい花も飾らないという決まりを、どうにか破ろうとしてくるからだ。〝いちばん地味なヒヤシンス〟なら違反にはあたるまい、といわれ、じゅうぶん違反だと答えざるをえなかった。どうも彼女たちにとって、教会というのは巨大な花瓶でしかないらしい――聖水盤は都合のいい花器で、祭壇は立派なフラワースタンド、子どもたちは花輪や花束で飾った、動く人形といったところか。

ゴーシェ兄弟は、戴冠式の行進の練習のように、墓地をぐるぐる歩きまわっていた。礼拝のあいだ必死で抑えつけていたエネルギーを、発散しているのだろう。

ステラ・ハーパーは鼻にしわを寄せた。

「ありがとうございました、先生」急にかしこまっていった。「先ほどの……改修の件ですけど。いつ始まるんです？」

「まだわかりません。いまのところは、ただの提案ですよ。どう思われます？」

「不要ですね。配管工事だってむずかしいでしょ」

「そうともかぎらないでしょう。いまはトイレを作る教会が多いですが、配管工事も問題なくできているようですよ。完成したら、水道を花にも使えるじゃありませんか」

「そういう問題じゃないわ。だいたい、音がねえ。神聖なお祈りの最中に、トイレを流す音なんて、いただけないわ」

「いただけませんよね」アンも同調した。

「わたしが前にいた教会区では、トイレを導入しても不満の声はなかったですよ。むしろ、歓迎されました」

「うちの教会区はちがうんです」とステラ。

「よそのまねをしろとおっしゃるんですか？」とアン。

「場所だって、どうするんです？　物置？　鐘楼？」

「聖堂後方に場所はたっぷりありますよ。席が多すぎますから。あそこを有効活用して――」

「ほらね！　司祭ってみんな、会衆席を目の敵《かたき》にするの。だれもかれも、席を爆破したいみたい」

「あれは由緒あるものなんです」アンも加わった。

「ヴィクトリア時代のものですから、由緒といっても比較的新しいでしょう。それまでは何百年も、会衆席に長椅子はなかったんですよ」

「じゃあ、どこに座ってたんです？」

「座らなかったんです。ほとんどの人は、できるだけ立って礼拝をしたんですよ。お年寄りや体力のない人は、壁際の長椅子に座れましたけどね」ダニエルは説明した。

「つまり、あのきれいな長椅子を取っ払って、立ったまま礼拝をやれってこと？」

「いやいや、後ろの二、三列だけですよ。なんにしても、すべて相談の上で進めますから」両手でなだめるしぐさをしたつもりだった。「コーヒーをお飲みになりませんか？」

シャーマン姉妹とともにコーヒー当番を務めるアンソニー・ボウネスが、コーヒーメーカーから発泡スチロールのカップに注いでは配っている。カップホルダーだけが、かろうじておしゃれだ。

ステラはその程度では懐柔されなかった。「相談ねえ？　相談して、思いどおりになさるんでしょう？　考えを変えるおつもりなんてないんだわ。だれもあたくしたちの意見なんて聞こうとしない」

「聞きますとも、ステラ。みなさんの意見を聞きますよ。ただの提案ですから。みなさんがいらないとおっしゃるなら、やめにしましょう」

「はいはい、そうでしょうよ！　でも、会衆席の長椅子を勝手に処分なんてさせませんからね。歴史的価値があるんだもの。おえら方に目をつけられちゃう」

「たかがヴィクトリア時代だ」ジェインの夫で元小学校校長のネッド・スウェイトが参戦してきた。「珍しくもないものだよ、ステラ」

「ご親切さま」ネッドを見もせずにいった。「いま、先生とお話ししてるんです」

ネッドはいざとなると、断固立ち向かう。「この件は教会区会議で話し合おうじゃないか。いいたいことがあるなら、先生を困らせてないで、会議の場で発言すればいい」

ネッドは胸を張り、腰から下げた鍵束をじゃらじゃら鳴らした。ネッドのベルトには、小物入れだの、キーホルダーだの、万能ナイフだの、はては娘がジョークで買ったサンフランシスコみやげのウエストポーチだのが、ずっしりついている。ズボンが下がらないようにするベルトのせいで、ズボンがずり落ちるのではと、ダニエルは気が気でない。

議論はここまで。「ああいいですよ、そうしましょ」ステラは吐き捨てた。「それとね、先生、あしたは花係の年次会議ですからね。びっくりなさるような議題もあるんですよ」出ていくときの憤然とした顔を目にして、思っていたほど味方はいないのかと、ダニエルはかすかに不安になった。

「やっぱりね」ネッドがいった。

「やっぱり？」

「やっぱり騒ぎになりそうだ。変革ってのはそういうもんだ」

2

ダニエルが鍵を回すと同時に、二匹のダックスフンド、コズモとヒルダがけたたましい不協和音で吠え立てた。留守にしたのが一週間だろうが十五分だろうが、いつもこれだ。聖職者と犬は、相性がいい。在宅勤務だし、いなかの教会ならささやかな庭もある。ここの教会も犬にはうってつけで、神が作られた生き物への深い共感が、ポーチの水入れにも記されている。

裏の狙いもあった。来客に向かってキャンキャン鳴くくせを、ダニエルは矯正しないことにした。客の選別に役立つからだ。万人に開かれた家に住むには――まあそんなことは無理だしやめておいた方がいいが――必要な策だ。散歩に連れていけば、都合よく人を引き寄せたり遠ざけたりする。なにより犬のいいところは、人間の思惑だとか、はったりだとか、うぬぼれだとかに惑わされない点だ。愛着の源は、親近感と信頼感だけ。それだから、女王もコーギーを何匹も飼うのだろう。へつらいでない愛情を求めて。

ダニエルは、口笛でファンファーレを奏でた。このところ、これが母親への帰宅の合図になっている。母が牧師館に移ってきて、家のルールをいろいろ変えざるをえなかったが、ルール違反がそのまま定着した例も多い。口笛も、母は表向きは下品で嫌い、といっているが、実は長い人生のあいだに大工のような口笛を身につけており、ダニエルのテーマによく響く変奏で応じるのだ。「ここにいるよ」「わたしだって」という具合に。

オードリー・クレメントは存在感がある。若いころからの強烈な個性は、年を取っても色あせることはなく、むしろ肉体的に衰えた分目立っていた。教皇ピウス九世が、教皇領を失い権威が陰ったタイミングで、自身の無謬《むびゅう》性（教皇が神の導きのもとに下した判断に誤りはありえないとする教義）を唱えて印象づけたのと似ている。

ダニエルはかがんで犬たちの耳を掻いてやると、鍵を引き出しにしまい、もとは朝食室だった母の居間へ行った。日差しはむかしから好きだったが、歳とともに目が弱くなると、明るさをますます欲するようになった。ダニエルは独身者らしいこだわりがあり、もっぱら書斎にこもってすごしていたのだが、母が来てからはこの部屋に誘いこまれることが増えた。暖かく快適なのだ。おかげで本来の居間は、教会区関係の仕事や、社交（というほど精力的に交わってはいないが）にしか使わなくなってしまった。

「おかえりなさい」母はキスを求めて頬を向けた。

「『無人島レコード』にアーサー・スカーギルが出てるの」

王室御用達の古いラジオはBBCラジオ4に合わせ

てあり、聖歌隊の『われをはなたざる』が流れていた。

「労働運動家らしくないな」ダニエルはいった。

「でもそうなの。聖歌と革命歌って、似てるのかしらねえ」

「だろうね。ほかにはどんな曲？」

「エディット・ピアフの『水に流して』」

「そりゃ問題だな。コーヒー飲む？」答えはわかりきっているので、さっさと台所へ行った。

母は最近デカフェに出会い、それだったらかならず安眠できると、気に入っていた。けれどダニエルは、毎朝の刺激をあきらめたくなかった。それで、やかんの横に二つのコーヒーポットと、それぞれのコーヒーを入れた二つのガラスびんが並ぶようになった。二つを取りちがえるときもあるが、おたがいに気づかない。つまり、どちらも単なる思いこみということ。

「ビスケットもねえ！」オードリーが大声でいった。

コーヒーを入れながら、ダニエルは棚からビスケットの缶を下ろした。丸くて、緑色で、むかしながらのブリキ製で、ふたはぼこぼこにへこんでもちゃんと閉まるが、黄色のバラの絵柄は五十年のあいだにかなりはげている。側面にも、緑の葉を背景に黄色いバラの花束が描かれていた。花に縁のあるド・フローレス家にかかわる牧師には、おあつらえ向きの柄だ。

ただのビスケットの缶だが、聖なる器のように大切に思えた。もちろん、中身は聖人のミイラ化した指などではなく、ただの全粒粉チョコビスケット。子どものころから実家にあった缶で、父の死後に発掘し、牧師館へ持ってきた。ささやかな結婚祝いだったのだろうが、半世紀も使われるあいだには、ビスケット以上のものを収めてきた。期待や、ほうびや、満足や、それにプルーストのマドレーヌのような記憶の鍵も。

ビスケット缶の音を聞きつけた犬たちが、マンガのような足音を響かせて、台所へ駆けこんできた。ヒルダが前でコズモが後ろ。しっぽを振り、荒い鼻息を立てている。

〈チャンプトン・ハウス〉でのお茶会は、オードリー・クレメントにとってはおよそ期待はずれだった。既製品のミニケーキや、食堂車で出るようなフルーツケーキは、何百年も続く名家には似つかわしくない。会場の図書室はジョージ王朝時代に、より心地よい住まいをめざした先祖の貴族によって増築されたものだ。邸《やしき》の中でいちばん古いのは中世の私宅礼拝堂で、まるで修道院のよう。それを囲むように、テューダー様式の住居が建っている。ド・フローレス家の資産が増大していた折で、宮殿のように威風堂々としてはいるが温かみはない。十七世紀の終わり、報奨を手に戦地から凱旋した先祖が、バロック様式の立派な正面玄関をつけ加えたが、使い勝手がよくなるのは十八世紀に入り、図書室や舞踏室や応接室が作られてからだ。さらに十九世紀になると、狩りをたしなむ殿方のためのひと区画が建て増しされ、喫煙室やビリヤード室や談話室もできた。

図書室からは庭園が臨める。イギリス屈指の絶景だわ、とオードリーはいつも感心する。マロニエやヒノキ、オークの木立のむこうに、草を食《は》む羊、そのさらにむこうの池のほとりには、午後の銀色の陽光の中に茶色の点々を描くシカの姿。と、ド・フローレス家の飼いネコ、ジュピターが目の前を横切った。真っ白でふわふわで獰猛なジュピターは、普段は図書室の入口で眠っているが、いまは庭園のシカを見やり、奇襲する気満々で窓ガラスを叩いている。

「お茶のおかわりは？」しずくのついたステンレスのティーポットを手に、バーナードがきいてきた。

「ありがとうございます」と答え、揺れ動くお茶の流れをカップで受け止めようとしたが、むずかしい。なかなか高級そうなカップだけど、裏印はあるのかしら。チャンプトンに来て、初めてこの家へ呼ばれてがっかりしたのは、代々引き継ぐお宝のぞんざいな扱いだった。オードリーには貴重なブランド品のカップとソーサーも、彼らにとってはただの道具らしい。壁に並ぶ肖像画も、忘れかけた、あるいはとっくに忘れた親戚のアルバム程度にしか思っていない――大量発生している赤い髪と青い目が、ド・フローレス家の血筋を強烈に印象づけるだけだ。

落胆はほかにもあった。初対面のとき、礼儀正しくバーナードを称号で呼んだところ、むこうは〝オードリー〟と応じたものの、自分もファーストネームで呼んでいいとはいってくれなかった。おかげでいまだに彼をなんと呼べばいいのかわからず、避けつづけている。息子はこんな苦労とは無縁で、最初から〝ダニエル〟〝バーナード〟と呼び合っている。身分ちがいの華やかな世界にも、臆することはない。地位や身分にとらわれないのは、性格というより仕事柄だろう。小さいころは環境に敏感だった。まあ、母親の影響だったのかもしれないけど。

その点、若い世代は気安くファーストネームで呼べる。バーナードと二番目の妻との娘アノリアが近づいてきた。ピンクのカシミヤのセーターに、デザイナー・ジーンズとかいうぴったりしたズボンといういでたちだ。

「オードリー、トイレ騒動、どう思います？」

「大げさよねえ。完成したらみんな喜んで、こんなに大騒ぎしたことなんて忘れちゃうわよ。でしょ？」

「ですよね」アノリアはかわいらしい顔にかかった髪を払いのけた（赤毛とピンクのカシミヤがよく似合うわあ）。「でも、トイレと教会って、なんか似合わないんですよね」

「わたしぐらいの歳になったら、切実よ」

「曾祖父の時代には、家じゅうにトイレが二つしかなかったんですって。部屋はたくさんあるのに、トイレはたぶん……二十部屋に一つとか？　村にだって、屋外トイレは十二軒に一つだけだったって、アンソニーがいってました。大変ですよねえ。たしか、チャンプトン施療院の記録に残ってたんですって。はばかりのある話、なんてダジャレをいってましたよ」

「手を洗うのだって、水差しと手洗い桶よね。わたしが子どものころはそうだったわ。学校の寄宿舎では、いつでも窓は開けておく決まりでね、そうすると冬には氷が張っちゃうのよ。水差しと手洗い桶なんて最悪よ。一度、夜中にトイレに行きたくなったんだけど、凍えるほど寒いんだろうなと想像したらいやになって、洗面器にやっちゃったわよ」

アノリアは笑った。「トイレがないなんて、わたしなら耐えられない。自分専用のトイレがないなんて」

アノリアはロンドンで暮らしており、仕送りのほかに、豪華ホテルの〝特別顧問〟として稼いでいる。そういう職に就いていれば、各部屋にバス・トイレつきが当然なのだろう。

弟のアレックスも会話に加わった。彼もまた典型的なド・フローレス一族で、赤茶色の髪、青い目、姉と同様にすらりとした体つきだが、顔立ちの方は少々残念だ――イギリス貴族にありがちなカエル顔。ただし身につけるのは、高級紳士服ではなくパンクファッションだ。

アノリアとロンドンで同居していることになっているが、コートールド美術研究所に幻滅して退学して以来、彼のいう〝芸術活動〟のためチャンプトンですごすことが増えた。わざわざ古い絵を見るためにコートールドなんかまで行ったわけが、オードリーには理解できない。この家でいくらでも見られるのに。だがアレックスの興味対象は、十八世紀のご先祖の肖像画ではない、というか、そもそもどの時代の肖像画でもない。ロンドン郊外の比較的新しい美術学校から始まった、過激な活動〝ロング・ピッグ〟のアナーキーな熱量に魅了されて、どっぷりはまった。いまは、ジュリアン・テンプルがデザインした前衛的パンクのTシャツを着ている。二人のカウボーイが下半身裸で向き合っている図案だ。六連発銃に見えるのは、なんと性器。「あらまあ」オードリーは思わずいった。「西部劇ってすごいのねえ!」

きまり悪そうに顔を赤らめて、アレックスの方が話題を変えた。

「ワンちゃんたちは元気ですか? 連れてきたんですか?」

「いいえ、留守番。お宝に近づけたらどうなることやら」

以前、コズモが骨董品のペルシャじゅうたんの隅でマーキングしかけたときには、さすがのバーナードもあわてていた。

「たしかに、壊れやすいお宝ばかりだからな」アレックスはいった。「特にこの部屋は。明朝《みんちょう》の陶磁器をきょうだいでどれだけぶっ壊したか、考えたくないや」

アノリアと目を合わせた。

オードリーはほほえんだ。アレックスの背後で、ダニエルがバーナードやアンソニー・ボウネスと、別のたぐいの陶器の話をしていた。「お父さまにお話があるんだった。ちょっと失礼するわね」

「どうぞどうぞ」

オードリーはカップとソーサーを手に、すり切れたじゅうたんの上を歩いていった。「おかわりですか?」バーナードが声をかけた。「煮詰まってしまったかも」

ぜったいにまっすぐには注げないステンレスのポット(注ぎにくいティーポットなんて、だれがデザインしたの?)が、上品なサイドボードの上の保温プレートにのっていた。

「ご意見をうかがいたいんですの。トイレ問題について」

「まさにいま、その話をしていたんですよ」バーナードは応じた。「反応を聞いて、驚かれたでしょう？」

「別に。牧師の口から聞きたくないことって、ありますでしょ。大虐殺とか、核兵器反対とかの話はいいけど、生理現象の話は、わたしはいやだわ。覚えてる、ダニエル？　聖書に出てくる出血の止まらない女について説教をしたとき、途中まではみんな平気な顔だったのに、〝月経〟ってずばり口にしたとたん、震え上がっちゃって」

ダニエルはため息をついた。「忘れてたよ。でも、どうも納得できないな。なにか事情でもあるんでしょうか？」

「さあね」とバーナード。「便所を作るのは、わたしは大賛成だがね。あんな妙な反応が来なかったら、きょうすぐにでも小切手を書くつもりだったんだ。説教の途中で用を足しながら、わたしに思いを馳せてくれるなんて、愉快だからね。しかし、このままじゃまずいぞ」

「ダニエル」アンソニーが口をはさんだ。「チャンプトン施療院の資料に、おもしろいものを見つけたんだ」少しゆがんだままのめがねや、専門用語を多用するところなど、アンソニーはまるでがり勉の中年のようだ。なんだか気に食わないわ。

「はばかりのある話？」彼女は口にした。

「あ、お聞きになったんですね」アンソニーはしゅんとなった。

「ええ、アノリアがいってたの」

「そう、今回がチャンプトン初のトイレ騒動というわけでもないようですよ。老セグレイヴ司祭が一八二〇年代に、たいへんな論争を引き起こしている」

参事会員でもあった老セグレイヴ司祭はド・フローレス家の親戚で、息子の二代目セグレイヴ司祭にその地位を譲っている。二人合わせて、在位百一年だ。

「まだ熱意にあふれていたころに、住人のため公衆衛生設備を整えようと考えたんです。でも、地主が了解しなくてね。小作人にぜいたくを覚えさせたくなかったんでしょう」

「それで、実現したの？」

「いや、血で血を洗うというほどじゃないが、ド・フローレス家と牧師との全面対決になったんです。ド・フローレス卿は有力者だけど、さすがに牧師をやめさせる権限はない。相手は親戚ですしね。そこで、いやがらせに徹したんですよ。牧師館と庭園のあいだの門を全部閉鎖して、教会へ行こうとする小作人に圧力をかけたんです。邸の礼拝堂に、私的に司祭を雇ったんだが、これがまたひどい男でね。で、小作人をそっちに集めて、教会運営を妨害したんです。何十年もそんな調子だったそうです」

「いまの友好関係に感謝だわねえ！」とオードリーがいったとき、時計が五時半を打った。夕の礼拝は六時からだ。心落ちつく祈りのことばは生活に深く根差しており、チャイムを聞いただけで、オードリーもダニエルも無意識に帰り支度を始めていた。

「ほんとにお世話さま」正面玄関まで見送ってくれたバーナードとアレックスに、オードリーは礼をいった。

「ぜひ牧師館へもお昼を食べにいらしてくださいな」

この手の誘いは、いう方もいわれた方も、本気で実現させる気はまずない。

中庭を向いた大きな窓から、陽がななめに射しこんでいた。あざやかなステンドグラスは、一族の栄華の象徴。十五世紀から二十世紀にいたるまでのド・フローレス家当主と、その配偶者の紋章が、図案化されている。敷石の上に、ルビー色と琥珀色とエメラルドグリーンの光が落ちた。「あらきれい。中世の万華鏡だわね」

「中世じゃないですよ」とアレックス。「二十世紀です。初代は戦争の犠牲になったんです。邸を接収されてたとき、戦闘機が滑走路をオーバーランして外壁に激突しちゃって。窓も粉々に砕け散ったそうですよ」

「でも、それをもとどおりに修復したのね、たいへんな技術だわあ」

「ガラスの割れる音って、いいですよね！」アレックスは上機嫌だ。

オードリーは思った。あなたらしいわ。

3

オードリーとダニエルは、ランドローバーまで砂利道を歩いていった。〈チャンプトン・ハウス〉のような豪邸には場ちがいなおんぼろだが、ひねくれもののイギリス貴族は、ぼろ着やポンコツ車を自慢しがちだ。ダニエルがドアを開けてやったが、オードリーは乗りこまなかった。

「ダニエル、なんかにおうわよ」

「どこから？」

「ランドローバーから。なにかあったの？」

「なにも。乗せたのは犬たちとか……干し草とか……キジとかかな」

着任時に贈られた車だった。「社用車みたいなものさ」とバーナードはいって、ギーッと鳴るドアを開けてみせた。車内はまるで、いなかの犯罪現場。レトロなものが好みのダニエルは、しみがまだらについた内装も風格があって気に入ったが、母は毎度毎度、汚れた助手席につまらなかった〈サンデー・テレグラフ〉紙を敷いて座っている。

手入れの行き届いた私道をゆっくりと進んでから、庭園の中を抜ける小径《こみち》へ曲がり、ド・フローレス家の敷地と公道を隔てる門へ向かった。子羊たちが道の真ん中に、危機感ゼロでぼんやりと立っていた。母羊に押されてやっと道路からどきはじめたが、ランドローバーが近づいても急ぐそぶりはまったく見せなかった。

「あのアレックスのTシャツ！」オードリーが漏らした。「びっくりだわあ！　バーナードは気づいてたのかしら？」

「気づかない人じゃないさ。しかし、あれを牧師とのお茶会に着てくるところが、いかにもアレックスだな」

「まったくよねえ。バーナードも、ひとことといってやればいいのに」

「無駄にけんかしたくないんじゃないかな。あるいは、見たくないものは見ない主義なのか。その方が平穏だからね」

「バーナードが遠慮して口をつぐんでるなんて、考えられないわ。一般公開のとき、歴史ある家に暮らすってどんな感じか、熱心に質問した女の人がいたのよ。彼の答えはね、『そりゃあ、〝ピーッ〟みたいに最悪ですよ！』ですって。ピー音の部分はわかるでしょ」

庭園の門の前まで来ると、魔法のように開いた。バーナードが電動式に替えたのだ。門番はもう何年もいなかったし、番小屋はアレックスが住居兼仕事場として占拠してしまった。領地内の領地といったところ。

門のむこうは本通り――ほかに通りといえるものはないのだから、当然すぎる名前だ。店がいくつか並んでいるのが、むかしの城門の外を思わせる。郵便局兼雑貨店。〈花の喫茶室〉。看板にはド・フローレス家の花の紋章が描かれている。ステイヴリー夫妻が、一般公開の日から期間限定で開く店だ。そのとなりは、調子に乗って〈高級婦人洋品店ステラ〉と名乗る店。ステラ・ハーパーが離婚の慰謝料で開業した。ちゃらちゃらした商売に見えて、意外と繁盛している。このあたりでお金に余裕のある女性は、オードリーも含めて全員、ここで奥さま向けブランドの品を買うからだ。

「バーナードみたいな人たちも、苦労してるのよねえ」オードリーは述べた。「戦後、累進付加税が導入されて、地方の名家はみんな破産に追いこまれて、よそへ移ったきり、お邸は朽ち果てて。無事だったお邸だって、接収されてひどい扱いを受けたのよ。戦争ってそういうこと。価値観ががらりと変わっちゃうの」

「ド・フローレス家はそこまで影響を受けてないんじゃないかな。あれだけ資産があるから、うまく乗り切れたように見えるけど」

「影響はあったはずよ。みんな影響されたわよ。ぜんぜん覚えていない？　あなた、バトル・オブ・ブリテン（一九四〇年七月〜十月、ドーバー海峡で英独空軍が衝突した、史上最大の航空戦）のさなかに生まれたのよ。わたしにとっても、血と汗と涙の戦いだったわよ」

「あまり覚えていないな。終戦のときは五歳くらいだった。戦中派じゃなく、戦後派って気がするな。空襲の話は覚えてるよ。あと、ドイツ兵ごっこをして遊んだこととか。学校に義足の先生がいて、エル・アラメインの戦いのせいだってみんないってたな。それともちろん、配給も覚えてる」

　そして数日前、臨終に呼ばれた老人のことも覚えていた。物静かな、まじめな人だったが、死が迫る中、モルヒネを投与されながら、ノルマンディー上陸作戦のことを彼に語った。パリへの進軍中の戦闘のこと。自分より若いドイツ兵を銃剣で殺したこと。それが年を追うごとに重くのしかかり、つねに頭から離れなくなったこと。それでもその記憶を最期まで秘めていたと、妻や息子と葬送式の準備をしていてわかった。

「触れたくなかったんでしょうね」と妻はいった。

「よみがえるのがいやだったんでしょう」

けれど、ダニエルは思った。すべての記憶はいやでもよみがえるのだ。


夕の礼拝で内省的な気分になったダニエルは、わずかな出席者を薄暮の中へ見送りながら、前の任地とのちがいに思いを馳せた。ここへ移ることを決めたときは、みなも、彼自身も、驚いたものだった。

きっかけはアノリアだった。彼女とはロンドンで知り合った。彼女の職場のモトコム・ホテルと、彼の前任の教会、キナートン聖マーティン教会とが、となり合っていたのだ。聖マーティン教会は一八五〇年代、国教会におけるカトリックの復活の時期に建てられており、ロンドンの中心街ベルグレイヴィアに位置しながら、まるでマヌエル様式のリスボンのような風格があった。最初に訪ねてきたときは、彼女の意図がさっぱりわからなかった。オーダーメイドのように見えるビジネススーツを着て、肩にかけた革のかばんから、レシートだの切り抜きだの鍵束だの美容クリームだの香水の試供品だのをつかみ出した末に、ようやくシステム手帳を取り出した。

彼女は提携先を探していた。あか抜けた客のための、あか抜けた披露宴に見合う、あか抜けた挙式会場を。聖マーティン教会なら、見た目の美しさだけでなく動線も完璧だった。新郎新婦は、花で飾られた教会の玄関から出てまっすぐ進むだけで、モトコムの宴会場出入口に着く。というわけで、教会とホテルは、おたがいに損のない契約を交わした。やがて、五月の土曜日に披露宴の予約が入ったがその日教会は空いているか、とアノリアが電話してきても、普通は予約の順序が逆だ、とダニエルが指摘することもなくなった。どんな教会区の牧師でも環境への順応は必須だし、彼のリベラルな対応のおかげで、教会の収入も、四十歳以下の出席者も大幅に増えたのだから。

恩恵はほかにもあった。ダニエルは、夜になってベントレーの超高級車が消えた後、教会の墓地に集まってくるホームレスに食事を施《ほどこ》したいと考えていた。するとアノリアが、ホテルで廃棄処分になる食べ残しのオードブルや、売れ残ったアフタヌーンティーの提供を申し出た。その結果、界隈のホームレスたちは、スモークサーモンやフォアグラやキャビアなど、驚くほど豪華な食事にひんぱんにありつくようになった。しかし、うわさが教会区内のオフィスや商店に広まると、結局割を食ったのは彼らだった。

ロンドン有数の裕福な教会区で、聖書の時代のような貧しさについて説くことの限界をダニエルが感じていたころ、朝のコーヒーの時間にアノリアが、チャンプトンの牧師館に空きが生じたことを教えてくれた。ダニエルはチャンプトンを思い浮かべた。イギリスを代表するような立派な邸のそばに建つ教会。世間の無関心や不景気から守ってくれる、財力のある領主。都会ではなくいなか、上流社会ではなく中流。そしてなにより、彼自身の実家から近いこと。アノリアは、予想どおり彼の心が動いたのを見て取ると、契約締結の手腕をいかんなく発揮して、すべてを手配した。ダニエルはチャンプトンでのランチに臨み、ジンと、ブルゴーニュの白と、ボルドーの赤をたんまり飲んだバーナードから、らくらく合格点をもらった。

なみなみと注がれたワインのイメージが、トイレの水流へとつながり、なつかしむ気持ちは一掃された。そのとき、外のポーチの人影に気づいた。ドーラ・シャーマンだ。輪をかけて愛想の悪いキャスの姿はない。ただのあいさつのために待っているのではなさそうだ。

「ありがとうございました、ドーラ。どうかしましたか？」

「先生、ありがとうございました」

「キャスは？」

「最後の聖歌のときに帰りました。テレビが気になって。それで罰を受けたりするかしら？」

「神は寛大ですから」

「でもわたしは、トイレのことでお話ししたかったんです」

「大歓迎です。賛成と反対のどちら？」

「賛成とか反対とかじゃないんです。会衆席の長椅子のことなんですけど」

ドーラの話し方にはくせがあって、〝の〟が〝にょう〟のように聞こえ、またトイレを連想してしまった。

「席は変えないでいただきたいんです、先生」

「どうしてでしょう？」

「いつも座っているからです。これからもあそこに座るのを、許していただけますよね」


「わたしの許可などいりませんよ。それを心配されていたんですか？」

「あそこにしか座ったことがないんです。あそこだけが居場所なんです」

「わたしたちの居場所は神のみもとですよ。そしてこの教会にも、だれもが居場所があるんです」

「キャスとわたし以外には」

「お二人にも、ちゃんと居場所はあります。あなたがたの教会なんですから」

「そうおっしゃりながら、場所を奪おうとなさる」

「座る場所を移っていただきたいだけですよ」

「先生の方が移られればいいでしょう」

ありえないへんてこな提案に、ダニエルは目をぱちくりさせた。

「しかし……牧師の座る場所は決まっていますから。でないと務めを果たせません。オルガニストが説教壇にいたら、おかしいでしょう？」

「つまり、先生の居場所はなくならない」

「わたしのというより、どの牧師でもそうですよ」

ドーラは考えこんだ。

「教会の席を選り好みするのはよくないって、わかってます。でも、どうしても守りたいんです。多くは持っていないからこそ、いまあるものは手放したくないんです。わかっていただけます？」

「なにも手放す必要はありませんよ、ドーラ。五メートルほど動いていただくだけです。場所が変わるだけで、おなじ椅子に座れますよ」

「わかってます。でも、あのいちばん後ろの列が、わたしたちの場所なんです。あそこから動きたくありません」

「動いてもいちばん後ろになりますから」

　理屈はちゃんとわかっているだろうに、ドーラは頑固だった。

「なぜあそこにトイレを作らないといけないんですか？」

「ほかにどこがふさわしいでしょう？」

「会衆席の幅を減らして作ったら？」

「そうすると、教会の中ほどに目隠しができてしまいますよ。あなたがたの席からだと、祭壇の手前に……」母の注意を思い出した。「……その……トイレが立ちはだかります。それに、トイレに出入りする人が丸見えです」

「だったら、何百年もなしで来たんだもの、いまさら必要ないんですよ」

「でも、教会をみなさんの使いやすい場所にしないと。だれだってトイレには行きますから」

「教会の目的って、なんです？　理想を掲げるだけ？」

　ふと、ロンドンのある教会を思い出した。ヴィクトリア時代の内装の上から高価なＡＶ機器を取りつけ、電動で下りてくるスクリーンには、教会らしくない

（と彼には思えた）聖歌の歌詞が投影されていた。

「変わらないと生きていけないんですよ、ドーラ」

「変わったら生きていけないときもあるでしょう、先生」

4

家に帰ると、オードリーはテレビの前に収まっていた。犬たちはいつものように、駆け出してきて彼を迎え、またすぐにオードリーのひざに駆け戻ると、鼻づらとしっぽをたがいちがいにして丸まった。

日曜の夕食はスープとサンドイッチというのが、子どものころからの伝統だった。かたまり肉のあまりを使って、オードリーが大皿に山ほどサンドイッチを作り――つけあわせはそのときどきで、ピクルスだったりホワイトソースだったり――マグカップに注いだトマトスープとラジオ番組をお供に、家族そろって食べるのだった。このときばかりは、テーブルマナーなどおかまいなし。

いまは、日曜日の昼食は簡単なものが多い。オードリーに手間をかけさせたくないし、ダニエルもたいてい忙しいので、シチューやパイ程度だ。それでも、夜のスープとサンドイッチは変わらない。ただし、旧式のラジオではなく、テレビの前で。台所には、山盛りのサンドイッチが用意できていた。セインズベリーのハムやチーズ、それにポメリーのマスタードを添えて。陶器の壺に入れられ、赤いろうとコルクで栓をしたこのマスタードが、オードリーのお気に入りなのだ。それに、やや水っぽいプラムの手作りチャツネもあった。ダニエルはトマトスープの缶を開け、鍋に入れてコンロにかけた。ラベルの絵とはだいぶちがうが、真っ赤でいかにもおいしそうだ。

温まるまでのあいだに犬たちにエサをやろうと思い、戸棚を開けたとたん、音を聞きつけた二匹がオードリーのひざから飛び下りた。爪が食いこんで、オードリーが小さく叫んだ。例によって、前を走るのはヒルダ、追いかけるのがコズモだ。急停止すると、飢えたような顔で見上げ、しっぽを振った。史上もっとも胸躍ることが始まる、といわんばかりだ。オードリーは、犬に関してあきれるほどたくさんのルールを作っておきながら、全部反故《ほご》にして、ひざにのせたり、ベッドに上げたり、自分の食事を与えたりしている。そのせいで、新しいドッグフードへの興味もすっかり薄れて、このざまだ。

「おすわり」と命じた。彼らが従う命令はこれだけ。エサが出てくるとわかっているからだ。二匹それぞれの前にエサ入れを置き、「待て」と命じてから、食べてよしと指示した。二匹は大喜びで食べはじめたものの、その喜びは長続きしない。一瞬頭を下げて、上げたときにはもう食べおわっている。これが毎回二匹には意外なようで、そんなはずはないと、空の容器をいつまでも嗅いでいる。

ダニエルと母の食欲はそこまでではなかったが、犬たちを床へ落ちつけると、テレビを見ながらサンドイッチとスープを食べはじめた。オードリーによると、後で〝歴史もの〟の映画がオンエアされるらしい。トム・コンティが悩める教皇を演じるそうで、日曜の夜にふさわしい娯楽になりそうだ。ただしその前の番組は、芸能界の人気者が別の人気者にインタビューするという内容で、ダニエルには牛乳の代替品なみの薄さに思えた。オードリーにとっては、好き勝手に毒舌を吐いてうっぷんを晴らすいい機会。七十代に突入してから、世の中への不満はたまる一方だ。

「ちょっと見てよ……あの男の人、不細工だわあ。髪型なんて外国の娼婦みたいだし、それにあの鼻！……あんな人、よく見つけたわねえ。そりゃあね、歓楽地なんかでは珍しくもないんでしょうけど、テレビに出す必要ある？……まるで最悪な老人ホームだわね、やかましいテレビを囲んで、いつお迎えが来るかとびくびくして……」

ダニエルは祖母を思い出した。貴族の古い邸宅を悪趣味に改装した、富裕層向けの老人ホームで晩年を送り、〝ひとの不幸は蜜の味〟をモットーにしていた。おなじく裕福な職人の夫を亡くした老婦人とつるんで、低級と見なした入居者が近づきになろうとすると無視し、生意気な入居者の遺体が運び出されるときには、二人して高笑いした。その気概も、ダニエルが最後に見舞ったときには尽きていた。ベッドから落ちて全身を痛め、会話もできなかった。塗油を行なって祈りを捧げ、力ない手を包んでやった。もういいかと離そうとしたが、祖母は行かないでというようにぎゅっと握りしめてきた。彼も握り返し、それから手を離して、立ち去った。祖母はその夜、だれにも看取られずに亡くなった。以来ずっと悔やんでいる。

映画が始まった。まるで説得力のない筋書きで、ダメ教皇の迷走を見ながら母は寝落ちしてしまった。ダニエルはワゴンを台所へ押していって、洗いものをした。

犬たちが吠え出した。静かにと命じたとき、外で車のドアが閉まる音がした。日曜の夕の礼拝の後で、訪ねてくる人などいないはず。玄関からのぞくと、見慣れない車が停まっていた。新しい。ぴかぴかの新車というだけでなく、新型車だ。コンパクトだが馬力があるハッチバック、通称ホットハッチの、ゴルフGTI。母の〈テレグラフ〉紙でべたぼめされていた。つつしみ深いが力持ちで、小型車とスポーツカーのいいとこどり、と。犬たちが台所へ駆け戻っていく前に、だれが来たのかわかった。聞き覚えのある大声が響いてくるし、犬たちがこんなに大興奮でキャンキャン騒ぐ相手は、ほかにいない。

いつものように連絡なしでやってきた、弟のセオだ。

「ダン、この車、どう?」

二人はハグした。セオだけは、ダニエルに抵抗する隙を与えずハグしてしまうのだ。羽交い締めにして封じこめるようなハグだが、弟の方が小柄で細身なのが、ご愛嬌。しかもしがみついたまま背中を叩いてくるので、ますますプロレス技を連想してしまう。セオの世界では、スキンシップが礼儀なのだろうか? 潔癖で遠慮がちなダニエルを、暗にたしなめているのか? 子どものころから習い性となった、十歳上の兄への自然な愛情表現? ダニエルは順調に中年らしくなってきたのに対し、セオは演劇学校を卒業したときと変わらず若々しい。

ダニエルは弟の抱擁からさりげなく身を引きはがし、全身を眺めるふりをした。「元気そうだな。羽振りもよさそうだし」

「悪魔にすがりついておこぼれをもらってるだけさ」

「悪魔もずいぶんと気前がいいんだな」

「ま、あぶく銭だよ」

セオは、顔以上に声が有名だ。この声で、チョコレート菓子や、制汗剤や、チュニジア旅行や、生協の葬儀を売りこんでいる。どういう仕組みなのかダニエルにはさっぱりだが、おかげでセオは去年、ロンドン郊外の小さなテラスハウスも、ゴルフGTIも買えた。だが、そういうもうけ方を恥じている節もある。ソープオペラ『アップルツリー・エンド』で演じた脇役、ヘンリー・ヘーゼルタイン巡査についても同様だ。高貴な生まれを隠し、見せかけだけは静かな村で、異様にひんぱんに起こる凶悪犯罪に振り回される警官という役で知名度が上がったのだが、ダニエルがそうほめたら顔をしかめていた。

「セオ!」オードリーが、少し寝ぼけた様子で出てきた。「びっくりだわあ! おなかすいてない?」

全員で台所のテーブルにつくと、母がかいがいしく世話を焼いた。息子二人がそろったときのつねだ。サンドイッチをどうぞ、スープもどうぞ、のどが渇いてるんでしょう、飲み物もどうぞ。

ダニエルは冷蔵庫から、きのう開けたシャルドネのボトルを取り出した。新世界ワインらしくオークの風味が強いので、古さは気になるまい。二つのグラスに注ぎ、母にも飲むかきいたが、ノイリー・プラットの方がいいという。食前酒として愛飲しているが、ほかに飲む人をダニエルは知らない(ブラウンストンベリーの酒屋は、彼だけのために一、二本取り置いてくれている)。フランス的で感じのいいラベルがついたノイリー・プラットを、母の居間の戸棚から取ってきてやった。

それぞれがグラスを手にしばらく座っていた。唐突にセオが、はるばるロンドンからやってきた理由を発表した。

「今度、ドラマに出るんだ。『牧師と医師と』っていうタイトルで、司祭と医者が主人公なんだ。驚くなよ、ダニエル。ぼくが司祭の役なんだぜ。北部ウェイクフィールドで神に仕える、ぶっきらぼうなスタンリー・ダーンリー司祭。医者の方は――女医なんだけどね―

——エディンバラの聡明なシーラ・ケネディ医師」

「撮影はいつから？」

「二カ月後かな。ITVで全六話だよ」

オードリーが漏らした。「あらあ、残念」

「ITVはちゃんとしてるよ。『華麗なる貴族』、見てたじゃない」

「あれってITVだったの？」

「そうだよ。知り合いもみんな見てたんでしょ。すごく豪華だったよね」

「ほんと。カースル・ハワードの豪邸で撮影してて、『ゴッドスペル』で洗礼者ヨハネを演じたジェレミー・アイアンズが出てて。お父さんなんて、司祭があらすじを説明してるのを聞いて、それ以上いうなって止めたのよ」

「今度のはどんなドラマ？　殺人事件を解決する役？」

「いや、いわゆる〝ほのぼの系〟だよ」

「セオにぴったりねえ」とオードリー。

セオはくつろいで、両腕を頭の後ろで組んだ。セーターの穴があらわになり、オードリーは思わず見つめた。正反対に見えて、兄弟は実はそっくりだ。二人とも几帳面。セオはむしろ感情豊かで、だらしなく見えるけれど、役の準備となったらこだわりは相当なものだ。妥協を許さず、ときとしてしつこいほどになる。以前、『点呼』で戦争捕虜の役をもらったときに、聖堂管理人のボブ・エイチャーチは日本軍の捕虜だったとオードリーが教えたところ、さっそく話を聞かせてくれと頼みこんだ。相手の反応にも頓着なしなので、ダニエルがほどほどにと注意するはめになった。

今回対象にされたのは、当然ダニエルだった。「一日か二日、ついてまわらせてもらってもいいかな？　牧師の生活の基礎を——できれば応用も——つかみたいんだ」そういいながら、ほぼ空になったワイングラスを大仰に差し出した。

ダニエルはおかわりを注いでやった。「どんなことを知りたいの？　お医者さんと結婚してるヨークシャーの不愛想な牧師と、わたしとでは、共通点はそんなにないかもよ？」

「いや、細かいことをちゃんと知りたいんだ。着るものとか、道具の持ち方とか。ボタンのかけ方がちがうだの、バスのルートがおかしいだのって、すぐに抗議が来るんだからさ」

ダニエルもドラマにそういう不満を抱くことはあるが、カリカリしないよう肝に銘じている。『バーチェスターの塔』のひどいまちがいは、いまだに忘れられない。夕の礼拝で歌われた聖歌がたっぷり二十年は時代遅れで、気になるあまりストーリーに集中できなくなってしまった。

少々考えてからきいた。

「どうしてドラマでは、いつも聖堂にろうそくが灯ってるんだ？」

「だって、聖堂っぽいから」

「それがおかしいんだよ。ムード照明なんかじゃない、ちゃんと意味があるんだ。それと、だれかが教会に来るとかならず牧師がいるだろ。そんなはずないのに」

「ドキュメンタリーじゃないんだって。ドラマなんてしょせんは作り話さ。『ロミオとジュリエット』で、えーっ、バルコニーまで聞こえるわけないよ、なんていう人、いないでしょ。けど、どうして牧師は教会にいないの？」

「教会でやる仕事はほんの一部だからだよ。礼拝を執り行なったり、花祭りを開いたりはするけど——ああそういえば、今年のプログラムに歓迎のことばを書くんだった——でも、ほとんどの時間は教会区ですごしてる。会議をしたり、牧師補と雑務をこなしたり、家族を亡くした人を訪ねたり、病院へ見舞いに行ったり、老人ホームで陪餐をしたり、集会に出たり。いちばん多いのは、机でなにか書いているか、電話をしているかだな。そんなのを観察してどうする？」

「書くって、なにを？　説教の原稿？」

「説教もだけど、それより手紙とか推薦状、あと日誌かな」

「そういうところを見せてよ」

「説教の原稿を書くところなんて見ても、なにかひらめいたりするかな。それより、説教を聞いて感じ入ってもらいたいもんだ」

「いや、意識せずにやってることが大事なんだ。そういうのを知りたい」

「なるほどね。だけど退屈するぞ――たいしたことはしてないから」

「やることがいっぱいあるんじゃないの？」

「ぼーっとしているわけじゃないよ。行動してないってこと」

「どういう意味？」

「なにかをするんじゃなく、ただ存在するのが牧師の仕事なんだ。それと、祈ることも。そんなのが参考になるかなあ」

セオも考えこんだ。「だったらさ、直接レクチャーしてくれない？　ダン自身にとっても発見があるかもよ。ぼくの姿を見て気づくこともきっとあるだろ」

「それこそご遠慮申し上げたいな」

「別にあがめたてまつるつもりはないからさ、心配しなくていいよ」

珍しく黙って聞いていたオードリーが、鼻を鳴らした。「小さいころは、ほんとうにあがめたてまつってたじゃない。最高のお兄ちゃんって」

「いまも最高だよ、いまもお兄ちゃんだよ」

「セオちゃんだって、よくがんばってるわよ」オードリーはそういって、昼食の残りのカスタードプリン――セオの好物――が入ったガラスの器を渡した。

「わかった」ダニエルはいった。「ただし、わたしが見ていいといったときだけだよ。はずしてほしいといったら、従ってくれよ」

「了解」

「就寝前の祈りの時間だ。行動しない様子を見に来る？」

「行くよ。なにか持っていく？」

「いいや。大勢でやる礼拝とはちがうから」

裏口から出ると、コズモとヒルダがついてきた。庭と教会の敷地とを仕切る、古い門をくぐる。目の前は聖具室《ヴェストリー》。袖廊に寄りかかる形で建つ、中世ふうの差しかけ小屋だ。きりりと気持ちのよい夜で、星々が瞬いていたが、犬たちが墓地でアナグマのふんの上を転げまわりそうだったので、足を急がせた。

「コズモ！　ヒルダ！」聖具室のドアを開けて呼ぶと、たちまちなだれこんできた。暗く人気《ひとけ》のない教会の中で、長椅子のあいだをちょこまかと走り、止まってにおいを嗅ぎ、また走り出す。これでは、ネズミやコウモリも礼拝への参加を見合わせるだろう。

就寝前の祈りに人間の参加者がいたのは、いつが最後だったか。修道院では伝統的に、一日の最後の務めとして、寝床へ向かう修道士や修道女が口にする祈りだ。ダニエルが学んだ神学校では、この祈りが学生に就寝を促す役目を担っていた。夜更けまで部屋で飲み会を開く多くの学生にとっては、わずらわしいだけだったが。ダニエルはそうした誘惑には基本的に応じず、大切な日課としていまもこの祈りを守っている。そもそも、このひっそりとした時間帯が好きなのだ。教会区民たちに心を寄せ、この世でもあの世でも彼の祈りを必要としている人たちを思う時間が。明かりもつけずに祭壇へ歩み寄った。見えなくても完璧に頭に入っている。

セオはこわごわとついてきた。「電気をつけないの？」

「闇の中で祈る」

「ふうん。ぼくはどこにいれば？」

ダニエルは指示した。「聖歌隊の席に座ってるといい。音を立てないように」

そして、祭壇の二本のろうそくに火を灯した。

セオがいった。「ほらね、やっぱり聖堂でろうそくを灯してる」ダニエルは答えず、所定の席についた。

本棚に並んでいるのは、祈禱書、聖書、付属書、聖歌集、それに『日々の祈り　早朝から就寝まで』。堅信へと導いてくれた司祭が亡くなって、神学校時代に譲り受けたときには、すでに古びていた本だ。たくさんはさんであったリボンは、装飾ではなくしおり。それぞれ端がほつれないよう、透明のマニキュアがしずくのように塗ってある。左側には、シャープペンシル（予備も）、消しゴム（予備も）、礼拝で唱和の高さをそろえるための音叉、それから、現代技術の最高傑作と思っているふせん。

『日々の祈り』を開いたが、手順は毎晩おなじだし、内容も暗記している。いつもと変わらず、導入としてイエスの祈りを心の中で唱えた。主イエス・キリスト、神の子よ、罪人のわれをあわれみたまえ。ひとつひとつのことばをゆったりと、呼吸に合わせて唱えるうち、身も心も鎮まって、トイレ騒動も、ステラ・ハーパーの敵意も、アレックス・ド・フローレスのTシャツも、すべてが意識から消えていった。かわりに雑音一つない静謐が広がり、海のようにさらに深まっていった。

次の瞬間、犬たちがうれしそうにのどを鳴らす音で、静寂は破られた。早くも退屈していたセオが、腹をなでてやったのだ。

5

チャンプトン聖マリア教会は、由緒ある教会のつねで、二つの働きを果たしてきた。神のための働きと、世俗のための働きだ。むかしは会衆席の一角にビールが貯蔵してあって、やれ王政復古記念日だ、やれ火薬陰謀記念日だといっては、派手に飲んでいた。ジョージ国王の狂気からの解放を祝ったときには、当時のドロ・フローレス卿が四つ辻に記念碑まで建てた。現代人には理解しがたい代物だ。ビールがあまりに横行して、地主も牧師も見逃せなくなり、ヴィクトリア女王の時代には体面が優先されるようになった。

だからといって、世俗のための働きがなくなったわけではない。教会区会議――マルティン・ルターが破門されたヴォルムス帝国議会なみに重要だ――や、おそらくチャンプトンの教会行事の中でもっともやっかいな、花係の年次会議がそれだ。ステラは月曜夜の開催を決めた。ダニエルの週一度の休日だ（オードリーいわく、「わざとそうしたに決まってるじゃない」）。

ステラとアンの呼びかけで、花係の女性たちが集まってきた。教会通りの両脇の急な土手を、プリムローズが点々と彩っていた。復活祭前後のこの時季が、チャンプトンはいちばん美しい。マツユキソウやスイセンが春の訪れを告げ、若い緑が萌え出る季節。この教会通りを、ダニエルはほぼ毎朝、犬たちと新聞販売店まで歩く――〈タイムズ〉にのっているニュースにしろ、カウンター越しに聞くニュースにしろ、彼が知るべきことを手に入れるために。副牧師だったころ、教会区で起こることはなんでも知っているつもりでいたが、実は知らされる順は最後だった。だれが、だれに、なにをしたのか判明したときには、せいぜいで善後策を考えることしかできない。だから、問題の種はないか、つねにアンテナを張っていなければ。もとから鋭敏だった洞察力は、いよいよ研ぎ澄まされている。

　とはいえその夜は、善後策など念頭になかった。教会後方は満席だった。そこへ向き合う形で、アン・ドリンジャーたちがテーブルを出していた。アン、ステラ・ハーパー、ダニエル（職務上いたしかたない）、それに教会委員であり、領主バーナードの代理でもあるアンソニー・ボウネスの席だ。最前列には、オードリーとセオが陣取った。ステラは、敵対勢力の結集かと警戒した顔になったが、セオの登場が巻き起こしたざわめきは好都合だったらしい。黙認することにして、恩着せがましくほほえんでみせた。ダニエルは、二人にじろじろ見られているようで落ちつかず、来ていいといったのを後悔しはじめていた。

　年次会議自体はスムーズだった。議題は係の再任だけで、反対する人などいないからだ。ただしオードリーだけは、賛成の挙手を少し渋っていた。続いて会計担当のアンが収支決算を提出し、問題なしと認められた。それからアンは、委員長のステラ・ハーパーへの感謝決議を提案した。チャンプトン聖マリア教会のみなが、「聖歌や礼拝だけでなく、神の美しき創造物によっても讃美を捧げられる」よう心を砕いてくれていることに対して。いつもどおり華々しいな、とダニエルは思った。

　ステラは立ち上がった。「ご存じのとおり、今年のテーマは〝遥かなる空〟です。宇宙時代が到来し、目を見張るようなすばらしい作品も生まれるでしょう」ダニエルは、スペースシャトル・チャレンジャー号の爆発事故を思い出した。「そして、花祭り当日の五月二十二日は、聖霊降臨日にあたります。ご存じのとおり、これは聖なる御霊《みたま》が炎の舌となって、あるいは一説によるとハトの姿で――」ダニエルのお墨つきを得るかのように、うなずきかける。「――降《くだ》ってきたことを祝う日です。さらに、昇天日の直後でもあります。そちらの窓に描かれているように――」と指し示す。「――イエスが弟子たちを離れ天国へ昇っていった日ですから、うってつけですよね。花係のみなさん……と、もうお一方――」唯一の窓掃除ボランティアであるアンソニーを目顔で指すと、会衆席がかすかに笑いさざめいた。「――ご意見とご賛同に感謝申し上げます。ご存じのとおり、今年の花祭りが過去最高のものになるよう願っております」

花係の女性たちはうれしそうだが、教会区会議的には、彼女たちの活動は少々やりすぎだ。

「準備は順調に進んでおります。五月十八日の水曜日までに展示を完成させないといけませんので、お忘れなきよう。〈イヴニング・テレグラフ〉の記者が金曜日に来る予定なので、木曜日が最終点検になります」

最終点検、またの名を虚栄のかがり火。生けた本人のあずかり知らぬところで、バランスの悪い花やはみ出たツルが容赦なく除かれる。

「さて、ほかになにかありますか？」

いつもならこれが閉会の合図で、次回の日程を告知し感謝の祈りを捧げて、荷物をまとめ退出することになっている。しかしきょうはアン・ドリンジャーが声を上げた。

「はい、もう一件あります、委員長」

みな手に取った荷物を黙って下ろしたが、ドーラ・シャーマンだけは聞こえよがしに舌打ちすると、コートも帽子も着けたまま座り直し、わざとらしく腕時計を見た。

「花祭りは年々盛況になっています。そこで、お花の部屋を拡張して、設備を充実させるべきという意見があります」

ダニエルは顔をしかめた。そんな話は聞いたことがない。

ステラが立ち上がった。「そうなんです。ドリンジャーさんも委員会もあたくしも、教会のみなさんや外部からの見学者の期待に応えるには、いまの設備では心もとないと以前から感じておりました。水もかぎられていますし、スペースもとても狭く、しかもほかにも使う方がいらして――」オードリーをじろりと見る。「――特に花祭りの準備や開催は、とてもやりにくいんです。ご存じのとおり、それに先生が最近おっしゃっていたとおり――」今度はダニエルを見る。「――新たな変化を受け入れていくのは大切なことです。そういうわけで今回、多額の寄付の申し出があったことをお知らせいたします。教会区会議の総意といたしまして――」教会区会議のメンバーだがなにも知らされていなかったダニエルとアンソニーは、顔を見合わせた。「――計画実現のため、この機会にさらなる資金集めを開始する所存です。みなさまには、教会区会議への献金を正式にお願いしたいと思います」

「賛成の方は挙手をお願いします」アンが横からいった。ほとんど全員が反射的に手を挙げた。例外はダニエルと、ネッド、アンソニー、オードリー。けれど、挙がっていない手を数えるのは困難だ。オードリーがひざの上でバキバキ音がしそうなほど強く固めているこぶしには、だれも気づかなかった。

「可決されました!」

「ちょっと待って!」ネッドが声を上げた。

「スウェイトさん」ステラがきつい声を出した。「なんなんです?」

「教会区会議で協議中の別の設備充実案が、ないがしろになっているんじゃないかな?」

「花係も教会区会議も、教会の設備をよくしたいという思いはおなじじゃありません?」

「トイレの件はどうなるのか、きかせてもらいたい」

ステラはネッドをぎろりとにらみつけた。

「そういう計画は含まれません。そっちを支持する人はそんなにいないでしょ。だいたい、トイレなら近くで借りられますもの」オードリーを見た。「牧師館とかね」

「そう、たしかに」とネッド。「この会議中にも、そういう事態が多発しているね」ちょうどそのタイミングで、くだんの場所から戻ってきたマーガレット・ポーティアスは、みなの注目にすくみあがった。「まして、教会内でお茶やコーヒーをたっぷりふるまうようにでもなれば、ますますトイレ設置の必要が生じるんじゃないか？」

オードリーはにんまりした。チャンプトンで賛成票を集められるのは、ステラ・ハーパー一人ではない。

「それから、その計画だと長椅子を減らすことになるんじゃないかな？」

「まったくなりません。最初から長椅子の保存をめざしています。国内有数の、十五世紀の傑作ですもの」

「あるいは、ヴィクトリア時代のたいしたことない品かも」

「ヴィクトリア時代のようには見えませんねえ。ボウネスさんも同意見ですよ、ご存じのとおり、その道にくわしくていらっしゃいますけど」

アンソニーは立ち上がった。「そうはいっていません。少なくともいくつかはヴィクトリア時代の可能性があるけれど、調査しないと。その結果長椅子を減らすことができれば、両方の計画を実現できるんじゃないでしょうか？」

オードリーが手を挙げた。ステラが気づかないふりをしたので、その手を振ってみせた。

「クレメントさん、どうぞ」

「長椅子に歴史的価値があるかないかわからないなら、仮に教会区会議で承認されたとしても、計画を進めるのは無理なんじゃありません？　そもそも承認されるかどうか、あやしいけど」

「じゃあどうしろとおっしゃるの？」そう吐き捨てて、すぐに後悔した。

「その寄付金とやらを、当初の計画どおりトイレに使えばどうお？」

「それだって長椅子の削除を伴いますよ」

「そうとはかぎらないわよ。場所をもっとうまく使えばいいんだわ。たとえば……これはただの思いつきですけど……お花の部屋をリフォームしてコンパクトにするとかね」

「それじゃあ本末転倒だわ。あたくしがいった寄付というのは、花係の活動のためと明確に決められてるんです、排泄物のためじゃなくね」

アンが唐突に立ち上がった。「きょうはこのあたりにしましょう。検討すべき課題がいろいろ見えてきましたね」ステラをちらりと見やる。「まずは長椅子について、専門家の見解を求めたらどうでしょう。その点がはっきりしないと、前へ進めませんから」

同意の声がぱらぱらと上がった。

「それではさっそく、長椅子の年代と価値を特定することにしましょう。本日はありがとうございました。次回の会議はいつにします？　花祭りの二週間前がいいんじゃないかしら。五月九日月曜日の七時でどうでしょう？」

みなバッグを開け、手帳を取り出し、ペンのキャップをはずした。

「最後に先生、お祈りで締めくくっていただけます？」

全能の神を待ちかまえるかのようにしんとした。

「みなさんで祝禱を唱えましょう」

「主イエス・キリストの恵み」みなは幼稚園で習ったとおりに口ずさんだ。「神の愛、聖霊の交わりが、わたしたちとともにありますように。アーメン」

ステラがそそくさと出ていこうとしたが、ダニエルが直前で捕まえた。「ステラ、少々お話をいいですか？」

「もちろん、すぐにうかがいますけど、ちょっとだけ失礼」戸口のアンのところへ走っていった。『チャンプトン聖マリア教会　花係規約』を配るらしい。ガチガチに凝り固まった教典のようなものだ。

ダニエルが椅子をたたんで片づけはじめると、アンソニーが手伝いに来た。「初耳だったよ。ダンもだろう？」

「はい。予想外でしたけど、いくらか納得しました」

「ほう？」

「先日の夜、教会に電気がついているのを見たと、母がいっていたので。ステラとアンが『あやしい動きをしていた』って。片づけをしていると弁解したけれど、そうは見えなかったらしいです。アンは長椅子のあいだに四つんばいになって、探しものでもしている様子だったそうです」

「なにをしていたんだろう？」

「知りたいですね」

当の二人が近づいてきた。アンはファイルを手にしている。

「じゃあ、これで」アンソニーはいった。「連絡待ってるよ。今夜ならいつでもだいじょうぶだから」

オードリーは、花係とのバトル勃発を察したようだったが、アンソニーが彼女とセオを押しとどめ、戸口へ向かわせた。

「あたくしになにか？」ステラがきいた。

「ええ、さっきの発表が少々思いがけなかったもので」

「思いがけない？　どうして？」

「委員会で話し合ったといわれましたけど、記憶にないのでね」

「ああ。常任委員会のことです。そういわなかったかしら？」

「常任委員会ですよ」アンもくりかえした。

「そんなものがありましたっけ」

「ええ、ありますとも。むかしからありますよ、急ぎの対応が必要なときとか、通常の委員会に諮《はか》るまでもない案件とかのために。先生がいらっしゃる前からね」

「教会の改修計画も、そこにあてはまるんでしょうか？　急ぎの案件、些末な案件ですか？」

「まるで、あたくしたちがまちがってるみたいなおっしゃり方」

「委員会で話し合っていないことを、話し合ったとおっしゃったわけですよね。年次会議の席上で。適切な進め方とはいえないように思いますが」

「だったらどうなるんです？　教会区会議の承認を得ないで進めようなんて、夢にも思ってませんよ」

ステラ・ハーパーのことだ、すでに大々的に支持者を集めているに決まっている。

「まず教会区会議の承認が得られてから、年次会議で報告するというのが順序です」

「あら、そうなんですか。今後は気をつけるようにしますわ」

「そういうわけですから、教会区会議の議長としては、この件を一から検討しなくてはなりません。詳細もまったくわからないですし」

ステラは虚を突かれたようだ。少し考えてからいった。「なにをご説明すれば？」

「図面を見せてください」

「図面ってほどじゃないの、ただのざっくりしたアイデア。反対されるようなことはなにひとつないんですよ」

目線を送られたアンが、ファイルから紙を一枚取り出した。

「こちらです」といって、片づけかけていたテーブルの上に広げた。

図面だった。建築家が描いたらしい、詳細な図面だ。大幅に拡張した花の部屋と、カウンターキッチンが、聖堂後方をほぼ占拠していた。

「大胆な構想ですね」

「ただのスケッチですって。まあ要は、こんなふうに花の部屋を広くして、そうするとここに――」キッチンのあたりを指さす。「――簡易調理台を作れるんです」

「台所を？」

「いいえ、ただの調理台。カウンターといってもいいわね。本格的な料理をするためじゃなくて、シンクと、カップやソーサーをしまう場所と、温めたりする場所と」

「用を足す場所も」

「そういう場所はないでしょうねえ」

「でも、紅茶やコーヒーが飲めるようになると、トイレはますます需要が増しますよ」

これをいわれるのがステラは嫌いだ。「いーえ、そんなことありません。五分おきにトイレに行く人なんて、います？　先週、郡庁舎へ行ったんですけどね――」なにをしに行ったんだろう？　設計の相談？「――旧庁舎にはトイレは二つしかないの。入口の両脇に、男性用と女性用が一つずつ。むかしの人って、先見の明があったのねえ。なのに新庁舎の方は、各階にトイレがあるんですよ」

「嘆かわしいことですねえ」アンが仰々しく述べた。

教会で飲み会が開かれていたころはどうしていたのだろう、とふと考えた。男性がどうしていたかはわかる。教会の外壁は、いまもいざというときには男子トイレの役目を果たしている。でも女性は？

「ですからね、先生」ステラはまたよそよそしくなった。「聖堂にそういう設備はいらないってことですよ。やっぱり、神聖な場所、聖霊の場所ですし……」

「……花屋の場所ですしね」

「もちろん、先生は聖書におくわしくていらっしゃいますけど」ステラは居丈高にいった。「でも主がエルサレム神殿で宮清め（神殿に捧げるいけにえの動物を法外な額で売るなどして暴利を貪る商人たちの台を、イエスが倒して追い出したという聖書中のできごと）をなさったときだって、花屋の台をひっくり返されたなんて、書かれてませんでしょ」

一瞬、妙な妄想が浮かんだ。いけにえを求めて列をなす数千人もの人たちが、尿意をもよおしたときはどうしたのだろう。

「それから、寄付のことですが、ステラ。どなたからなんです?」

「匿名を希望されてるの」

「わたしにまで匿名というのは無理ですよ。牧師として、教会区を預かっているんですから」

「どうしてもとおっしゃるんですもの」

「わたしもどうしてもと申し上げたい。興味本位できいているわけではないんです。わたしが教会と教会区に対して責任を負っているのは、おわかりでしょう。収入源をきちんと把握できないと困るんです」

「銀行強盗のマネー・ロンダリングじゃあるまいし」

ステラは負けじと、きつい口調で言い返した。

「まさかそんなことはないでしょうが、あいまいにはできない問題なんです。出どころのわからない寄付を受け取ることはできません」

にらみ合いになりかけたとき、アンが口をはさんだ。

「教会脇の小聖堂を建てるのに、ド・フローレス家がお金を出すときは、承認があったんですか?」

「それは、一四六五年のことですからね。牧師が預かったお金の扱いが、いまほどきっちりとは定められていない時代です」

ド・フローレス小聖堂は、袖廊の北端にある。鉄格子のむこうではバーナードの先祖たちが、マダム・タッソーのろう人形ならぬ大理石の墓石と化して、変わりゆく世の中をうつろな目で見守っている。

「つまり、あなたのやり方に従っていては、この件を次回の教会区会議の議題にのせることはできませんし、そのままでは承認を得ることもできないんですよ」

ステラは、怒りを武器にして思いどおりにする戦術に長《た》けるあまり、多用しすぎている。怒り出すと頬が赤く染まるので、すぐにわかる。

「でしたら、公開討論会を開きましょ！」彼女はいった。「村役場で！」

「ぜひそうしましょう。わたしも喜んで出席しますよ」

6

オードリーとセオが台所で待ちかまえていた。

「ステラったら、なにさまのつもりなの？」オードリーがきいた。「事前に話もなかったんでしょ？」

「そうなんだ。図面までできてたよ。かなり完成されたやつ」

「なんの図面？」

「花の部屋を拡張するのと、簡易調理台とかいう——」オードリーが鼻を鳴らした。「——小さい台所を聖堂後方に作るための図面。いい考えだとは思うんだよ。ただ、そうなるとますますトイレが必要だろ？」

「あたりまえよ。でも、それが狙いなんでしょ、トイレを作る場所をなくすっていう」

「だよね」

「だけどもちろん、そういうふうには見せないの。そうじゃなく……いろんな理屈をこねる」

「だよね」

「こっちも戦略を練って対抗しなくちゃ。阻止できそう？」

「たぶんね。事前に検討できていないから、教会区会議の議題にのせるのはむずかしいといってある。それに、寄付の出どころを頑として明かさないんだ」

「ぼくもそれが疑問だった」とセオ。

「どうせ自分なんでしょ。額も二十ポンドぽっちだったりして」とオードリー。

「なんにしても、だれからかはっきりしないと受け取れない」

「だったら、こっちの勝ちは決まりじゃない」セオがいった。

「だけど、力ずくにはしたくないんだ。長い目で見れば、納得し合えた方がいい」

オードリーは口をとがらした。和解や妥協を探る息子の姿勢が、歯がゆくてしかたがない。一度詰め寄ったら、自分は聖職者であって王や支配者ではないので、みなを自分の意思に従わせるつもりはない、という返事だった。オードリーは腑に落ちず、さらにいった。パウロでさえ、コリントや、ローマや――あとどこだったかしら、たぶんガラテヤね、ガラテヤの信徒って聖書に出てくるもの――とにかくそういう地の気むずかしい信徒たちを説得し、無理やりにでも争いを止めて、神の国を求めさせたのだから、ダニエルもその覚悟がいるのではないか、と。

「ステラ・ハーパーやその手下を、味方につけるなんてできっこないのよ。完膚《かんぷ》なきまでにやっつけるしかないの。まだわからない？」

「そうだよ、ダン。フェアに戦おうとしない敵を相手に、フェアプレーにこだわってもだめなんだ」

「セオ、これはいい事例だよ。フェアに戦わない相手にも、フェアプレーで応じなくてはならないという」

「左の頬も差し出せってやつだろ？　むかしからあればばかみたいだと思ってたんだ」

「ばかみたいに見えたって、どうってことない」

オードリーはまた鼻を鳴らした。

三人は台所で夕食を取った。内臓や首肉も入った、本格的なランカシャー・ホットポットだ。オードリーは花係撃退のプランを練っているらしく、うわの空だった。

セオはきょうの会議について質問攻めにした。「あんなふうに不意打ちを食らわしてくること、よくあるの？」

「そんなことないよ。いままで一度もなかったと思うよ」

「手のこんだことをして、お上品を装ってるけど、要はただのけんかだな」

「かもね」

「キリスト教徒って、キリストみたいにふるまうべきじゃないの？　従順で穏やかで」

「衝突することもあるさ。人間だからね。そうでなかったら、自分をいつわってるんだ」

「だったら、なんのために牧師がいるのさ？」

「解決策を見出せるよう助けるため」

「牧師に暗殺が認められてればよかったのに」オードリーが述べた。「簡単に解決するわよ」

母の戦闘意欲は、似たタイプの敵に対してことさらに掻き立てられるらしい。ステラ・ハーパーは、近年まれに見る好敵手だった。年齢も近く、生まれ育ちも似ていて、どちらもひとり身。そして、夫と立場を交換できればもっとらくで楽しい人生だったろう、と思えるのも、共通だ。ステラの夫は、まじめでおとなしい役人だった。仕事にひたすら没頭していたのは、妻のとどまるところを知らない野心から逃れたい一心だったのかもしれない。やがてステラの方も、夫が不在の方がはるかに心地よいと気づき、正式な離婚にたどり着いた。

ダニエルの父も、似たような気質だった。家業を継ぐことを強いられたが、先代までのようなたくましい商魂は持ち合わせていなかった。オードリーの方がよっぽど向いていた。ダニエルは、父はみずからの母親のような女性（よくある話だ）ではなく、父親のような女性と結婚したのだろうか、などと、ややこしいことを考えた。父が家事や育児を担い、母が仕事をすれば、父も幸せだったろうし、母は大企業や国連をも動かすようになっただろう。けれど、彼女の意欲や能力を存分に生かす機会は、ついぞ訪れなかった。

特にそう実感するのは、戦争の話が始まったときだ。母はスコットランドの寄宿学校を一九三〇年代に卒業し、若き日々を戦禍の中ですごした。婦人義勇軍が組織されると即座に志願し、帰還兵の食事を用意したり、救急車や将校の車を運転したり、イギリス本土侵攻に備えたりした。この最後の任務が特に気に入ったらしく、ナチス・ドイツ軍がイギリス上陸と占拠を断念したときには、がっかりしたという。戦後、彼女の行動力や決断力は、二人の息子のために発揮されることとなった。

「巻尺！」オードリーはいった。「巻尺を使ってたわけね！」

「巻尺がどうしたって？」

「アン・ドリンジャーよ。先週、ステラといっしょに教会にいた話、したでしょ。ダニエルが教区の会議で留守にしてたとき、電気がついてるのに気づいて見に行ったら、あの人たちが四つんばいになってたの。なにをしてらっしゃるのって――ていねいに――きいたとたん、ネズミとりが閉じるような音がしたの。大工さんが使うような、金属の巻尺だったんだわ。その図面とやらのために、長さを測ってたのよ。あれは巻尺を巻き取る、シュッという音だったんだわあ」

　ダニエルはそっとため息をついた。母ではなく、花係たちにげんなりして。

「犬の散歩に行ってくる」と告げたが、母の耳には入っていなかった。

「ぼくも行く」セオがいった。

　勝手口の脇にかけられたリードを手に取った。つないで歩くためではなく、コンロのそばでうとうとしている犬たちへの合図として。普段の散歩の時間ではないが、簡単に反応してくれた。

　二匹を連れて裏口から出ると、墓地へ向かう小径を進んで門をくぐり、聖堂管理人の家を通りすぎた。きれいなかやぶき屋根も可憐な庭も、ボブ・エイチャーチらしくすみずみまで手入れが行き届いている。桜は毎春美しく咲き、その後はマリーゴールド、夏になればバラ。咲きおわると丹念に摘み取るので、秋まで楽しめる。タチアオイは三〇年代の映画スターのようにあでやかに咲く。ダリアは六〇年代のキュートな女の子だ。秋にはリンゴが実る。特別な庭ではないが、すべてが調和している。

　ボブは熊手で土を掘り返していた。「こんばんは、先生、クレメントさん」犬たちが吠えたが、ボブだと気づくや、道端のパトロールに戻った。

「こんばんは、ボブ。調子はどうですか？」

「おかげさまで。新しい車を買われたんですか？」

「セオのです」

「ゴルフGTIか。さすがスターだ」

「スターなんてとんでもない」

「まだいまはね」ダニエルが口をはさんだ。「でも、『点呼』での演技、見ました？」いったとたんに後悔した。

「いや、わしにはちょっと」

「それはそうですね」

　ボブは無口といっていいくらい、もの静かな男性だった。胸の内を語るなど、ブラウンストンベリーの大通りを裸で歩くのとおなじくらい、ありえない。それでも、胸の内に秘めたことはたくさんあって、しかも戦争の深い傷を受けていることは、セオがずかずかと土足で踏みこんだときに知っていた。

ボブもそれを忘れてはいなかった。奇襲部隊のタトゥーが薄く残っている腕を伸ばして熊手を取り上げると、また土を混ぜはじめた。「もうちょっとやりますんで」

「それじゃあね、ボブ」セオがいった。「それと……奥さんによろしくね。あのスコーンは忘れられないな！」

「伝えますよ。きっと喜びます」ダニエルは、セオを黙らせるために奥さんがスコーンを口に押しこむ図を想像した。

光が目に見えて弱まってきた。両脇の土手も暗くなり、プリムローズがくっきりと浮き上がって見えた。

ダニエルとセオが歩く後ろを、犬たちがぐるぐるとじゃれ合いながらついてきた。通りの果てまで行くと、ダニエルは教会に向き直りながら、ステイヴリー家を教えた。ゴシック・ファンタジイに登場しそうな古い建物だ。ド・フローレス家がかつて、小作人たちの住環境を改善しようとして建てたのだが、まったく活用されなかった。福祉施設として使用された時期があり、ノーマン・ステイヴリー少年はそこで、宗教学の基礎や、ロープの結び方や、『英国擲弾兵《てきだんへい》連帯行進曲』を習ったのだった。四十年後に売りに出されると、ノーマンが購入して改装した。二十歳若ければ、妻のドットをお姫さま抱っこして敷居をまたいだだろう。こうしてノーマンはチャンプトンの土地の一画を所有することとなった。気持ちのいい夕べには、ビールと葉巻を手に前庭のベンチにどっかりと座り、景色を愛《め》でて、この上ない満足を味わっている。

今夜は留守らしいと、本通りに沿って流れる小川を渡るときに気づいた。小さな橋の先で、しばし立ち止まった。

「この橋、写真で見ただろう」

「うん、そんな気がする。ボブのところで。ヨーロッパ戦勝記念日の写真かな？」

「そうかも。ただ、それだとボブの復員前だ」

「じゃあ奥さんかな……なんて名前だっけ？」

「シンシア」

「シンシアか。ちなみに、衝撃的なスコーンだったぜ。写真にはフランス人も写ってたな。一目瞭然だろ、コーデュロイなんか着て、ボヘミアン風で」

ヴィクトリア女王の時代から、みなこの橋で写真を撮ってきた。村でいちばん絵になる場所なのだ。高い立て襟と巨大な帽子の、結婚式の写真。激戦地ソンムへ向かう軍服姿の青年たちの写真。不良少年たちと、ホットパンツ姿の少女たちの写真。アレックス・ド・フローレスの写真もある。先祖の近衛兵の上着に、パンクなボンデージパンツというでたちだった。

こうしてときおり歩いてまわるのが、ダニエルは好きだった。昼間だったら、だれかと行き合い、さりげない会話を交わす。あるいは夜警のように、黙って見まわる。北に向かい、ド・フローレス邸方面へ折れた。家々の、アドベントカレンダーのように開いた窓から、明かりがこぼれている。通りすぎながら、だれの家かセオに教えた。まずはシャーマン姉妹の家。父親は元猟場番人のかしらで、二人もド・フローレス家に雇われていたことがある。反抗的この上ないジャック・ラッセル・テリアのスキャンパーが、窓枠に前足をかけて外を見ていた。コズモとヒルダに向かってうなると、二匹もうなり返した。

「シャーマンさんたちに会うといいよ。『アップルツリー・エンド』の大ファンだし。いや、片方だけだったかな。たしかキャスの方だ」

「どうしてその人たちなの？」

「生まれも育ちもここだからね。わたしより前の牧師たちもみんな知ってる。頼めば、暮らしぶりをなにからなにまで語ってくれると思うよ――公表されていないことまで」

シャーマン姉妹のとなりは、人づきあいの悪いギルバート・ドレイジの家。邸の元使用人のための隠居所で、オードリーは〝死刑囚独房〟と呼んでいる。反対どなりのアン・ドリンジャーは、ド・フローレス一族から家を買い上げた。賃貸にはありえないような装飾が施されているので、すぐにわかる。かつては管理人が住んでいた、通りから下がった大きな家には、アンソニー・ボウネスが暮らしている。邸の雇われ人でもあり、親族でもあるという立場にふさわしく改装されていたが、アンソニーが満足するレベルではないらしい。

「時間があれば、アンソニーにも会いなよ。教会のことも、ド・フローレス一族のことも、その関係も、なんでも教えてくれる。鋭くて、なんにでも気づく人なんだ」

「ダンが行くときについていっちゃだめ？　仕事絡みでさ」

「どんな仕事かによる」

「だって、ダンを観察したいんだから。牧師の行動を」

「わたしの行動はさんざん見ただろ」

「観察がまだ足りない。新人の副牧師だと思ってよ」

思おうとしたがむずかしかった。

「今度の週末だな。一般公開日なんだ。村の一大行事だよ。ド・フローレス邸も庭園も解放して、みんな集まるんだ」

「わあ、完璧だ」

スウェイト夫妻の家の前に来た。納屋を改装した家で、石造りの壁に小さな窓がいくつも開いている。裏庭に増築した部屋は、ネッドが心血を注ぐ郷土史の研究室だ。その先の小川のむこうに、他の家々から少し離れてぽつんと建っているのが、ステラ・ハーパーの家だった。七〇年代の終わりに夫が建てたときは、引退後の住まいのつもりだったが、先にステラが夫から引退してしまった。石の壁にわらぶき屋根という十七世紀の集落では、浮いて見える。とがった瓦屋根に天窓、一階には大きな一枚窓が並び、カーテンのむこうでテレビの光がちらついている。

「ステラの家だよ」

「花の女王の要塞か」

「トーク番組を見てる」

闇が濃くなってきて、犬たちもじっとしていると見分けられなかった。口笛で呼び寄せ、牧師館への道を戻りはじめた。暗い通りのそこここに、家から漏れる光が落ちていた。窓のむこうでは、個性豊かな教会区民たちが、思い思いにくつろいでいるのだろう。

窓の前を人影が横切り、犬たちが吠えた。アンソニー・ボウネスが暗がりから姿を現わした。

「犬たちが見えたんでね。お邪魔だろうか？」

「いいえ、ぜんぜん」

「実は、話をしたかったんだ。少しいいかな？」

「もちろんです」リードをセオに差し出した。「頼める？」

セオはためらった。「もう少し……だめ？」

「家に帰ってて。リードが必要だろう」

セオは首輪にリードをつないだ。犬たちは身を固くし、ダニエルがアンソニーの家に入ると、あわれっぽい声を上げた。

アンソニーは犬が苦手らしかった。重要な話の最中でもよく、コズモやヒルダの動きをちらちらと見ている。一度犬も招き入れてくれたが、まずは古い敷物のへりに、続いて本邸から借りたカーテンの裾に、最後にジョージ王朝時代後期のサイドテーブルの脚に、犬たちがじゃれつくのを見て、身悶えしていた。

いまはそんな様子もない。いつもの晩酌二杯のおかげで、気が大きくなっているようだ。すでに三杯目のジンのロックも、ダニエルのためのウイスキー・ソーダと並べてある。どちらもなみなみと注いであった。冷蔵庫も必要ない気がするほど、室内はひんやりとしていて、古びたカーディガン姿のアンソニーが震えないのが、不思議だった。

ステラ・ハーパーの背徳的計画について話し合った。とりあえずは教会区会議で、手続き上の問題を指摘して差し戻す。話がまとまると、アンソニーはひじかけ椅子に深く座って、小さくため息を漏らしながら脚を伸ばした。だが、コーデュロイのズボンの裾から脚の皮膚がのぞいたのに気づくや、あわてて脚を引っこめると、打ち明け話でもするかのように少し身を乗り出した。

「ダニエル、バーナードはだいじょうぶだろうか？」

「元気そうですよ。どうかしたんですか？」

アンソニーはグラスの中身をぎこちなく回した。

「むかしから、バーナードを心配してしまうんだ。兄弟のように育ったからね」

バーナードは、アンソニーに心配されたがっているだろうか？

「ぼくの母が、バーナードのおばなんだ。父は第二次世界大戦で戦死した。まだ子どもだったし、職業軍人であまり家にいなかったから、ほとんど記憶がない。母はさびしくてじきに再婚した。相手はまた軍人で、温かな家庭生活には縁遠かった。母を独占したがり、ぼくが八歳になると寄宿学校へやっかい払いした」

「わたしも八歳でした。いま考えると、まだ小さいですよね」

「ぼくは楽しかったよ。家がひどかったからね」溶けかけた氷を、またグラスの中で回した。「バーナードがいうには、母はぼくを見ると父を思い出してつらいので、避けるようになったんだろうと。だから、学校の方がほっとできた。ある休みに、家から迎えに来るのを待っていたんだが、だれも来なかった。とうとう寮母が母に電話をして、何時に来る予定かときいたところ、すっかり忘れてスキーに出かけようとしていた。お礼をするからめんどうを見てくれないかと頼んだが、寮母は断わった。結局、チャンプトンの親戚にぼくを預けた。それ以来、休みのたびにここへ来るようになって……いまやふるさとだよ。バーナードとは歳が近くて、いとこというよりは、そう、兄弟みたいなもんだ」

「似ていない兄弟ですね」

「そうだね。バーナードはこの土地の跡取り息子だ」グラスを持った手で示したので、ジンがあやうくこぼれそうになった。「文字どおり、生まれながらに、ってやつさ……見てた？」

ダニエルはうなずいた。『生まれながらに』は、母のお気に入りのコメディ・ドラマだった。先祖代々の大邸宅の女主人が、成金男性によって追い出されてしまうという、いかにも母が夢中になりそうな話だった。

「しかし、ぼくはちがう」アンソニーは続けた。「身分なんかない。存在意義もないも同然だったけど、バーナードがバーナードらしく堂々としてくると、ますますいづらくなって、図書室に逃げこんだ。本にはほんとうに救われたよ。その後オックスフォードに行って歴史学を専攻し、最優秀の成績で卒業して、みなを驚かせた。教授になるんだろうと思われたけど、そんな気はなかった」

「なぜです？」

「あまりにありきたりだから。あまりにぬるいから。死後一学期もたってから、教員休憩室の新聞の下から遺体となって見つかるなんて、ごめんだった。わかるかな？」

「わかる気がします」

「それで、しがない物書きの道を選び、学術誌の書評欄を担当した。ぼくには向いてたよ。そのうちに、大手の〈タイムズ文芸付録〉や〈リスナー〉誌にも書くようになった。大学時代の知り合いからは、低俗な成功だと軽蔑されたが、あれでも成功というのかね」

「あれでも？」

「そう……こつこつ続けることができないたちでね」

ことばが消え、グラスをじっと見つめた。

ダニエルは神学校で飲食物管理の係を任されていた。飲み物のストックを切らすなだの、学生のパーティーの後片づけをしろだの、まったく楽しくない仕事だった。羽目をはずして人生を思いきり楽しむことのむなしさを学んでしまったけれど、有用な知識も身についた。相手が酒を飲んだかどうか、なにを飲んだか、判断できるようになったし、老舗パブの主人のような目で、酔いの回り具合を見極められるようになった。もっとも、アンソニーに対してはそれを活用するまでもなかった。パブ〈ロイヤル・オーク〉に入り浸っていることは、周知の事実だったからだ。

「評判のよくない航空会社の機内誌に執筆するようになったが、そこが破産した。ぼくもね。ここへ来た理由は知っているだろう？」

「文書管理のために。有能でいらっしゃるから」

「だけど、ぼく自身の文書は知ってる？　聖ルカ病院の書類棚に保管されているはずだ。アルコール依存症の治療をしたんだよ。抜けたのはいっときだけだったが」立ち上がっておかわりを注いだ。「集団療法とやらもやらされたよ。メンバーは、全身ショッキングピンクの女性とか、香港の実力者のヘロイン常習者の息子とか。有名政治家の妻もいたな。みんなでトランポリンをやらされた」

「へえ、上達しましたか？」

「ぜんぜん。バランスがね。ある日、バーナードの父親が公式訪問に来た。病院の理事長だったんだよ。で、ぼくが体育館でぶざまにぴょんぴょん跳んでいるのを見た。あの人が顔を赤らめたのは、後にも先にも、あのときだけだったね」

「いまは、なにかお悩みはありますか？」

「いつでも悩んでいるよ。ダニエルもだろう？」

7

〈チャンプトン・ハウス〉の一般公開日は、聖ジョージの日――シェイクスピアの誕生日とされる四月二十三日――直近の週末と決められている。今年は二十三日がちょうど土曜日にあたり、聖ジョージ旗が正々堂々と屋根のてっぺんに掲げられた。シェイクスピアの戯曲の希少本も、図書室のガラスケースに展示された（アンソニーいわく、「この家に一冊しかないという意味で、希少」）。といっても、バーナードが愛国心に燃えていたわけではない。一般公開などという、迷惑で不愉快で不都合な行事をいやいや受け入れたのも、彼自身のことばでいえば「そうすりゃくそ政府が、このくそ邸で楽しく暮らすのを認めてくれる」からでしかなかった。税額軽減の交換条件として、一般民衆は立派な居間や庭園を蹂躙することを許される。季節もよく、庭に咲きほこる花々も見られる（家に隠れているバーナードも見られる）。客を案内し、統率し、無遠慮にのぞいてまわるようなら厳しく監視する役目は、村全体が担う。そうしたボランティアを取りまとめるのが、マーガレット・ポーティアスだ。邸内の人員配置をてきぱきと決めて、熱心に任務にあたっている。

ボランティアたちは、朝九時に正面玄関に集合して説明を受けた。

「スタニランドさんたちは、ポットを忘れないでね！」彼らの持ち場は、お茶をふるまうサンルームだ。「それから、ケーキはかならず十切れに分けてね！」

「キャスとドーラは、むかしの厨房をお願い。実際に働いていた人から当時の話を聞けたら、みんな大感激よ」

キャスが言い返した。「当時とはぜんぜんちがう。戦後、すっかり変えられちゃったから」

「そうね、そうね」マーガレットは応じた。「だけど、雰囲気だけでも、ね。ご主人さまと使用人とか、そういう世界観よ。それから、ステラとアンは、応接室と晩餐室ね。触らせちゃいけないものが多いから、手伝いを行かせるわね」

何年か前、見学者が部屋の隅から、十八世紀のちょっとした装飾品を盗っていったことがあった。その後、お宝鑑定番組に出品され、ひどく低い値段をつけられて、みな意気消沈した。

「ジェインは、図書室をお願いできる？　そっちも、本は触らせないでね。まあ、だれも興味ないでしょうけど。使用人部屋にもだれか必要ね。キャスとドーラ、二カ所を交互に見てもらえない？」

「むかしとおなじね」キャスがぶつくさいった。「地下の厨房と、屋根裏の使用人部屋。階段、階段、また階段。もう若くないんだけどねえ」

「だいじょうぶよ、きっと。あとはドット、客間と化粧室を任せていい？　わたしは例年どおり、展示室にいるわね。用があったら探しに来て」

「マーガレット、ご一家には手伝ってもらえるのかな？」玄関で出迎える担当のノーマン・スティヴリーがきいた。

「ド・フローレス卿はお忙しいの」公開日であることを忘れて私室エリアから出てきたりしないように、と願った。前回はうっかり部屋着で廊下へ出てきてしまい、見学者の大群と鉢合わせしたのだった。ハーペンデンの文化遺産協会員に失礼な態度を取って、抗議を受けたのだが、もっとまずいことも起こりうる。「アレックスが出てくるかもしれない。そうなったら、アノリアを呼んで」

「立入禁止はどのへん？」

「主に東側ね。外廊下とか、塀で区切ったお庭、プライベートな寝室。それからね、ご一家のうわさ話は厳禁ですからね。奥方さまについてきかれたら、大陸を旅行中って答えて。あと、どんどん前へ進ませてね。できるだけ大勢さばかなくちゃ！　ああネイサン、菜園と温室を頼んだわよ」

ネイサン・リヴァセッジはうなずいた。ジーンズのチャックが下がっている上、迷彩柄のジャンパーにブーツという格好は、正面玄関では場ちがいだった。ネイサンは二十代初め。本物らしく見えなくもない猟場番人エッジーが、十代のころに引き取った孫だ。エッジーはロマの末裔だそうで、ネイサンもいい顔立ちを受け継いでいる——浅黒いきれいな肌、きれいな歯、カールした黒髪。エッジーはこの地に住みついても同化せず、孫息子にみずからの人生観や世界観を教えている。かつての庭師やその助手にかわり、引き受け手のいない仕事を村じゅうでやってくれる彼らは、重宝されていた。

バーナードは二人を、古い木こり小屋に住まわせていた——じめじめして暗くて、人間の住まいには向いていないが、エッジーは文句一ついわなかったし、ネイサンも受け入れていた。小屋は二人の事業拠点でもある。頼まれた仕事をこなすだけでなく、副業として、レストラン業界への高級ジビエの提供も行なっていた。ほとんどは鹿肉だが、一度エッジーがキツネの皮をはいで肉を切り分け、レスターのレストランオーナーに売ったときには、大目玉を食らった。ほかにも、排水管掃除や道路の舗装、害虫駆除、獲物の飼育もしている。ネイサンもそうした技術を身につけていたが、祖父が得意とするいぼ取りのまじないだけは別。村の老人たちの中には、いまもエッジーにいぼの手当てをしてもらいに行くものもいたし、研究熱心なネッド・スウェイトが、一般公開日にエッジーのいぼ取り実演をしてみせたらどうか、とマーガレット・ポーティアスに提案したこともあった。しかしマーガレットは、エッジーのことばづかいや愛想のなさを危惧して、それよりネイサンを庭園部門に割り振ったのだ。

そういうわけで参加したものの、ネイサンは吐きそうな顔をしていた。バーナードとおなじく、一般公開日を嫌悪していた。自分の縄張りを物見高いよそものに荒らされるのがいやだったし、にこやかに迎え入れる度量もないので、何日も前から不安で吐き気がしていた。

「あと二十分で開場よ、持ち場について——忘れないでね、きょうはわたしたちひとりひとりが、ご一家の代理なんですよ」〝ご一家〟というとき、無意識のお辞儀のように頭をななめに垂れた。

チャンプトン住民はそれぞれの担当場所へ向かった。制服やエプロンに身を包み、石炭や手紙をご主人さまに届けた先祖たちとおなじように。いまは、着ているのは思い思いの安物の洋服、手にしているのは紅茶やコーヒーの魔法びん、サンドイッチやビスケットの容器、それにマーガレットが配ったカンニングペーパー

だ。内容は、

応接室の肖像画のうち、図書室に近い暖炉の上に掲げられているのは、第二十三代ギルバート・ド・フローレス男爵のものです。ズールー戦争中に南アフリカで戦死し、第二十四代男爵が跡を継ぎました。そちらの肖像画はビリヤード室にかかっています。ビリヤードをこよなく愛した第二十四代でしたが、飲酒で命を落としました。

ネイサンはズボンのチャックに気づいていないのではないか、とダニエルは心配した。ネイサンが気の毒というだけではない。最近、教区本部で開かれた会議に出席したのだが、四十分に渡って閉会のあいさつをした大執事のズボンのチャックが、開いたままだった。みなの目が釘づけとなり、その後の話題といったらそればかり。ほかの記憶は全部吹き飛んでしまった。

出ていこうとしたネイサンに追いついた。「ネイサン」と声をかけた。「余計なお世話かもしれませんが、前が開いていますよ」

「知ってます。着替えてこようと思って」

いっしょに中庭へ出た。「それはよかった。おじいさまは元気ですか?」

「おとなしくしてます。うらやましいや」

「たしかに。きょうはなにを担当するんですか?」

「菜園の紹介かな。あと温室と、園芸小屋も。駐車場んとこで苗を売るらしいんで、みんなそっちへ殺到するといいんだけど」

前回の一般公開で、だれよりも非難を浴びたのはネイサンだった。見学者から日課を教えてほしいといわれて、貯水槽で子ネコを溺死させる話をしたのだ(子どもを何人も泣かすはめになった)。

「ことばづかいに気をつけてくださいね。それと、ネコの溺死の話はしない方がいいでしょう」

ネイサンは心もとなげにうなずいた。

チャンプトン住民はそれぞれの持ち場で、第一陣を迎えた。庭だとか、陶磁器だとか、絵画だとかがお目当ての団体がバスで到着した。お茶やトイレに突進するものもいた。地元にいながら縁がなかった人たちも、この機にのぞきに来た。中には建築マニアもいて、控え壁だの隅石だの自然光だのエンタブラチュアだのについて、案内人そっちのけで語っていた。

今回の新しい傾向は、舞台裏を見たがる人の多さだった。仕切り扉のむこうの、使用人の住まいを見たいという。数年前に、ドラマ『アップステアーズ・ダウンステアーズ』が大人気を博した影響だった。貴族一家とその使用人の複雑な人間模様を描いたドラマで、皿洗いメイドや運転手の世界を、貴族や聖職者のそれとおなじくらいおもしろそうに見せていた。

二つの世界はときとして、予想外の、不穏な、不安定な、そして不適切な形で混ざり合う。領主の地位を引き継いだとき、バーナードは毎年一定の額が支払われている人物のリストを見つけた。メイドたちが相手を明かさず生んだ婚外子の、養育費の支払い先だった。一人の子どもの名前に、見覚えがあった。長じて近くの村の農場労働者となった少年で、子豚の去勢に使った小型ナイフで自分の歯を抜いてみせたという、伝説的なやんちゃ坊主だった。育ての親に似ない赤毛と青い目は、バーナードにはなじみ深かった。

家政婦長と執事の二人が権勢を振るっていた地階で、アンソニー・ボウネスは一九〇〇年代初頭の記録を見つけた。乳しぼり係から時計巻き係まで、何十人という使用人たちが、わずかな給金しか与えられず、救貧院さながらのみすぼらしく不便な屋根裏部屋に押しこめられていた事実を示すものだった。だが、時代は急激に変化した。二度の大戦と、労働党の台頭を経て、ほんのひと握りの特権階級は鳴りをひそめた。

けれども、それがむしろ興味を引いた——フィクションとして、理想化され、再生産されて、〝伝統〟という商品価値を得たのだ。一方、アンソニーの手もとにはたしかな記録がある。支払い記録、台帳、名簿、賃貸契約書、立ち退き命令。すべてをつなぎ合わせると、チャンプトンの人々の交差する人生がくっきりと浮かび上がってくる。いまも目の前には、領地内の木工所の台帳がある。木工職人の親方と、四人の助手と、一人の見習いが生計を立てる様子を読み取っていたとき、廊下の足音で集中が切れた。見学者たちが、廊下の先の使用人食堂へ案内されていく。食堂では巨大なパネルに呼び出しベルが並び、居間や、応接室や、王族専用の客間や、事務室や、化粧室や、ビリヤード室や——あちこちから絶え間なく呼ばれて、お茶や石炭やソーダを届けていた。

部屋のドアが突然開き、見物人がぞろぞろと入ってきた。彼にはおかまいなし。

「なにかご用でも?」アンソニーはとげとげしくきいた。

「ここで——」アレックス・ド・フローレスが客を押しこみながらいった。「——家政婦長が使用人の女性たちの生活を支配していたわけです。男性もかな。規律が厳しかったんですよ。石炭や牛骨のひとかけらも、くすねちゃだめ。男性と仲よくするのもご法度《はっと》。特に、ノータリンなぼくのご先祖なんかといちゃついた日には、クビですよ。ああ、どうも、アンソニー」

アンソニーは立ち上がった。

「こちらはボウネスさん。うちの親戚で、公文書管理の担当になったんです。秘密の番人ってところかな。自分の秘密もだけどね」

見学者の一人が笑い声を漏らした。

アンソニーはため息をついた。「たったいまも、領地内の木工所の秘密を探っていたんです。これがまた、細かくてめんどくさい仕事でね。まったくドラマティックではないですよ。せいぜいで、チャタテムシにたびたび遭遇する程度かな。なので……このあたりで失礼しても？」

「もちろん。急にお邪魔してごめんよ。みなさんにぜひ、この邸を実際に回していた機関室を見てもらおうと思ってね。それに、仕える側の人たちの、きれいごとでない現実も知ってもらいたくてさ、引退した乳母とか、しでかしたメイドとかが……」

「それは、家政婦長じゃなく執事が取り仕切っていたんじゃないかな」

「二人ともだよ、最近の話さ」人々を外へ促しながら、アレックスはいった。なんだって父親のお古の、陸軍の円形章つきベレー帽なんかかぶっているのだろう。

ここらでいったん休憩することにした。〈ロイヤル・オーク〉の静かな個室席でビールを一杯と、最近のおすすめの農園風ランチでももらおう。もっとも、農園で働く小作人があんなランチを食べていたとは思えない。マスタードの小袋なんか存在しなかったし、そもそも自由に休憩もできなかったはずだ。

見学者はすでに邸を埋め尽くしていた。奥の階段を下りて地下室へ、正面玄関から大階段を上って二階の大広間へ、使用人住居や屋根裏へは小階段で。特別室では、ドット・スティヴリーが見学者グループを集めて説明していた。

「ここは一六九〇年代に、ウィリアム、メアリーご夫妻のために造られ……」

「ウィリアム、メアリーってだれ？」

「国王ウィリアム三世と女王メアリー二世です。当時のド・フローレス卿は、王室衣装部次長を任されるほどの、信頼篤《あつ》い廷臣だったんです。一六九二年に、国王ご夫妻をここへお迎えするという栄誉に浴しました。出費もかさみましたけどね。ふさわしい客間を用意するために、最高級の木工職人、左官、それから、こんにちでいうところのインテリアデザイナーが、チャンプトンに集められ、作り上げたのが、この部屋です」

腕を広げて室内を示し、感嘆の声を引き出した。最近、突拍子もない時代物ドラマの撮影に貸し出すために、リフォームしたばかりだ。しっかり者の領地管理者ニコラス・メルドラムが、プロデューサーに多額の使用料を請求して、実現した。色あせ、ほつれていたカーテンを立派な品に替え、絵画を修復し、壁のしっくいを塗り直した結果、国内でも一、二を争う豪華な寝室へと生まれ変わった。見物人は、「わあ」とか「へえ」とかいってはみせたものの、気になっているのはバスルームの方だった。衣装部屋だったところへ、ヴィクトリア時代に鋳物ホーローの浴槽と、四角い木の便座を置いたのだった。

「国王もこのトイレを使ったんですか？」

「ウィリアム国王は使ってません。作られたのは、ヴィクトリア女王の時代ですから。女王の息子のエドワード七世はたぶん……見てはいるはずです。当時のドク・フローレス卿と親しかったので、皇太子時代の一八八〇年代、九〇年代によく訪ねてきたんですよ」

「このトイレを使ったのかな？」

「かもしれませんが、客間はもう一つあるんです。ここより上等で、その名も皇太子の間。まさにエドワード七世にちなんでね。あ、ちがった、エドワード八世かな？　どっちだろう。両方？」

人々は、黙ってその情報を噛みしめた。磨き上げられたマホガニーの便座を見つめながら、王室の人たちが使ったのだろうか、と想像してそわそわした。

そのとき、キャス・シャーマンが着々と怒りを募らせながら、また屋根裏から地階へ下りていくのがドットの目に入った。「シャーマンさん、皇太子の間の由来って、エドワード七世と八世のどっちだったか、知りません？」

「さあね。二人とも泊まってはいるけどね。まあやかましかったって、母も祖母もいってたよ。お母さんはそんなことも話してくれなかったわけ？」

「どうも」ドットはシャーマン姉妹が嫌いだし、逆もまたしかり。ほんとうはドロシーと呼ばれたがっているドットは、女主人づきのメイドの娘だったが、ノーマンと玉の輿婚を果たした。ノーマンの父親も運転手だったが辞めて、ガソリンスタンドを開業し、軌道に乗せたのだ。ドットとノーマンは中流階級の仲間入りをして、ポーティアス家やハーパー家やドリンジャー家と対等のつきあいをしているけれど、シャーマン姉妹の記憶にはいまも、呼びつけられないかぎり特別室になど入れなかったドットの母親の姿が焼きついている。

ノーマン・ステイヴリーがちょうどやってきて、このやりとりを小耳にはさんだ。「さっきはどうしたんだ？」ドットが見学者を展示室へ送り出した後で、ノーマンはたずねた。

「あのいじわる姉妹。嫌味をいわなきゃ気がすまないんだから。母さんのことで侮辱してきたの、大勢の前で」

ノーマンはやれやれと首を振った。「交代しようかと思って来たんだ」

「もう休憩したい。まだなの？」

「あと一時間。でもここは見ておくから、少し休んでおいで。マーガレットとダニエルが玄関にいる」

「うれしい、ありがとうね」

ドットはこっそり持ち場を離れたが、彼女の体型でこっそりはむずかしい。母親はやせていた。生まれつきか、やり場のない怒りがカロリーを消費していたのか。いずれにせよ、ドットは母親に似ず、中年になるころにはふくよかになっていた。ノーマンも同様で、でっぷりした腹がベルトにのっかり、裸になって鏡を見るとほかにもいろんなものにのっかっていた。近ごろは自分の裸が気に食わなかった。ぶよぶよしているからというだけでなく、盛装している方が安心できるからだ。儀式のときはタキシード。議会では長老議員のローブ。教会では一張羅。そうした衣装をはぎとった自分の素性を、考えたくなかった。先代のド・フローレス卿夫人は、聞かれていると知ってか知らずか、彼を〝成金〟と呼んだ。彼は一族の秘密を知っている。ドットも同様。二人とも親が仕えていたからだ。しかし、そこはおたがいさまでもある。ド・フローレス卿夫人も、自分の秘密を知っていたのだろうか。父が死の直前、良心に耐えかねて打ち明けた秘密、根性と努力と機転で成功をつかんだという表向きのストーリーを、くつがえす秘密を。その秘密をドットに知られるくらいなら、裸を見られる方がまだいい。そう考えながら、スポーツジャケットのボタンを留めた。

8

ダニエルが玄関にいると、長身の女性がきびきびと歩み寄ってきた。「こんにちは、ダニエル。覚えていらっしゃいます?」心の中でローロデックスがぐるぐる回ったが、名前は見つからない。「ネッドとジェインの娘の、アンジェラです」ビジネスライクに握手をしながらも、目はまっすぐダニエルを見つめていた。服装はアノリアと少し似ている。ブーツとジーンズとセーターに、仕立てのよいジャケット、シルクのスカーフとパールのイヤリング。四十代後半あたりだろうか? ヘアカラーの仕上がりがよすぎて、なんともいえない。メイクも、歳をごまかす意図はないのだろうが、おおまかな年代しか読み取れなかった。

「アンジェラ。弁護士でしたっけ？」

「そのとおり」

「たしか妹さんも弁護士……ではないんですよね？」

「ジリアンね。父とおなじく教師をしてます。お元気でした？　父によると、会衆席の長椅子のことでもめてるんですって？」

「もめてるわけじゃありませんよ。合意をめざしている状態です」

「訴訟みたいな言い回しね」

ダニエルはにっこりした。「専門家相手のお話はむずかしいですね」

彼女もほほえみ、それからいった。「実は、専門家相手のお話をしたくて来たんです」警戒が顔に表われたのだろう、すぐに言い添えた。「わたしの専門じゃなく、そちらの」

「というと？」

「お宅にお邪魔してもかまいません？　あしたにはロンドンに戻らないといけないんで、あまり時間がないんですけど」

「では、いまお話ししましょうか」

「いま？　いいですけど、お仕事中じゃないんですか？」

「このへんにいるだけの仕事ですから。行きましょう」

開け放した玄関から中庭へ出るなり、彼女はいった。「最近、父に変わった様子はないでしょうか？」

「変わった様子？」

「衰えたってこと」

「いいえ。脚が少し悪いのは、以前からですし。ラグビーをやってらしたんですよね？　ますますお元気そうですよ。郷土史研究に熱中されて」

「ええ、それは聞いてます。その話ばっかりですよ」

振り返って、邸のステンドグラスに目をやった。「体じゃなく、頭のことなんです」

「どういうことでしょう？」

「以前より……切れがないというか、生気がないというか。話していても、ときどき……ぼんやりしている感じがするんです。電話やたまの訪問で気づくくらいだから、いつも接している方はどう感じてらっしゃるんだろうと思って」

「お母さまには、その話はされたんですか？」

「とてもとても。すぐに気に病むたちなんですもの」

「妹さんは？　きょうはいらしてるんですか？」

「来てます。お庭にいます。彼女も母とおなじく心配性で」

ダニエルは考えこんだ。「正直、わたしは感じませんでしたが、注意していなかったからかもしれません。よく見るようにしますね」

「ありがとうございます」バッグから名刺の束を取り出し、一枚を慎重に選び出して、ダニエルに渡した。「いつでもお電話ください。裏にプライベートの番号もあります」そこで間を置いた。

「わたしも名刺をさしあげたいが、あいにく持っていないんです」ダニエルはいった。「電話番号は、チャンプトン局の四三一。エフェソス公会議の年号といったら、覚えられます？」

アンジェラは、高級そうなペンを差し出した。「書いてくださらない？　これの裏に」

ヴィンテージものの、モンブランのマイスターシュテュック一四六。「すごい」ダニエルは感嘆した。「逸品だ！」

「そのペン？　元夫が置いていったんです。車や家みたいにね。センチメンタルでしょ？」

彼女の別の名刺の裏に、番号を記した。名刺は何種類もあるらしい。電話番号の数がちがうのは、依頼人の重要度によって連絡のつきやすさを変えているからだろうか。携帯電話と思われる番号もあって、彼女がバッグを開けたときには、のぞきこみたい衝動を必死で抑えた。本物の携帯電話は見たことがない。けれど、彼女が取り出したのはシステム手帳だった。ダニエルの胸がうずいた。うらやましいからではなく、披露するようなものを自分はなにも持っていないとがっかりしたからだ。しいていえば、聖職者手帳か。特禱や聖職按手節ものっていて、聖職者にとっては便利な手帳だが、すばらしい逸品かといわれたら、ズボンの裾留めほども興奮できない。

　アンジェラ・スウェイトが菜園の方へ行ってしまうと、ダニエルもひんやりとした玄関に戻った。

「ご一家は、いまも住んでいるんですか？」外国語なまり――フランス語のようだ――のある女性が、ステンドグラスに見とれながら質問してきた。

「はい、お住まいですよ」ダニエルは答えた。「代々居住されています」

「どんな……お仕事をしているんですか？」

「農場経営ですね。領地が六十平方キロメートルもあるので、やることもいろいろあるんです」

「でも、領主は農民とちがうでしょ、どんなことをしているんですか？」

「ド・フローレス卿は国会に出席されます。貴族院議員なので」

「じゃあ、いまでも支配階級ってこと？」

「支配とはちがいます。国の舵取りは、選挙で選ばれた庶民院議員が行なっています。その過半数の支持を得た一人が、女王から首相に任命され、組閣します」

「つまり、女王が支配しているわけ？」

「女王は国家元首で、その裁可は必要不可欠ですが、政府の助言のもとに下されることになっています」

「ややこしいのね」

「でもだいたいうまく行っていますよ」

「わたしの国では、国王の首をはねたのよ」

「ここでも一度そうなりましたが、その後王政復古しました。ド・フローレス一族は、その際にも重要な働きをしているんですよ」

「こっちでもそうなったわよ、一度だけでなく。でも……長続きしなかった。ド・フローレスがいなかったせいかも？　でも、ド・フローレスって、フランス語の名前よね。ノルマン・コンクエストでこっちへ来たのかしら。そのだんなさまが、いまやイギリスの女王とも親しいってわけね」

「当代のド・フローレス卿は、政治の中枢にいらっしゃるおつもりはないようですよ」バーナードが議員仲間について、バーで飲んだ以外の話をしたことがあったか、さだかでなかった。「でも、たしかにフランスとの関係は深いですね。ここも、ご存じかもしれませんが、自由フランス軍の病院として使われたんです。ド・ゴールも来たんですよ」

「ええ、知ってます。わたしのおじもいたのよ。だから一度見に来たかったの。思い出深かったみたいで」

「負傷されたんですか？」


「そうだと思うけど、けがのせいでここへ来たわけじゃないみたい。ええと……教官《アンストリュクトゥール》だったかしら？　当時——どういうんだっけ——フュージリエ・マランに入ってて」

「海兵隊ですね。イギリスにもあります」

「そうそう。おじはものすごく敵対視していたわ。でも、ここは気に入っていたみたい。戦争なのに気に入るだなんて、ひどい話だけど。ただ、食べ物はねえ。あまりにまずいので、ここの子たちに簡単なフランス料理を教えたんですって。ひき肉とマッシュポテトの《アッシ・パルマンテ》グラタンとか、オニオングラタンスープ《スープ・ア・ロニョン》とか。サラダグラタン《イエ》も満足に作れなかったみたい」

「残念ながら、定着しなかったようですね。いまでもまちがいなく……イギリス料理《ロスビフ》です」

9

アンソニーが聖堂に入ったのは、暗くなりはじめたころだった。きょうは教会も見物客のために開けてあり、ボランティアが配置されて、値打ちものを持ち出されないようできるだけ目を光らせていた。ド・フローレス小聖堂の入口の鉄格子も開放され、ぎっしり並んだ壮麗な墓について、ネッド・スウェイトがおもしろい作り話を交えながら説明し、感心されていた。ネッドは村の言い伝えにくわしいし、話し上手なのだ。

アンソニーが戸締まりを引き受けたのだが、すっかり遅くなってしまった。〈ロイヤル・オーク〉でビールと農園風ランチを楽しんだ後、フランス人の女性と話しこんでいた。外の看板に、もじゃもじゃ頭の王様のような絵が描かれていたのを不思議がるので、イングランド王政復古のことや、フランス君主制との共通点と相違点について、いつになくリラックスした気分で説明してやった。そのさなかに時計が鳴って、無人で無施錠の教会のことを思い出し、あわてて飛んできたのだった。

だれもいない聖堂の最後列の席に、少し息を切らしながら座った。計画が進めば、撤去されるであろう席だ。ここから見える景色はずいぶんちがう。人々の背後から、無意識のしぐさも目に入ることだろう。その先の内陣や祭壇ははるかに遠く、神聖で重要な儀式もよくは見えない。長椅子の側面の丸い飾りが、ものいわず身動きもしない会衆の頭のようだ。長椅子は、まったくおなじではないにせよ、どれもよく似通っている。ヴィクトリア時代と十五世紀のものが混在していたとしても、簡単には区別できそうにない。

アンソニーはひざ用のクッションを手に取った。なぜかボーダーコリーのような犬の絵柄が刺繍されている。ひざの下に敷き、うつむいた。祈るにしては妙な姿勢で、聖書の台に腕をのせ、あごを前の背もたれに預けて身をかがめると、目を細めてじっとした。

スタニランド夫妻がサンルームから戻ってきた。一日奮闘し、手にした容器にはお茶代がぎっしり入っている。シャーマン姉妹がすみずみまで掃除した。じゅうたんをまっすぐにし、雨戸を閉め、テーブルクロスをかけ直すと、にぎわっていた家——家というのは本来そうあるべきだが——は、もとどおりがらんどうになった。七時十五分には、まだ残っていたダニエルとマーガレット、それに家政婦長のショーリーさんで、客間を最後に点検して、警報をセットした。

「大成功でしたね、先生」マーガレットがいった。

「はい。あしたはもっと来ますよ」

あしたは日曜日。安息日ということで、邸も庭園も昼からのオープンだ。教会も、朝の礼拝などが終わると開放するので、客たちは庭園を散歩がてら次々と見学に来る。宗教心からというより、物見遊山だ。キリストの復活や永遠の命について、説明するまで知らないものは年々増えているし、かつては当然だった敬意も急速に失われている。ぺちゃくちゃしゃべり、お茶の水筒やコーラの缶を手に会衆席に座りこみ、至聖所にまでふらふら入ってくる。特別に清められた聖水盤で、たばこの火を消した人もいた。アンソニー・ボウネスはおおいに憤《いきどお》り、厳しく叱責しようとしたが、ダニエルがなだめた。神聖な品々を軽く扱われることは彼も不本意だったが、むこうは知らないだけで、無礼を働くつもりはないのだ、と。顔をしかめたり、舌打ちしたりされれば、気まずく、あるいは不愉快に感じるだけだ。教会を初めて訪れた——そしておそらく二度とは訪れない——人が、そのように感じることがあってはならない。

ダニエルはマーガレット・ポーティアスに別れを告げ、庭園を抜けて家に向かった。途中でセオと会えるだろう。きょう一日観察してまわり、夕食時に質問攻めにする気にちがいない（夕飯はごく軽いものがいいな、パウンドケーキをたっぷり食べさせられてしまったから）。

ところがセオは家にいなかった。オードリーに電話してきていうことには、午後じゅう有意義な観察をしていたパブで、パイとビールの夕食を取るそうだ。アンソニー・ボウネスとフランス人の女性から、戦時中に邸を拠点としていたフランス人たちについての、興味深い話が聞けたらしい。

「ずいぶんと深くリサーチしてるみたいねえ」オードリーはいった。「きっと閉店時間まで粘って、たばことビールのにおいをぷんぷんさせながら帰ってくるわよ。チキン・キャセロールを作ってあるんだけど、気分が乗らないの、サンドイッチだけでいいわ。ダニエルは食べる？」

「腹が減ってないんだ。パスしてもかまわない？」

「ぜんぜん。あしたの方がおいしくなってるわ」

テレビを見ながら食べおわると、オードリーは〈ラジオ・タイムズ〉誌と、小さい文字を見るときに使うようになった象牙の持ち手の拡大鏡を手に取った（その気になれば驚くほど目がいいのだが）。ダニエルは書斎へ行き、説教の原稿を書き上げることにした。いや、書き直した方がいいかもしれない。セオがいて——文字どおり肩越しにのぞきこんで、やめてくれというまでどかなかった——調子が狂ってしまった。うっかり眉唾ものの教義を説いたりしていないか、チェックしないと。

すぐにコズモが足もとへ来て、ダニエルを見上げた。教会へ祈りに行かないのかと催促している。母の様子をのぞくと、『女刑事キャグニー&レイシー』を見ながら寝落ちしていた。興奮に満ちた一般公開日——バーナードが息子に客の相手を命じる現場にも遭遇できて、いうことなし——で疲れた上に、あしたに備えなければならないので、頭はともかく体の方がシャットダウンしてしまったのだろう。

コズモとヒルダを従え、勝手口から夜の戸外へ出た。犬たちはいつものように墓石を嗅いでまわり、トイレタイムを設けてやると、草もツタもぼうぼうになった壁際のあたりで用を足した。それがすむと、聖具室の扉から聖堂へ入った。

暗い聖堂で、犬たちは会衆席を嗅ぎまわった。公開日で客が（犬も）大勢入ったので、においも強いのだろう。ダニエルは自分の席につき、ゆっくりとイエスの祈りを口にしながら、きょうの行ないを反省した。忍耐が足りなかったこと、不親切だったこと、不寛容だったこと。花係のたくらみやステラ・ハーパーの狙い、母の好戦的態度で頭がいっぱいだったときは、特に。

そのとき、かすかに違和感を覚えた。なにかがひそやかに祈りのリズムを乱し、意識の隅に割りこんできて、聖なる神秘から日常へ引き戻そうとしている。ロを閉ざして耳をすまし、ようやく気づいた。

犬たちがおとなしい。

いつもなら、犬たちの鼻息や爪の音、石の床をひたひたと歩く足音などが祈りのBGMだ。それが聞こえない。かわりに、よくわからない音がする。犬たちのようだが、いつもとはちがう、ぴちゃぴちゃとなめるような音だ。二匹を呼んだ。無反応。もう一度、鋭く呼ぶと、会衆席の後方から駆けてきた。床に濡れたような足跡を残しているのが、かろうじて見えた。

「コズモ！　ヒルダ！　どうした？」

月明かりに、足跡が光った。ペンキかニスでも踏んだのだろうか？　見物人がなにかをこぼした？

足跡を逆にたどっていく。一歩ごとに不安がふくれ上がる。

　床に開いた剪定ばさみが落ちていた――置きっぱなしとは、花係も不注意だな。次の瞬間、長椅子の足もとにうずくまった人の姿が目に入った。ひじあてつきのツイードのジャケットを着た人。アンソニー・ボウネスだ――のどもとから流れる血が、ぬらぬらしたどす黒い血だまりを作っている。犬たちの足についたのはそれだ。二匹はダニエルの横で、見つけたお宝のところへ戻りたくて激しくしっぽを振っていた。

10

　パトカーの回転灯が牧師館の窓を照らした。チャンプトン聖マリア教会は、犯罪現場と化した。警察官は聖堂の出入口、聖具室のドア、墓地の門に立入禁止のテープを張った。鑑識官たちの半分は作業服、半分は私服だ（足もとは、ダニエルの祖父も使っていた靴カバー）。

　オードリーは犬たちをバスルームに連れていき、足や鼻からアンソニー・ボウネスの血を洗い流していた。台所ではやかんが二度も沸き、ダニエルの通報の数分後に町から駆けつけた制服警官二人にお茶を提供した。ダニエルが現場へ着ていった服を押収した直後に、救急車と、刑事と、医師が到着した。その結果、教会の墓地に墓が一つ増えることが確定した。

スコット巡査は、砂糖を入れすぎた紅茶のマグカップを手に、台所に座っていた。「さぞ仰天されたでしょう」

「ほんとうに。恐ろしいですね。こんな通報は多くはないでしょう?」

「チャンプトンではね。ここでこんな事件が起きたことがあるのかどうか。しかし、これも人間の性《さが》ってやつですかね。恐ろしい事件はときたま起こるんですよ。チャンプトンみたいな場所でもね。その手のことはよくご存じでしょう」

「ええ。でも、こんな身近で、こんな突然に起こるとは」

スコット巡査はうなずいて、お茶をすすった。

「これからどうなるんですか?」

「捜査班が引き継ぎます。科学的証拠をできるだけ集めて、本格的な捜査を始めます。被害者はド・フローレス卿の縁者だというから、上の人間も噛んでくるでしょうな。マスコミもね。不用意に話したりしないでくださいよ。いずれ正式に供述していただきますから。たぶん、あしただな。出かけるご予定はないですか?」

ダニエルは首を振った。

「お一人暮らしですか?」

「いえ、母がいます。いま、犬の世話をしてます。それと、弟が泊まりに来ているんですが、まだパブから戻ってません」

バーナード・ド・フローレスが、開けたままの裏口に現われた。「お邪魔してもいいかな、ダン?」ウイスキーのボトルを持っている。マッカランの十二年。なんという気づかい。

巡査はぱっと直立不動になった。「ごぶさたしております!」

「スコット巡査、ド・フローレス卿はご存じですよね？　ボウネスさんのいとこです」ダニエルが紹介した。「お話をなさりたいのでは？」

「よく存じ上げております」

「ああ、スコットか。よかった。なにかわかったか？　なんでこんなひどいことに？」

「ご報告できることはまだございません」

ダニエルは椅子をすすめた。「バーナード、お茶はどうです？」

「ちがうな。スコット、つきあうか？」ウイスキーのボトルをどんとテーブルに置いた。

「ご遠慮申し上げます」

ダニエルは居間へ、タンブラー二つとソーダサイフォンを取りに行った。

戻ってくると、バーナードはスコット巡査と話していた。いつもの、お子さんはどうしているとか犬は元気かねとかたずねるときの尊大な口調ではなく、実務的な話し方だった。


「うちの土地にマスコミが押し寄せるような事態は避けたいんだ——わたしから署長に頼んだ方がいいだろうか？」

「いえ、自分がやります」

「やじ馬も勘弁だが、それについてはいかんとも……」

「できるだけの手は打たせていただきます」

「ありがとう、スコット。以上だ」まるで自分が仕切っているかのような口ぶりだ。

スコット巡査が席を立った。「では失礼いたします。なにかありましたらご連絡ください」

見送るなり、バーナードは大きなタンブラー二つにウイスキーを注いだ。「ダンは水割りか？　わたしは、やはり氷がほしいな」

ダニエルは冷凍庫の製氷皿から氷をいくつか出した。小さな水差しに水道水も汲んだ。それからテーブルに横並びに座った。向かい合わない方が、話しにくいことを話すには好都合だ。

「わたしが呼ばなけりゃ、アンソニーはここにはいなかったんだ。一族の歴史を整理したいと思ったときに、彼がぶらぶらしてたから」

「なぜでしょう？」

「ずっと不安定な暮らしだったんだよ。根なし草というのかな。チャンプトンに来たら、少しは落ちつくかと思ったんだ」

「根なし草というと？」

バーナードは顔をくもらせた。「さあねえ。わたしとちがって、アンソニーには役目というものがなかった。人は役目があると、地に足がつくものだろう？」

「役目に縛られることもありますけどね。敵を作ったりしていたんでしょうか？　トラブルに巻きこまれたとか？　借金とか？　危害を加えられる理由が、なにかあったんでしょうか？」

「いや、まったく思いつかない」バーナードは答えた。「だけど、他人のことなど完全にはわからないだろう？　彼が酒飲みだったのは知っているね。そのせいでめちゃくちゃだった時期もあるんだ。仕事もなく、生活も崩壊して。しょっちゅう正体をなくしてて、一度は派手にやらかしてね——葬儀の場だったんだが、〈デイリー・メール〉のクズ記者に見つかって、恥ずかしい記事を書かれたんだ。それに、飲みすぎたせいであやうく死にかけたこともある。これも目を引いたね。ロンドン図書館の職員と、殴り合いになったんだ。眠りこけていたのを起こされたもんだから。聖ルカ病院で治療を受けたりもしたが、結局、ここへ来た。チャンプトン公文書管理担当なんて、ぴったりだろう？」

ほんとうにぴったりだったのだろうか。先祖の功績を調べながら、わが身を振り返ったことだろう。親類の温情にすがって生きている事実を、日々痛感させられたかも。

バーナードは話をやめておかわりを注ぎ、しばらく二人とも黙って飲んだ。「気の毒なアンソニー」やがて彼はいった。「気の毒に」

警官がノックした。「牧師さん、弟さんがお帰りです」

「ああ、入れてやってください」

セオが転げこんできた。あわてているのか、酔っ払っているのか。「ダン、どうなってるの？　家に入るだけなのに、全身調べられるのかと思った」

「教会でアンソニーの遺体を見つけたんだ」

「ええっ！　なにがあったの？」

「話しちゃいけないのかもしれないけど、どうせわかるもんな。殺されたんだよ」

「嘘だろ！」

バーナードはまたおかわりを注いだ。

11

朝、ダニエルは寝ぼけまなこのまま、いつもどおり裏口から犬たちを外へ放した。とたんにキャンキャンと吠えたけりはじめた。あやしい人物（警察のことだ）が縄張りに侵入し、教会も墓地もわがもの顔で歩きまわっている。ダニエルがあわてて呼び戻すと、犬たちは一瞬迷ってから、走ってきた。そこで、今度は表の玄関から出してやったところ、ついさっきの怒りをたちまち忘れ、牧師館の前の静かな芝生で用を足した。

人間であるダニエルの方は、きょうの聴取のことで頭がいっぱいだった。どんな話になるか、考えすぎないようにと思っても、どうしても考えてしまう。ゆうベバーナードが帰った後、大事なことをいくつか書き留めておいた。経験上、記憶はしばしば想像にゆがめられるとわかっている。捜査官の質問には、できるだけ的確に答えたかった。この混沌と暴力に、冷静かつ理知的に対処したかった。

そのとき、通りからの視線を感じた。マーガレット・ポーティアスだった。目が合うと手を振ってきたので、パジャマとガウン姿でためらいがちに振り返した。そしてすぐに後悔した。来てよいという合図ととらえて、待っていましたとばかりに近づいてきたからだ。玄関に引っこみ、葬送式用の厚手の黒いコートを羽織ろうかとぼんやり考えたが、やめにして、ガウンをきっちり直すと、玄関先に立ちふさがった。

「先生！」マーガレットはあいさつした。「朝早くからごめんなさい。でも、なにかお力になれたらと思いまして。恐ろしいことですね！」

チャンプトン住民にうわさ好きの自覚はないけれど、情報が家から家へと電流のように伝わることに、ダニエルは気づいていた——そして遺憾に思っていた。ゆうべも、パトカーのライトがひらめいた瞬間に電気回路にスイッチが入り、ダニエルがバーナードに電話していとこの死を告げた数分後には、他言無用といいつけられたアレックス・ド・フローレスが、使用人にも他言無用を誓わせ、あっという間に高圧電流が流れ出したのだった。

「マーガレット、いまは勘弁していただけますか。話す気になれなくて」

犬たちが足もとをすり抜けて家へ入っていき、ダニエルも続こうとした。

「先生。どうなるんでしょう？」

「なにがですか？」

「教会です。きょうの礼拝は中止でしょうね？」

「いいえ、やりますよ。夕方の礼拝を、六時にド・フローレス邸の礼拝堂で行ないます。よかったら、みなさんに伝えていただけますか？」いわずもがなの頼みをした。

「もちろんです。一般公開の方は？」

「さすがに不謹慎だろうとバーナードがいっているので、中止です。みなさん、がっかりされないといいんですけど」

「わかってくれますよ。それに、警察が話を聞きに来るでしょう？」

「はい、たぶん」

「わたしたち、なにか目撃していたのかしら。犯人とか！」

「まだなんともいえませんよ」

「血の海だなんてねえ！　おぞましい！　葬送式の手配は進んでいますの？」

「さあ、どうでしょう。いまはただ、かかわる人すべてを祈りのうちに覚えましょう」

マーガレットは一瞬神妙な顔をした。「そうですね。ほんとにアンソニーはかわいそうに。いったいだれがこんなことを？　バーナードもかわいそうだわ。仲がよかったですものね」

ダニエルはじりじりと後ずさりした。「そろそろ失礼しますね。では」

マーガレットが、だれから電話しようかと思案する様子でいそいそと去っていくと、ダニエルは台所へ戻ってコーヒーを入れ、トーストを用意した。きょうはどうなることやら。村人たちは事情を知りたがるだろうし、一般公開に来た見物客にはお引き取り願わなくてはならないし、警察の聴取もあるはずだ。葬送式の準備もあるが、検屍が終わるまで待たざるをえない。その間、水面下ではどんなものがうごめいているのだろう？　死というのは水雷のようなものだ。水中で爆発し、その後ゆっくりと浮かび上がってくるのは――いったいなに？　コミュニティのみなが、非道な行為に向き合わざるをえなくなる。

変死を扱うのは初めてではなかった。最初の教会では着任した週に殺人事件があったし、その後も何件か経験した。司法で裁かれた件もあれば、未解決もあり、ひょっとしたら発覚していないものもあるのかも。犯人は被害者の身内にちがいないと思えた事件もあった。不注意や怠惰が死を引き起こした例もあった。なにより残酷なのは、じわじわと死に追いやるやり口だ。激情に駆られて殺すのではなく、ゆっくりと、着実に、目に見えないやり方で、まず喜びを奪い、感情を奪い、空っぽの人生に被害者が絶望するのを、あるいは酒で命を縮めるのを、あるいはなにもかもあきらめるのを、待つのだ。

　だれがアンソニーを殺すというのだろう？　深い仲ではなかったけれど、こんな運命には似つかわしくない人だった。過去になにかあったのだろうか？　都会での謎めいた暮らしで、敵を作ったのだろうか？　それとも、原因はもっと近くにあるのか？　ダニエルが魂の救済へと導くべき、この教会区に？

　着替えをしながら、頭の中で説教の手直しを始めた。母がトーストを手に、台所から顔をのぞかせた。

「マーガレット・ポーティアスったら、一大事って顔して、飛んで帰ったわねえ。なにを話したの？」

「なにも。寝間着姿を見たら遠慮して帰ってくれるかと思ったんだけど、知らん顔だったね」

　トーストが傾き、マーマレードがぽたりと床に落ちた。「プリムローズがきれいだから、お散歩に行ってこようかしら。みんなの話も聞けるし」

「本気なの？　なにも話しちゃいけないよ」

「わかってますって。なにも話さずに、なにもかも聞いてくるわよ」この手の活動がオードリーは大好きなのだ。うれしそうにトーストをむしゃむしゃかじった。

　ドアベルが大きな音で鳴った。えらく強く引いたらしい。

「今度はなんの用？」オードリーがこぼし、ダニエルが出た。だが、来たのはマーガレットではなかった。録音機を持った若い男性と、カメラマンだった。パジャマから着替え途中のダニエルを、すかさず写真に撮った。

「クレメント司祭ですね？　〈デイリー・エクスプレス〉です。ゆうべの殺人事件について、なにかコメントを」

「いまはなにもありません」そういってドアを閉めた。またドアベルが鳴った。窓から見ると、家の前にさらに何人もの記者と、テレビカメラを担いだ人と、灰色のふわふわしたマイクを棒の先につけた人とが、集まっていた。あのふわふわを見ると、子ども番組に出ていた毛むくじゃらの犬を思い出してしまう。

階段からうなるような声がして、セオが現われた。ダニエルの二番目に上等なガウンを、下着の上に引っかけている。

「あら、おはよう」オードリーがいった。

「おはよう。こんな朝早くに、だれだよ？」

「〈デイリー・エクスプレス〉ですって」

「うへっ、こんな格好じゃまずいな」

「撮影会じゃないわよ――少なくともセオの撮影じゃない。二人とも、朝ごはん食べたらどうお？」

二人がテーブルにつくと、腹が減っては戦《いくさ》ができぬという信条のオードリーが、ベーコンや卵やきのこやトマトやソーセージを次々と並べた。ブラウンストンベリーのデニスという肉屋から仕入れたものだ。デニスに対しては色じかけで、まるで配給切符で少しでもいい肉を手に入れたい戦時中の主婦のように魅力を駆使している。セオはこの朝食に大喜びした。二日酔いに効きそうなだけでなく、ゆうべバーナードのウイスキー二杯でダウンしてしまい、聞き逃した事件の全体像をつかめるからだ。

ダニエルは全部説明してやった。ある意味、警察での供述のリハーサルだ。

「えらい目に遭ったね」セオはいった。「ぼくだったらとても無理だ」そういいながらも、少し残念そうだった。

オードリーが口を出した。「でも、警察はセオからも聴取するでしょ。わたしたちみんなが、犯行時どこにいたか調べるはずよ。きのうはどこにいたの？　一般公開でもぜんぜん見かけなかった」

「偵察してまわってたんだ、ダンの提案で」ふと心配そうな顔になった。「そういったよね？　いろんな人に会って、ダニエルのことを聞いてたんだよ。牧師としての仕事ぶりをね。みんなべたぼめだったよ！」

「人気狙いでやってるんじゃないよ」

「わかってるさ。けど、だれにきいてもいい話ばかりだったよ、すごくいい話。それも、お上品な方々だけじゃないからね」

「だれのこと？」

「お邸の後で庭へ行ったら、あの若い庭師と話せたんだよ——ネイサンだっけ？　ダンが自分にも家族にもものすごくよくしてくれるっていって、おじいさんに会わせてくれたんだ」

「エッジーに会ったの？」

「うん」

「入れてもらえたのか？」

「すばらしく丁重にね。最初は警戒してたけど、あの変わった台所で話をしてくれたんだよ。いかにも、むかしながらの農民の暮らしって感じだよね。自家製のプラム・ジンも飲ませてくれたよ、ジンというよりワインみたいだったな」

「プラム・ジャーカムっていうのよ」とオードリー。

「すごく伝統的なお酒」

「すごく強いしね。それでおたがい酔っ払って——まあ、ぼくが酔っ払って——で、たばこの葉と紙をくれたから、自分で巻いて、話をしたんだ。ありゃあ、すごい男だね。ロマのプロボクサーだったんだって。でもそのせいで、ずいぶん苦労もしたらしい。顔に刻まれてるし、それに手にも」

「強烈な存在感よねえ、エッジーは。キジでもウサギでも捕まえちゃうの。それに、ネイサンをとても大事にしてて。ネイサンの方もよ」オードリーが話した。

「ここみたいな土地の魅力は、それだね」ダニエルも加わった。「村の働きがちゃんと続いていくんだよね。新しい世代が、古い世代から技術を引き継いで残していく。老いたものを世話し、若いものを育てる。ネイサンも、意識せずにエッジーから伝統を引き継いでいく。バーナードがおじいさんやお父さんから引き継いだのとおなじようにね。古い身分制度が廃れて、猟場番人とか、庭師とか、養兎場主とか……」

「ヨウトジョウシュって？」

「ウサギを飼育する職業だよ。そういう職業はなくなったけど、エッジーみたいな人が全部引き受けてる」

「役に立つんだ？」

「とても」

「ちなみに、ダンに好意的だったよ。尊敬してた。古風なんだね」

「牧師全般を尊敬してるってだけだよ。ロマは信仰心が篤いんだ。正統派とはちがうところもあるけど、深く信じてる。エッジーのところを出てからは、なにしてた？」

「できることはただ一つ。パブへ行った」一瞬口をつぐんだ。「アンソニーとも会ったよ。フランス人の女性と話してた。彼を生前最後に見たのは、ぼくかもしれないな」

「覚えていることを書いておくといいよ。警察はセオからも聴取するだろう。お母さんからもね。心がまえをしておかないと……」

12

ダニエルは自分の書斎にそわそわと座っていた。いつもは聞き役なのに、きょうは質問される側だ。質問者は三十代で、ブロンドに青い目の大柄な男性（屋内では納まりが悪いほどの、規格外の大きさだ――ラグビーや群集整理に向いていそう）。既製品のスーツはサイズが合っておらず、着心地が悪そうだった。ブラウンストンベリー警察刑事部のヴァンルー巡査部長。ヴァンルーというのは、オランダ系かな？　南アフリカかも？　だが、なまりはイングランド北西部、マンチェスターあたりのようだった。

オードリーが軽食を出そうとしたが辞退し、〝司祭さん〟と少し話したいのだが、と切り出した。

こうして向き合って座ると、クラスに一人はいる極端に大きい子という風情《ふぜい》だが、注意を怠らないまなざしはおよそ子どもらしくない。Ａ４の罫線入りリングノートと、プラスチック軸のシャープペンを手に取った。ぺんてるのＳＰ〇・九ミリ。仲間だ、とうれしくなった。

「牧師さん、わかりきったことをきいて申し訳ないですが、お名前とご住所、ご職業をいっていただけますか？」

〝牧師さん〟という慣れない呼びかけに、ダニエルはもじもじした。「参事会員のダニエル・クレメント司祭です。チャンプトン教会区を預かり、この牧師館に住んでいます」

「こちらにはいつからお住まいですか？」

「八年になります」

「同居されている方はいらっしゃいますか？」

「はい。母のオードリー・クレメントが」

「その方も八年前から？」

「いえ、四年です。父が亡くなってから引っ越してきたんです。いまは弟のセオが滞在していますが、普段はロンドンに住んでいます」

「なるほど。きのうの行動を教えていただけますか」

「母のですか？」

「お母さんも、弟さんも。でもまずはご自身から始めましょうか」

「きのうはド・フローレス邸の一般公開日で、忙しかったんです。教会にも大勢見学者が来ました――村の一大行事なんですよ。最後の客を見送ったのが五時半すぎで、家に帰ったのは七時半ごろだったと思います。そうだ、ちょうどニュースが終わるところでした。母と二人で軽く食べて、それから祈りを捧げるために教会へ行きました」

「何時でした？」

「たぶん九時ごろです」

ヴァンルー刑事はメモを取った。「では、弟さんは？」

「セオですか？　帰りは遅かったです、警察より後でした」

電話が鳴った。「出られますか？」

「母が出ますよ」

鳴りやむのを待つあいだ、気まずい沈黙が流れた。

「それまで、弟さんはどこにいらしたんでしょう？」

「パブにいたそうです。閉店時間の十時半に帰ってきました」

「死体を発見されたのは、何時でしたか？」

「九時ちょっとすぎでした。『女刑事キャグニー＆レイシー』が始まってすぐだったので、まちがいありません」

「そのせいで教会へ行ったんですか？」

「祈りを捧げに……」そういいかけて、冗談だと気づいた。「わたしの趣味じゃないんですよ。母が好きなんです。刑事ドラマのファンで」

「その最中に出かけてしまったんですか？」

「きのうは疲れる日で、母もうとうとしていたんです。ちょうどいいタイミングだと思って」

「聖堂に明かりはついていましたか？」

「いいえ、真っ暗でした」

「明かりをつけたんですね？」

「いいえ」

「なぜです？」

「必要ないからです」

刑事はノートから顔を上げた。「それは……変わっていますね」

「怖いとも感じませんから」ダニエルは口ごもった。「普段ならば。内陣の自分の席に、祈禱書用の小さなライトがありますが、聖堂は暗い方が落ちつくんです。見えなくても、体が覚えていますし。ゆうべも席まで行って、祈りはじめて……」

「犬も連れて？」

「いつもついてくるんです。夜のおしっこタイムで」ああ、ばかみたいな言い方。法廷でそのとおり読まれたら、どうする？「それと、ネズミを探して嗅ぎまわるんです。ビスケットのかけらを見つけることもあります。ゆうべは大興奮を予期していました。見学者が多くて、犬も入っていましたからね。嗅ぎ甲斐がありそうでしょう。それがきっかけだったんです。いや、きっかけにならなかったのかな。大興奮しなかったので。おとなしいので、なにかへんだと感じたんです。呼んでも来なくて、二度目でやっと来ましたが、通路に足跡をつけているのが見えたんです」

「暗いのに？」

「月明かりで、足跡が光って見えたんですよ。それで、なにがあるんだろうとたどっていって、アンソニーを見つけたんです」

「暗いのに彼だとわかったんですか？」

「上着でわかりました——革のひじあてで。すぐに駆け寄りました」

「生きていると思ったんですか？　意識がないだけだと？」

「死んでいるのはわかりました」

「どうして？」

「倒れた姿勢です。布の人形のような。死体ってそう見えるでしょう？」

刑事はうなずいた。「なのに、どうして近寄ったんです？　死体に触れてはいけないと、ご存じでしょう？」

「とっさに頭に浮かばなかったんでしょうね。祈りを捧げようと思ったんです。でも、そこらじゅうひどい血で、犬たちも興奮状態で……なので家に戻って、通報しました。それから母を起こして——いや、犬たちが起こしたんだな——そこで初めて、わたしも血まみれだと気づきました。あんなふうになるものなんですね」

「そんな時間に、ボウネスさんはなぜ聖堂にいたんでしょうか？」

「アンソニーは教会委員ですから、聖堂の鍵を持っていて、好きに出入りできたんです。一般公開後に戸締まりをする当番にあたっていたんでしょうが、普段からよく教会には来ていました。教会が好きだったんでしょう。わたしが朝や夕の礼拝を捧げるときに参加することもありましたし、一人で祈っていることもありました。きっと、最期が訪れたときもそうだったんでしょう」

「なぜそう思うんです？」

「見つけた場所です。それに姿勢も」

「どういうことですか？」

「長椅子の座面と、前の席の背もたれのすき間に倒れていたでしょう。ひざまずいた姿勢で」

「なぜわかるんです？」

「ひざ用のクッションが出ていました。硬い床にひざをつくと痛いですからね。うちでは、長椅子の背もたれにフックをつけて、クッションをかけているんです。祈るときに自分で敷くんですよ。彼もいつもそうしてました。女王のシルバー・ジュビリーを祝って、ガールスカウトの成人会員が作ってくれたクッションです。すごく手がこんでいるんですよ」

恐ろしい光景がくっきりとよみがえった。死体からマグマのように広がる血が、ぬるぬる、べたべたしながら、木の段を流れ落ち、通路の石の床にたまっている。彼に祝福を与えるため、すぐ横のクッションにひざまずいたとき、重油のように黒くてどろりとした血がまだ流れ出ているのが、暗闇の中でも見えた。明かりをつけると、噴き出た血は通路の反対側の長椅子にまで飛び散っていた。

「刑事さん、こんなことをした人は、血まみれになっているんじゃありませんか？　発見しただけのわたしでも、ズボンや手や靴に血がいっぱいついたんです。犯人は全身に返り血を浴びているはずですよね？　それに、ものすごい力で刺したんでしょう。凶器が剪定ばさみだなんて、珍しいですよね？」

ヴァンルー刑事は肩をすくめた。「検屍結果が出たらなにかわかるでしょう」

「足跡は……？」

「……それも結果待ちです」質問は続いた。「ボウネスさんが小型懐中電灯を持っていたのは、なぜかわかりますか？」

「ええ。聖堂が真っ暗なときは、鍵を開けて、聖歌隊の部屋まで行って、電気をつけるために、懐中電灯がいりますから」

「あなたは必要ないんですよね」

「まあ、ないですね」

「ボウネスさんは暗くなってから来たということでしょうか？」

「かもしれません。だから懐中電灯を持っていたのかな。あるいは、いつも持ち歩いていたのか」

「あなたが来たときは、電気はついていなかったんですね」

「はい、ついていませんでした」

「たしかですか?」

「まちがいありません」

「となると、ボウネスさんが着いたときは明るかったから、電気をつける必要がなかった、ということにはなりませんか?」

「そうですね。もしそうなら、聖堂に着いたのは……八時前かな? それか、だれかが電気を消したのかも」殺人犯が、電気代節約を心がけて消していくだろうか?

「ボウネスさんとは、どういう関係でしたか?」

「仕事上の関係です。アンソニーは聖マリア教会の教会委員でもあり、チャンプトンの公文書も管理していたんです。だから、あちこちで接する機会がありました」

「個人的な関係はどうですか? 友人といえるような間柄でしたか?」

「まあ、そうかな。彼がここに移り住んで日が浅いですが、その前から顔見知りではあったので。ド・フローレス卿のいとこで、チャンプトンにもよく来ていたんです」

「村に住んでいたんですよね?」

「ド・フローレス家所有の借家にね。本邸に通って仕事をしていました。それと、教会委員だったので……ええと……一般信者から選ばれて、代表として……」

ショックのせいでしどろもどろになっているんだ。仕切り直してもう一度。

「教会の運営に携わる信者のことです――教会の建物やら、組織やら、日々の雑事やら。牧師から会衆へ、会衆から牧師への橋渡し役でもあります」

「ボウネスさんに敵がいたと思いますか？」

「いいえ、考えられません。ただ、わたしもそこまで親しい間柄ではないんです。ご親族にきかれた方がいいと思います」

ヴァンルー刑事はメモした。「お母さんと弟さんにも、話をさせていただけますか」

話を聞いてまわったのは、警察だけではなかった。新聞記者やニュースのリポーターが、本通りをうろつき、郵便局にも出入りしていたが、収穫はなかった。アンソニーはド・フローレス家の人間なので、一族につながりのある人はみな賢明に沈黙を守ったのだ。ステラ・ハーパーだけはそのような配慮には無縁で、店を開ける前から待ちかまえていた〈デイリー・エクスプレス〉紙の若い記者の取材を、喜んで受けた。教会を背景に、黒い服を着て、重々しい表情で写真を撮られているのを、オードリーが目撃した。

オードリーは帰宅後、居間でテレビをつけ――ウィンブルドンの二週間をのぞくと、昼間にテレビを見ることはめったにない――大声を上げた。「ダニエル来て！　テレビに出てるわよお！」お昼どきの地域ニュースは、ほんの二時間ほどのあいだに、殺人事件についてまとめていた。ダニエルが午前中、避けてあるいたリポーターが、教会の外から中継していた（あの角度じゃ見栄えが悪いな）。

「ノルマン・コンクエストの時代からド・フローレス家が治める村チャンプトン。この歴史ある土地の教会で昨夜、死体が発見されました」立入禁止のテープが張られた墓地の門に、カメラがズームした。「発見者は教会の牧師である、ダニエル・クレメント司祭だそうです。亡くなったのは、ド・フローレス家の一員と見られていますが、関係者は――」〈チャンプトン・ハウス〉の前に、領主然としたバーナードと当時の妻が立っている静止画像。「――いっさい声明を出していません。警察は、チャンプトンで男性の死体が発見されたこと、死の詳細について調べが進められていることを、認めました」その後、家の前でランドローバーに乗りこむダニエルの画像が出た。「クレメント司祭は、『アップルツリー・エンド』でヘーゼルタイン巡査を演じた俳優、セオ・クレメントの兄にあたります」

「あら」とオードリー。「セオが喜ぶわ」

その日の午後はチャンプトンじゅうのテレビがついていた。画面越しだと妙によそよそしく感じられる邸や教会や司祭を見るためだけでなく、サッカーの試合を見るために。リーグカップ決勝のアーセナル対ルートン・タウンは、順当な結果になりそうだった。

ノーマン・ステイヴリーは父親の影響で、物心ついたころからのアーセナルファンだ。昼食を大急ぎで終えるとアンソニーの遺体発見という大ニュースと、ドットのひっきりなしの電話のせいで、予定が押していた——ITVをつけ、リモコンとビールと灰皿を手もとに置いて、特等席に座った。試合前のトークのあいだは、ライスプディングが睡眠薬のように効いてうとうとしていたが、決めた時間の一分前には目覚めるという魔法じみた特技のおかげで、キックオフ直前にぱっと目を開けた。

両チームがピッチに出ていた。眠い目をこすりながら、ルートンの脅威を探り、アーセナルの強みを確認した——オレアリーはまだ出てこないな、デイヴィスはだいじょうぶなのか？　その間、ドットは台所でずっと電話していた。「もうじきうちにも警察が来るはずよ、ポーティアスさんちが調書を取られたっていうし、エイチャーチさんちもらしいから、きっと次はうちよ、でもできればあと二時間は待ってほしい、ノーマンがサッカーを見はじめたから、邪魔なんて入ったらもう……」ホイッスルが鳴り、ノーマンは完璧に目覚めた。アーセナルがチャンスを逃し、ルートンも逃し、相手方に点が入ると、完璧すぎるほどにしっかり目覚めた。「……わたしたちも七時すぎまでいたよ、わたしはマーガレットとお金の計算をしてたし、ノーマンは隠れたり迷ったりしている人がいないか、チェックしてたし。アレックスも——アレックスのこと、聞いた？　見学者の前で、アンソニーと言い争ったって……」ノーマンはベンソン・アンド・ヘッジズのたばこに火をつけた。行け、アーセナル、反撃だ！　だが、ルートンの予想外に堅いディフェンスを突き破れない。「まったくねえ、シャーマン姉妹は階段の上り下りに文句たらたらで、掃除もせずにどっかへ行っちゃったらしいよ。そうそう、スタニランドさんたちも、さっさと帰ったな。そういえば、リヴァセッジさんたちは？　ネイサンはいつもこそこそ動きまわってるし、あのおじいさんだったら、ためらいもせずにのどを掻き切るんじゃ……」

　ノーマンは立ち上がって台所のドアを閉めに行った。ドットと目が合った。ハーフタイムだ。サッカーの解説ならいくらでも聞くが、殺人事件のゴシップは勘弁だ。それでも、閉じたドアから漏れ聞こえてきた。サッカーに集中したい。ゆうべのできごとも、だれがなにをしたかも、自分が見られていたかどうかも、考えたくない。

「アーセナルがあのゴールを許したのは、痛恨でしたね……」とテレビから聞こえてきた。そのことばが、午後じゅう低気圧のように垂れこめていた絶望感を、決定づけた。

13

教会は封鎖された。ひょっとしたら無期限に。信者は犯罪現場から閉め出された。考えてみれば、毎週毎週、祭壇でキリストの体が裂かれ、血が流されて、犯罪現場も同然だが。とはいえ、神学的な話ばかりしていてもしかたがない。祭壇がなければ陪餐も行なえないが、バーナードが私宅礼拝堂を貸すと申し出て、問題は解決した。ぐるりを建物に囲まれた立派な礼拝堂で、ド・フローレス一族に雇われた代々の聖職者が使ってきた。尖頭アーチと壮麗なヴォールトを持つ、十二世紀末ゴシック様式の建築だが、その後十八世紀になって、熱意あふれる司祭が新たな礼拝堂を二階に設けた。ジョージアン様式のシンプルな造りながら、昼は大きな上げ下げ窓からの陽光で、夜はシャンデリアで、明るく照らされていた。信仰心が花開いた時期には、一族や使用人をそこに集めて朝の礼拝を守っていたこともあったらしい。その結果、最初に造られた礼拝堂は存在意義を失い、いまでは冷え冷えとして、使われるのはたまの洗礼式だとか、ド・フローレス一族の末席に連なるもののささやかな結婚式、あるいは逆に重要人物の遺体の公開安置、さらにはアンソニーとダニエルが企画した、〈夏のチャンプトン芸術祭〉(『寺院の殺人』の上演にバーナードは閉口して、もう見ないと言い放った)くらいだ。

その夜の陪餐にはいつも以上の人数が詰めかけ、礼拝堂からあふれるほどになった――神聖な理由と、俗っぽい理由の両方で集まってきたのだ。アンソニーの死と、その残忍な手口とに、チャンプトンじゅうが衝撃を受け、席を確保しようと早めに来るものもいた。ダニエルが祭壇の支度をするあいだに礼拝堂は満席になり、最前列のド・フローレス家専用の席をよけながら押し合うさまは、ぎゅう詰めの車両内の指定席を思わせた。

きょうの聖書の箇所を確認したダニエルは、きつい言い回しも、無残な殺しも、よけいなひとこともなさそうだと、ほっとした。イエスはやたらとぼかした言い方で、「しばらくすると、あなたがたはもうわたしを見なくなるが、またしばらくすると、わたしを見るようになる」とか、「父のもとに行く」とか話している。弟子たちにはなんのことかわからない。そのとまどいや理解不能に思いを巡らしながら、ダニエルは説教をした。神の啓示と、神の約束とを受け入れて生きていかなければならないこと。啓示はたやすく、約束ははるかにむずかしいこと。アンソニーの死や、発見したときのことにはいっさい触れなかった。ただ、彼の魂が父のみもとで安らかであるように、道をはずれた行ないに正義が、道をはずれたものにあわれみがもたらされるように——何人かは不安げに身じろぎした——そしてこの村のすべての人にふたたび平穏が訪れるように、祈った。「アーメン」人々が唱和した。

中庭に続く段まで出ていったが、例によって先を越された。最後の聖歌——空気漏れする足踏みオルガンでジェイン・スウェイトが弾いた、『主の約束待ちつづけ』——の途中で、シャーマン姉妹とショーリーさんが厨房へ向かったからだ。今夜はそそくさと帰る人もいなければ、気安い会話もなかった。ひそひそ声が徐々に大きく、あからさまになり、ざわめきを上回って、切れ切れの憶測が聞こえてきた。

「……首をざっくり切り裂かれて……」

「……先生に最期のことばを残して……」

「……小川のほとりを逃げていった……」

アノリア・ド・フローレスが最初に出てきた。「もう、大騒ぎだね……どれだけドラマ好きなんだか。ねえダン、だいじょうぶ?」

「だいじょうぶですよ。アノリアは？　ひどいことになりましたね」

　彼女は肩をすくめた。「ほんとにね。アンソニーを殺したい人なんて、いるとは思えない。あんなに人畜無害なのに。ほんとうに他殺なんだよね？」

「みなさんそういってますね」

　アノリアは、〝ばかじゃないの〟という顔で彼を見た。「パトカー、警察、立入禁止のテープ。だれが見ても他殺でしょ。パパも他殺だって」

　ダニエルは黙っていた。

「ちょっとダン、察してよ。わたしが知りたいのはね、ただの通り魔なのか、だれかに恨まれていたのかってこと」

　アンソニーが人気者だったとはいいがたいが、強烈な殺意を引き起こすような人物だっただろうか？　通り魔殺人なのかもしれない。心を病んだ何者かが、だれでもいいから殺そうと考えて聖堂に入りこんだ。いや、それはない。ありえないというのではなく――そういう事件はチャンプトンのような静かな村でも起こりうるし、激情がいつどこで爆発するかなどわからない――あの致命傷が引っかかる。傷は一つしか見えなかった。通り魔だったら、めった刺しにするのでは？

「少し飲んでいかない？　図書室で」

「みなさんも参加するんですか？」

「ううん、みんなには談話室でワインを出すみたい。そっちにも顔を出さなきゃいけないだろうけど、その後で来て、ね？」

　ダニエルがうなずき、アノリアは出ていった。その直後に、バーナードとマーガレットに導かれた信者の一隊がやってきた。バーナードは疲れた顔、マーガレットはしかつめらしい顔をしていた。バーナードはさりげなくマーガレットをこちらへ押しやって、離れていった。不器用なバーナードはいまだに〝貴族の務め《ノブレス・オブリージュ》〟に縛られており、それで私宅礼拝堂も談話室も村人に開放せざるをえなかったのだ。オークの風味が強すぎるオーストラリアのシャルドネがここでもワインセラーから出され、無料でふるまわれることになった。キリスト教的な奉仕の精神が、いかにも彼らしい。

「ダニエル、警察の捜査って、ほんとうにたいへんですねえ。きのうのきょうだっていうのに」

ダニエルは力なくほほえんだ。

「それにしても……どなたが――」彼女には、不必要な敬語を使うくせがあった。「――どうして、いつ、あんなことを？」

「さあ、わかりませんね」

「そうですよね」

マーガレットは、ワインと、つまみの塩ピーナッツの列にいち早く並ぼうと、談話室へ急ぎ足で行ってしまった。

その後の図書室では、シャンパンと無塩のローストピーナッツが用意してあった。アノリアは暖炉の前に座りこんで、ピーナッツをかじっていた。背後の壁には、先祖の小さな肖像画が三枚かかっている。どれも十八世紀の美人で、白い肌、丸みのある体つき、そしてアノリアにも受け継がれている赤銅色の髪。その髪が、揺らめく火明かりで輝いた。

「ダン、こっちへ来て！　シャンパンでいい？　お葬式っぽくはないけど、でも……こっちは生きてるんだもん」アノリアはやけに明るくいった。「アンソニーも怒らないでしょ」ひと口飲みながら、伝わっているか確認するようにダニエルを見る。伝わってはいたが、ペースに巻きこまれないようにした。

「だって、彼って飲んだくれだったでしょ？　そのせいで、ここへ来るはめになっちゃったんだ。依存症の治療を受けて、ここに来て、それきりいついたわけ。なんでそうなっちゃったんだろう？」

「さっぱりわかりませんね」

「〝さっぱり〟なの、それとも〝うるさいな〟なの？」

「この話はよしませんか」

アノリアによす気はなかった。「酒飲みの問題点って、わかる？　わたしもずいぶんバーに入り浸ったからわかるんだ。借金やギャンブル、裏の顔とかね」

「飲む理由は人それぞれでしょう」いってから、結局巻きこまれたことに気づき、ほぞを噛んだ。

セオが近づいてきた。足取りも乱さずに空のグラスを置き、中身が入ったのを手に取って、二人と並んでソファーに座った。

「礼拝であんまりしゃべらなかったね」

「いつもとおなじことを話した。祈禱書のとおりに。勝手に書き換えたりはしない」

「うん、でもさ、アドリブっていうか、事件の話だよ。だって、アンソニーがゆうべ殺されたわけだからさ」

「彼を覚え、神の御守《みまも》りがあるように、正義がなされるように祈ったよ。それじゃ足りないかな？」

アノリアが唐突にいった。「彼、ゲイだったのかな？」

ダニエルもそう感じたことはあった。一度、教会区会議の後に書斎で飲みながら話したことがある。暖炉に火が燃え、夜は更け、ウイスキーはスモーキーなかおりを放っていた。しばらく黙りこんだのち、アンソニーがなにかいいかけた。だがすんでのところでためらい、口を閉ざした。その様子に、障害の多い恋愛に悩んでいるのだろうか、という印象を持った（そういう例は多い）。もしそうなら、彼も裏の顔を持っていて、そのせいで殺されたのだろうか？

「どうでしょうね。だれかに打ち明けていたんでしょうか？」

「パパとか？　まさか。パパにカミングアウトしたい人なんて、いる？　それより、話すとしたらダンじゃないかなって」

「いいえ、聞いていません」

「気にならない？」

「なりません」

セオが口をはさんだ。「ほんと？　ぜんぜん？」

「気にするものじゃないからね」

アノリアがうなずいた。「根掘り葉掘りきかないわけね？」

「そう。わたしに打ち明けたい話があるなら、喜んで聞く。そうでないなら、追及しない」

セオはけげんな顔をした。「大事な話をしかけていたとしても？　助けを必要としていそうでも？」

「わたしにできるのは扉を開けておくことだけ。入ってくるかどうかは、その人が決めることだよ」

「でも、自然にわかっちゃうこともあるだろ。ぼくの友達の女性がさ、息子のことで悩んでたんだ――ぼくが名づけ親になってやった子なんだけど、学校でいじめられてて、性自認の問題を母親は疑ってた。八歳でそんなこと決まるもんかって、いってやったんだけど、ぼくから話をしてみてほしいって頼まれたんだ、父親がわりって感じで。で、週末にいっしょに出かけて、昼めしの後で散歩なんかして、絆を深めたわけだよ。どんなことに興味があるんだってきいたら、『ヴィクトリア時代のネオゴシック様式の教会建築にあこがれちゃう』だと。明らかにトランスジェンダーだよね。だけど、アンソニーはゲイとはちがうんじゃないかな。人づきあいが苦手だっただけで。ああいう生い立ちだから、当然だよね」

「アンソニーの生い立ちを知ってるの？」アノリアがきいた。

「一、二度話したんだ。ここでも、ロンドンでも。実は前にいっしょに飲んで、したたま酔っ払ったことがあって――盛り上がっちゃってさ――そのときに話してくれたんだ。心が痛んだね」一瞬、声を詰まらせた。「どん底まで落ちたことは、むしろよかったと思うよ。だからこそ這い上がれるんだもの。バーナードが呼び寄せたのもよかったけど、ただ……こんな悲しい終わり方になるとはね。彼の仕事はだれかが引き継ぐの？」

「調査のこと？　なにを調べてたのか、よく知らないんだ。パパなら知ってるかも」

アノリアはバーナードを手招きした。彼はアレックスの友人と不機嫌そうに会話していた。週末に遊びに来たのだが、泊まった先の親族が亡くなったら切り上げて帰るものだという常識もないらしい。「パパ、ちょっと来て！」アノリアは大声を出した。

バーナードはほっとした顔でやってくると、むかいのソファーにどっかりと腰を下ろした。

「パパ、アンソニーはここでどんなことをしてたの？」

「うちの書類を整理してた——文書管理だ」

「だけど、具体的にはどんなものを？」

バーナードは少し考えた。「わたしもくわしくは知らないんだ。百年前からの邸と領地の会計簿を見ていると、聞いた記憶があるな。その手の記録は五百年前から残っているんだ。当時の主計とやらが細かく記録した数字が、山ほどある」

ただの数字から、どれだけの物語が読み取れるものなのだろう。「どんな分野を見ていたんでしょう？　理路整然とした人ですから、手当たり次第に目を通していたわけではないでしょう？」

「戦争で多少混乱が生じているといってたな。先の大戦のことだよ。フランス人たちが引き上げた後、ここはひどい状態だったんだ。もとに戻すのに、おやじはずいぶん注ぎこんだんだよ。ああそうだ、アンソニーもその話をしていた。累進付加税が課されてうちの財産も目減りしてしまったから、すっかりもとどおりにはできなかったんだ。実際、邸の一画はいまだに手つかずだよ。上の階には、ヴィクトリア女王の時代に狩りに招いた殿方の寝室が並んでて、そこをフランス人将校が使ってたんだが、当時のままになってる。ほこりが積もってね。天井なんかはどんな状態か、考えるのもおぞましい」

「療養所だったんですよね」セオがいった。「きのうパブで会ったフランス人は、そういってましたけど……」

「そのとおり――よくよく療養できたようだよ。ただ、食事には不満が絶えなくて、しまいには自分たちで料理するようになった。元シェフもいてね――フランクという、いいやつだった――厨房の女の子たちにフランス流の調理法を教えていたよ。でも、そこでまたもめるんだ、フランスの南部出身と北部出身がいて、好みがちがうからね。おもしろい人物がいろいろいたな。芸術家はよく覚えてる――戦前はかなり有名だったらしいよ。それで、擬装工作だか、ポスター作成だかを担当していたんだ。化学者もいて、実験室を作ってなにかやっていたね。ぜったい入るなというもんだから、爆弾や毒ガスでも作っているのかと思ったよ。ド・ゴールが来たのは知っているね?」

「聞きました。アンソニーに写真も見せてもらいましたよ」ダニエルがいった。「覚えておいでですか?」

「ここにはいなかったんだ。アンソニーもわたしも寄宿学校にいて、休みになるとエリザベス大おばさんのいるアーガイルか、ノーフォークの領地ラドナムに行かされてた。それも、ドイツ軍の侵攻がうわさされるようになると、むずかしくなったがね」

「アンソニーもいっしょだったんですか?」

「そうだよ。父親が亡くなって、うちでめんどうを見るようになって……帰る先もなかったからね。おもしろい体験だったんじゃないかな。それであれこれ探っていたのかもな。ただ、その当時の書類は、なにしろ混沌としていたわけだが。どうもみんな、いずれじっくりと振り返りたくなりそうな記憶以外は、抹消してしまうんだな。戦争もいやな記憶だ。特にフランスが占領され、フランス人がここへ来たときには、身につまされたね」

アノリアがひらめいた。「アンソニーの書斎を見てみない？　なにを調べてたのか、わかるかも」

バーナードは首を振った。「机に出ていたものは、警察が全部持っていったよ」

オードリーが現われた。上機嫌だ。談話室をミツバチのように飛びまわってきて、上機嫌だ。花々のあいだをすいすい飛んで、花粉を運んであげましょうかとじらしながら、結局どの花にも止まらない。母の自覚のなさはたいしたものだ。人の心の機微に無頓着で、みなが深刻な事態に頭を悩ませていても、あっけらかんとしている。身近で人が死んでも――ただの死でなく殺人だし、自宅同然の場所で起きたのに――むしろ活気に満ちあふれ、隠すそぶりもない。戦後、平和な世の中への退屈が払拭《ふっしょく》されたのは、婦人義勇軍改め王立婦人義勇兵の地方部長に抜擢されたときぐらいだった。与えられた任務は、ブラウンストンベリーへの核攻撃という架空の設定のもと、対応を指揮すること。地方本部が壊滅状態などと考えただけで心が浮き立ち、あちこちの救護所を弾むような足取りで行き来して、毛布やティーポット、ビスケットを始め、放射性降下物への備えを届けてまわった。

「この古い礼拝堂にこんなに人が集まるなんて、すばらしいわねえ！　チャンプトンのみんなが心を一つにしているのも、すばらしいわあ。みんなアンソニーの死を嘆いてる。みんないつ公式発表があるんだろうって、気が気でないのよ、ダニエル」

「巡査部長がなにか話すだろう。あしたかな？」

「巡査どころか、署長をご存じですわね？」バーナードの方を向いた。「なにかちょっとした、正式な発表じゃなくても、みんなの気持ちを鎮めるようなこと、いっていただけないかしらね？　それに犯人が捕まるまでは、見慣れない人やあやしい行動を取る人に、目を光らせていないといけませんでしょ？」

バーナードは肩をすくめ、せき払いのような、のどを鳴らすような音を立てた。返答に困ったときの彼のくせだ。「チャーリーがわれわれより事情通とは思えませんな。情報源を持っていないから」

主教もおなじようなことをいっていたな。組織の中で上に行けば行くほど、知るべき情報から遠ざかってしまう、と。

「まあいずれそのうち、ですよ」とバーナード。「たしかに、警戒は必要でしょうが……」そういいながら行ってしまった。

ダニエルたちも暇《いとま》を告げ、家へ向かって庭園を歩き出した。オードリーは両腕を息子たちと絡めて歩いた。歳とともに足腰が弱ってきたらしく、以前よりしっかり支えてやらなければならないことに、ダニエルは気づいた。宵闇が迫り、足もとの小径も見えにくくなってきた。

「そりゃあ当然、警察署長と連絡を取り合ってるんでしょうねえ」オードリーがいった。「チャンプトンの領地で、殺人よ？　しかもド・フローレス家の一員よ？　警察署長も、州長官も、統監も、みんなあたふたしてるんじゃないかしらねえ」

それをきっかけに、何時間も渦巻いていた彼女の質問のダムが、ついに決壊した。

「ダニエル、だれが殺したのかしら？　どうして？　どんなふうだったの？　困り顔でごまかしたって、だめですからね」

母に断固抵抗すべきときと、譲歩すべきときを、ダニエルは心得ていた。

「剪定ばさみで首を刺されていた。花の部屋にあったはさみだと思うな」

「花の部屋ですって？」

「それ以外の場所にあったとは思えないからね。犯人が、殺しの後で庭仕事をするつもりだったなら別だけど。アン・ドリンジャーがああいうはさみを使ってたはずだ」

「例のお方の助手？　花係の？」セオがたずねた。

「そうだよ」

「アンが殺人なんかするかしらねえ」とオードリー。

「ステラ・ハーパーに命じられたんでないかぎり」

「たしかに、〝どんなふう〟にやったんだろうな。花係は、日曜日の見学者に備えて、花の水を替えたり整えたりするために教会に入ってたんだ。だけど……これで殺してくださいといわんばかりに、剪定ばさみを出して帰るかな？　それとも、彼が持ってきたはさみなのかな？　あるいは、彼女が？」

「犯人は女性の可能性もあるってこと？」とセオ。

「男性が剪定ばさみを持ち歩くと思う？」

「庭師はそうよ」オードリーがいった。「だけど、わたしだったら剪定ばさみなんかでのどを切ろうとは思わないわ、たとえわたしが男性でもね」

「切るというか、叩きこんだ感じだった。たぶん一撃で、深くはないけれど、頸動脈を切り裂いたんだ」

「まるで外科医みたいじゃない？」セオが述べた。

「一撃で、剪定ばさみで、頸動脈だなんて」

「うん、そう思った。怒りに任せて攻撃して、たまたま急所をとらえることもあるとは思う。でも、この犯人は背後から襲っているんだ」

「なぜわかるの？」

「アンソニーは祈っていたんだ。会衆席でひざまずいている背後に忍び寄り、切りつけた」

ダニエルの脳裏に、よく知られた宗教画が浮かんだ。ヴェローナの聖ペテロは、暗殺者に刃物を振るわれる前から祈りを捧げ、天国へと歩みはじめていたように見える。だがアンソニーは聖人ではない。それにもし犯人の気配に気づいたら、抵抗したに決まっている。

「あの血」オードリーが口にした。「ものすごい血だったはずよねえ。血しぶきよね」ロンドン大空襲の際にも救急車を運転し、二十代にしてヒトの肉体のはかなさをいやというほど目にしている。「そんなふうに刺したら、血が噴き出たんじゃないかしら」

「そのとおり」

「導かれる事実は二つね。一つ、犯人は血まみれになっていたにちがいない。二つ、犯人は殺し方を心得ていた。でもそうなら、血を浴びないようにうまく避けたかもしれないわねえ。なんだか、考えれば考えるほど、プロの仕事に思えてきたわ。だけど、アンソニーを殺す理由はなんなの？　過去になにかあったの？　あったのはほんとうよね、村の人もみんないってる」

「なにをいってるって？」

「飲みすぎだったたって——でしょ？——それで身を持ちくずして、ここへ来ることになったたって。やっぱりお酒絡みなのかしら？　それか、恨みを買っていたのかも。ギャンブルで借金したとか？　それならバーナードが肩がわりしそうなものよねえ？」

「しただろうね。だけど、よほどの緊急性があった場合だけだよ」

「やっぱり過去のなにかよねえ。ぜったいそうよ」

小径を曲がっていくと、牧師館はもう目の前だった。つけっぱなしの台所の電気が、教会の常夜灯のように道を照らしていた。

オードリーが夕食を用意した。安息日の定番のスープとサンドイッチだ。食後にセオは、母のいいつけに従い、パブへ情報収集に出かけた。ダニエルとオードリーはテレビでつまらないコメディを見た。オードリーが寝落ちしてまもなく、コズモとヒルダがダニエルを見上げた。犬なりに時間がわかるのだろう、祈りに行くのを期待してしっぽを振っている。だが教会はいま、彼らの縄張りではない。ダニエルが裏口でなく書斎へ向かうと、悲しそうに鳴いた。

ダニエルは書斎の机についた。祖父も父も使った机のつややかな天板には、文具がお茶の道具のように整然と並べてある。シャープペンもメモ用紙も、使いやすく配置されている。静めるみ心いとうるわし、と聖歌を思い浮かべながら、祈禱書の金のしおりがはさまれた夕の礼拝のページを開くと、殺人にはいかなる形でも触れることなく、心の中でゆっくりと祈りを唱えた。主よ、わたしたちの口を開いてください、と声に出さないのは、矛盾のように思えたが。

美しいシメオンの賛歌、「主よ、いまこそ、あなたはみことばのとおり、しもべを安らかに去らせてくださる」まで来たとき、ガラス戸をノックする音がした。カーテンを引いていなかったので、外のテラスに立つ人影が見えた。ボブ・エイチャーチだ。

ダニエルは招き入れた。

「どうされたんですか、ボブ？」

「こんな時間にすいません、先生。お話ししたいことがあって。お母さんを起こさないようにと思って」

配慮に感心しつつ、椅子をすすめた。

「ボウネスさんを殺したのはプロじゃないかってうわさが。先生はなにもおっしゃらんでしょうが、わしはいっときたいことがあって。戦時中、わしは英国海兵隊の奇襲部隊にいたんです、ご存じでしょうが」

「ええ、お聞きしましたね」

「それで容疑がかかるでしょうか？」

「なぜです？」

「人の殺し方を知ってるから。ボウネスさんがやられたような」

「どんな殺され方か、ご存じなんですか？」

「のどを切り裂かれたんでしょう。みんな知ってます」

「警察は、疑っている様子だったんですか？」

「刑事さんが来たんで、軍にいたことは話しました。犯行時刻にはシンシアと家にいたことも。でも、証言してくれる人はいません。証拠も挙げられません。あやしいと思われないですかね？」

「手段と機会はあるかもしれませんが、動機がありますか？」

「ありませんよ。だけど、三つのうち二つもそろったら、目をつけられるでしょう。でもわしだけじゃないんですよ」

「なにがですか？」

「殺し方を身につけてるのが」

「同世代のほとんどは、従軍経験があるでしょう？」

「ああいう殺し方のことです。手慣れてる。おわかりでしょう」

「さあ、なんとも」

ボブはうなずいた。「でしょうな。でも、訪問してみていただけないかと思ったんです。それでいちかばちか、良心に訴えていただけたらと」

「警察には、そういう話はしたんですか？」

「まず先生にお話ししようと」

「こうなると、わたしの立場が微妙ですね」

「わしの立場とくらべりゃ、ましですよ」


「たしかにね。ちょっと考えてみましょう。一杯飲んでいきますか？」

「けっこうです。もう帰ります。シンシアが心配してるだろうから」

「それがいいですね」

ダニエルが見送る中、ボブは音もなく帰っていった。

祈りを再開した。「この世の与え得ない平安をわたしたちにお与えください。わたしたちがみ心にすべてをゆだね、み力によりあだを恐れず、安らかに日々をすごすことができますように、救い主イエス・キリストのいさおによってお願いいたします。アーメン」

14

翌朝、セオはロンドンへ帰るといいだした。ナレーションの仕事があるというが、要はいなかの暮らしに飽きたのだ。これはいつものことで、一、二日も滞在すると、〈バール・イタリア〉のちゃんとしたコーヒーや、〈グルーチョ〉のビリヤードが恋しくなる。

「でも、ダンの仕事はもう少し見たいな。いつなら都合がいい？」

「しばらく先になると思う」

「なんで？」

「殺人事件があったじゃないか」

「知ってるとも。ぼくも力になるよ」

「平常時でも始終見張られるのは落ちつかないのに、いまは平常時じゃないからね。みんなも不安で疑心暗鬼になってる。危機的状況なんだよ。そんなときに見物人は困る。わかってもらえないか？」

「ぼくは見物人とはちがうよ。ぼくも関係者だ。聴取も受けたし、また呼ばれるかもしれない」

「一件落着したころにまたおいで。悪いけど、教会区のことを第一に考えないといけないから」

「そこをなんとか、ね？」

「そうは行かないんだよ。しばらく待ってくれ」

「長くは待てないよ。役作りの準備があるんだから」

「『万事完璧』って古いコメディドラマがあったろう、あれのビデオでも見ればじゅうぶんだよ」

「あんなのじゃぜんぜん――」

オードリーが割りこんだ。「セオ、ブティックまで乗せてってもらえない？　春だから、明るい感じの服を買いたいの。それでもやもやを吹き飛ばしちゃう、ぱあーっと！」

ダニエルは、そう簡単に事件のことを頭から締め出すことはできそうになかった――ゆうべもなかなか寝つけなかった。不満顔のセオが、新車のゴルフに母を乗せて――「郵便局の前でスピード落としてね、みんなに見せつけたいから」――出ていった後、池のほとりへ犬の散歩に出かけた。

ダニエルの頭がいちばんよく働くのは、自分の脚で前に進んでいるときだ。かつては、自転車が効いた――漕ぎながら位格的結合の原理をつかんで、神学で最優等の成績を取るに至ったのだ。いまは、犬の散歩が最適。坦々と歩きながら、坦々と考える。日常のことがらをしっかり考えるには、歩くのがちょうどいい。車窓の外を流れ去ってしまうような細かいことにも、目を向けられる。

羊が放牧されているので、コズモとヒルダはリードにつなぐべきだったが、うまくよけて歩かせ、池に近づくと土手を自由に探索させてやった。池は、イギリスを代表する二人の造園家の手によるものだった。まずランスロット・ブラウンが、山の位置を変えて水をせき止めた。その後ハンフリー・レプトンが改良を申し出た。邸から遠く離れた対岸に、風変わりな二階建ての小屋を建てたのだ。わらぶきのコテージと、スキーロッジの中間のような建物で、冬になったらワム！の二人がクリスマス柄のセーターを着て現われるのではないかと、思わず期待してしまう。だが実際の用途は、浴場だった。一階には、池に流れこむ川の水を利用した浴槽があって、岩屋のような造り。二階は趣のある休憩室になっていた。趣があるだけでなく健康にもよいという触れこみで、最盛期には大勢入浴しに来たが、感染症による死者が出て閉鎖された。

浴場のそばから池に突き出す浮き桟橋には、ボートが一艘もやってあり、静かな水面にその姿を映していた。あまりに絵になる風景で、いまこの瞬間も、対岸の邸の図書室からこちらを眺めている人物がいるのでは、という思いにとらわれた。十八世紀ロマン主義で、景色を完璧に作り上げるためだけに雇って立たせたという、修道士や世捨て人になったような気がした(ただし、赤茶色のダックスフンド二匹も交ざりこんでしまうが)。と、前方の人影に気づいた。水面の虚像の中を動いている。

浴場にだれかがいる。

目をこらしたが、窓を横切った人影はもう見えなかった。アレックスだったのだろうか。アトリエだとか展示空間だとか称して、領地内の小さな建物を片っ端から無断で借用したり占拠したりしていたから(ある年の夏にはイヴ・クラインに触発されて、サンルームを壊滅状態にしてしまった)。それとも村の若者が、酒を飲んだりたばこを吸ったりいちゃついたりするアジトにしているのだろうか。次の瞬間、殺人事件のことを思い出して、ぎくりとした。もう一度目を向けると、また窓の奥に人影が写った。今度は足を止め、彼に気づいて、手を振ってきた。ダニエルもおずおずと振り返した。身を隠している殺人犯なら、あいさつなどしてこないだろう。確かめてみようと思い、池を回っていった。

五分後、ダニエルは木立を抜けて、茂りすぎた月桂樹に囲まれた浴場に裏から近寄っていった。足を止めて犬たちにリードをつけ、草の生えた空き地へと出た。浴場の古ぼけた裏口が開いて、また手を振られた。犬たちが吠えたが、なんのことはない、ネッド・スウェイトだった。

「おはよう、ダニエル!」

「犬がいてもだいじょうぶですか?」

「いいとも、放してやりなさい」

ダニエルがリードをはずすと、コズモとヒルダは走っていってネッドに飛びついた。一瞬、彼の顔に大歓迎とはいえない表情が浮かんだ。

あわてて引き離そうとしたが、聞くわけもない。だが、やがて水辺のなにかに気を取られ、離れていった。健脚のネッドは、トレッキングパンツと、機能的なスポーツ用の上着という服装で、ポーチやポケットには本やメモ帳が詰めこまれていた。枝を切って作った杖は、木の股の部分を握れるようになっている。肩からカメラ（キヤノンAE－1だ）を下げ、反対の肩には双眼鏡。ぱっと見は、ピクニックに出かける陽気な主教のようだ。

「いい天気だねえ。生きていることに感謝したくなるね」そこでアンソニーのことを思い出したらしい。「したくてもできない人もいるけどね。気の毒なアンソニー。ここを発見できたのは、彼のおかげでもあるんだ」

「浴場のことですか？」

「そうなんだ。彼が〈レッド・ブック〉を見せてくれてね。見たかい？」

チャンプトンの保存文書の中に〈レッド・ブック〉があるとは、聞いた記憶がない。〈レッド・ブック〉とは、ハンフリー・レプトンが各地の庭園改修の計画を水彩画で示し、赤い革表紙をつけたものだ。社会史の学者や庭園デザイナーにとっては貴重な資料だ。

「一七九〇年代に建てられたんだ。当時のド・フローレス卿の依頼だが、一種のしかけだな。眺めるだけで、住むつもりはなかった。住んだ人間もいたようだがね」

「ここにですか？」

「見せてあげるよ」

ネッドがドアを大きく開き、ダニエルも入っていった。池の水と泥の湿っぽいにおいがして、こんな場所へレジャーに来て盛り上がったのだろうか、と疑問に思った。二階の部屋はいまも立派で、天井には手のこんだしっくいの装飾が施されているが、ところどころ欠けたりほこりをかぶったりしている。ガラス戸からベランダに出ると、対岸の邸を眺められるが、何年も開けた気配はない。ひびが入ったガラスを磨こうとした形跡がある。最近暖炉に火を起こしたのも見て取れた。五徳に古いやかんがのっており、マグカップもあった——ド・フローレス邸と紋章がデザインされている。バーナードがほんのいっとき、一般公開でビジネス展開をしようと試みたときの遺物だ。

「いつごろ人がいたんでしょうか？」

「さあねえ。でも、もっとすごいものがあるんだ」

ネッドはいそいそと手招きをして廊下へ出ると、一階の岩屋へ下りる階段に向かった。「滑るぞ、気をつけて……」ネッドは手すりをつかんで下りていった。犬たちは、ばね人形のような滑稽な動きでついていった。下り立った先は、薄暗い空間。一部からだけ光が射している。しばらくして暗がりに目が慣れると、まるで装飾洞窟のようだった。中央に長方形の浴槽があり、石の魚の口から滝が注ぎ落ちている。反対側の格子のはまった排水口からは、池に向かって水路がくねっていた。かつては入浴効果が謳《うた》われたといっても、いまのこのヘドロのにおいを嗅いだら、入ってみる気も失せるだろう。もっとも、犬たちにとっては嗅ぎ甲斐のあるパラダイスだった。

ネッドは懐中電灯を取り出した。「見てごらん！」と、背後の壁を照らした。

ダニエルは息をのんだ。壁画だ。年月だけでなくカビによっても黒ずみ、そのせいでピラネージの版画のような陰影が生じている。周縁はかすみがかかっているかのように、ざっくりとした素描だが、描かれているのは風景と人物——見慣れたチャンプトンの風景だが、悪夢めいている。〈チャンプトン・ハウス〉は半壊し、庭園は墓地とも戦場ともつかぬありさま。そこをさまよう男女は、あるものは軍服に身を包み、あるものは一九四〇年代パリのさりげなくシックな装いだが、みな意地悪くゆがめられている。戦時中ここに滞在していたフランス人が描いたのだとしたら、納得だ。ヒエロニムス・ボスのような目で、異様で混沌とした世界を見ていたのだろう。

人物は戯画的で奇怪ではあるが、姿勢や表情、服装などでひとりひとりが差別化されていることにダニエルは気づいた。実在の人物なんだ。ドルベン司祭が聖マリア教会修復の際につけくわえた、ガーゴイルのように。ドルベン自身と、教会委員らと、バーナードの父親にそっくりだと、いま見てもわかる。

壁画をよく見た。人々は争っているようだ。壁画の中央へ向かって対立は熾烈になっていき、ついに殺し合いへと発展する。ドラクロワの絵画のように死体が折り重なり、てっぺんで金色のおんどり――教会の風見鶏だ――が鳴いている。そのただ中には、男女の姿。どう見ても恋人どうしだが、甘い雰囲気ではなく、英雄気取りでロレーヌ十字を掲げている。上方の夕焼け空には、〈この印にて勝利せよ〉とラテン語で記されていた。

「ミルウィウス橋の戦いだ」ダニエルはいった。

「なんだって?」

「紀元三一二年に、二人のローマ皇帝、コンスタンティヌス一世とマクセンティウスが、ティベリス川で戦闘になったんです。コンスタンティヌスは輝く十字架とこのことば――〈この印にて勝利せよ〉の幻を見て、兵士たちの盾に書きこませ、マクセンティウスを打ち倒して、単独の皇帝となりました。キリスト教を公認し、その後は歴史のとおりですよ」

「でも、橋は描かれてないな」

「ええ、ことばだけですね。どういう意図なんだろう?」

「ロレーヌ十字は、戦時中の自由フランスの象徴だね」

「そうですね。プロパガンダというわけでもなさそうですが」戦争への風刺なのだろうか? 宗教や国家を批判している？　あるいは、廃墟の恋？　「ここでこっそり描かれたのも納得だな。将校が兵士たちに伝えたいメッセージじゃないから」

「たしかに」そこで、最近の事件を思い出した。「ネッド、火を起こしたのはいつごろだったんでしょう？」

「さあ、大むかしではなさそうだが。なぜ？」

「殺人事件ですよ」

ネッドは愕然とした。「ああそうか、思いつかなかった！」

「すぐ警察を呼びましょう。ほかにもなにか見つけましたか？」

「いや、それはない。アンソニーを殺した犯人が、ここに隠れていたのかな？」

「わかりませんが、ちょっとでも不審なことがあったら警察に知らせないと」

犬たちをきっぱりと呼び戻した。二匹は腹を濡らして戻ってくると、じたばたしながら階段を上ってついてきた。

「ネッドはここで待機してください。なににも手を触れず、だれも入れないで。牧師館から巡査部長に電話してきます」

ヴァンルー刑事はちょうど村で聞きこみをしており、あっという間に牧師館に駆けつけた。犬たちは吠え立てたが、刑事がしゃがみこんでかまってやると、たちまちひっくり返って、まだ濡れている腹をなでろと催促した。その光景に、刑事を呼んだ重大な理由を忘れそうになった。浴場へ急いで案内すると、ネッドが裏口の外で見張っていた。まるで『ダッズアーミー』のジョーンズ伍長だ。

「ヴァンルー巡査部長、スウェイトさんです」

「ご苦労さんです」ネッドのことばは普段以上にヨークシャーなまりが強かった。不安なときのくせだ。

火の跡とマグカップを見せた。ネッドは、カップを手に取って眺めたこと、ほこりや泥の上を歩いて足跡を消してしまったかもしれないことを正直に告げた。

ヴァンルー刑事は答えた。「それはまずかったですね。証拠に触れないに越したことはない」

「殺人事件の証拠とは、思いもよらなかったもんで。戦時中ここにいた自由フランス軍に興味があって、その関係かと思ったんです。この壁画、すごいでしょう。これの存在を、だれか知っているのかな？」

刑事は壁画には魅了されなかった。一瞥をくれただけで、無線で応援を呼んだ。警官たちがまたやってきて、立入禁止のテープを浴場に張り巡らした。絵になる風景の真ん中で異彩を放つ悲劇の記憶は、対岸の図書室の窓からもはっきりと見えた。

15

アレックス・ド・フローレスは図書室の窓辺に立ち、聖堂同様に立入禁止にされた浴場を、池ごしに眺めていた。微動だにせず見つめていると、アノリアの足音がぱたぱたと近づいてきた。

「ねえ」振り向いていった。「浴場がまずいよ」

アノリアが横へ来た。息で窓ガラスが白くもった。

「どうしたの？」

「警察が立入禁止にしてる。ほら、見えるだろ。ダニエルもいる。あの立て襟でわかる」

「足もとの茶色い点々も見える。コズモとヒルダだ。もう一人いるね」

「ネッド・スウェイトじゃないかな」

「校長先生？　あそこでなにしてるの？」

「郷土史を調べてるんだろ」アレックスは顔をしかめた。

「なにを見つけたのかな？」

「さあね」

アレックスはきびすを返し、暖炉の前のソファーに落ちついた。レプトンの〈レッド・ブック〉が広げてある。一七九〇年代の、〈チャンプトン・ハウス〉庭園改修計画。その三十年前のランスロット・ブラウンによる緻密な改修を、大胆に書き換えている。「あの壁画のせいだ」

アノリアが目を向けた。「たいしたもんじゃないし、警察は気にもしないよ」

「でも、ネッド・スウェイトはあれを見に行ったんだ。自由フランス軍を研究してるから。パパにも話を聞きに来た」

アノリアはソファーに向かい合わせに座った。「あれは殺人事件の捜査でしょ。犯人があそこに隠れていたとか？」

「あんな妙な場所に隠れるかな。レプトンのすてきな飾りものの小屋なんかに。現場から一キロちょっとしか離れてないし」

「アレックスも隠れたじゃん」

「ぼくはだれも殺してないよ。いまのところは。あそこにだれかいたのは、たしかだけど」

「だれが？」

「知らないけど、だれかだよ」

「村の若い子？」

「いや、ちがうな。散らかしていないから。ちゃんと片づけてあったんだ、ぼくらはそんなことしない。だけど、ほんとに犯人かな？　チャンプトンの几帳面殺人鬼？」

「初めてあそこへ連れてってあげたときのこと、覚えてる？」

アレックスは顔をゆがめた。「いまだにうなされるよ」

アノリアは笑った。「魔女の館だっていったんだよね。人間を怪物に変えちゃって、壁にはりつけにするって」

「そういわれた。見に行こうって連れ出しておいて、懐中電灯を持って逃げ帰っただろ。ぼくが真っ暗闇で泣き叫んでるのに」

「それでおもらししたんだよね！」

アノリアは、〈レッド・ブック〉の開いたページに視線を落とした。

「持ってきちゃったんだ」

アレックスはうなずいた。

「アンソニーが怒るだろうね。苦労して探し出したのに」

「知ってる。でも、ぼくにも事情ってものがあるんだ。邪魔されちゃかなわない」

しばらく見つめてから、アノリアは口ずさんだ。

「ママがわたしにいったこと――森でロマの子と遊んだら――そうしたら――こういうの――悪い娘ね、出ておゆき。ねえ、知ってる？」

「なにを？」

「ヒューが帰ってくるって」

アレックスは顔をくしゃくしゃにした。

アレックスの兄でありバーナードの跡継ぎであるヒュー・ド・フローレス閣下は、チャンプトンが大嫌いだった。先祖伝来の土地からできるかぎり遠く離れるべく、カナダへ移り住み、人里離れた広大な小麦畑を耕している。跡取り息子と呼ばれることも、邸も絵画も家具も嫌いなら、イートン校も嫌いで、退学していなかの学校へ通うことになった。裕福な農業者の息子たちが通う学校で、生まれて初めて幸せを感じた。主格と目的格のちがいがわからなくても、イギリス史の基礎すらおぼつかなくても、ウェールズ南部の炭鉱の経済における重要性を理解できなくても、だれも気に留めない。おそるおそる農村青年クラブに参加してみて、力仕事への適性に気づいた。荷運び、干し草作り、トラクターの運転。どしゃ降りの中で雨がっぱを着て作業するのも、仲間たちと親しく交流するのも、気に入った。祖父も父も卒業したオックスフォードではなく、農業大学へ進み、カナダへ研修旅行に出かけて、どこまでも広がる空の下で、かつてないほどの自由を味わった。そしてそのまま住みついた。バーナードは、いずれ称号と領地を受け継ぐときに備えて、領主として、貴族としてのふるまいを身につけるため戻ってくるよう求めたが、ヒューは首を縦に振らない。「おまえが男だったらなあ」とバーナードはアノリアによくいうが、たしかにその方がはるかに妥当だ。ビジネスの才も、周囲からの信頼も、人好きのする魅力もある。だが家督相続制では、およそ向いていないヒュー以外にバーナードの跡を継がせることはできないのだ。アノリアはときどき、ヒューが馬に踏みつけられたり、コンバインに轢《ひ》かれたり、クマに食われたりしたら、と心配になる。そうなったら、相続権はアレックスのもとに転がりこむ。兄と弟を愛している彼女でも、それではド・フローレス家は立ち行かなくなるとわかっていた。

「なんで帰ってくるの？　殺人事件のせいじゃないよね？」

「さあね」だがアノリアには、これ以上ヒューを苦しめることは思いつけなかった。跡取り息子として注目されるのも苦手だが、その上スキャンダルのただ中に放りこまれるなど、耐えがたい苦痛のはずだ。「よりによってこんなときに」

16

　ロンドンへと発《た》ったのは、セオだけではなかった。事件への興味を失ったマスコミも、去っていった。死体発見の衝撃と、捜査開始の興奮が冷めると、チャンプトンは宙ぶらりんの状態になった。アンソニーの遺体は、捜査中ということで検屍官のもとに留め置かれ、死体安置所の冷蔵庫の中で、先祖の眠る地中に収まる日を待っていた。ヴァンルー刑事が指揮を執る情報収集は、遅々として進まなかった。

　その間に、チャンプトン住民の注意を引くできごとがいくつかあった。オードリーは、ユーロビジョン・ソング・コンテストに夢中になった。前の週のリーグカップ決勝より、よっぽど大衆的で楽しめる。イギリス代表として『ゴー』という曲を歌ったのは、なんとスコット・フィッツジェラルドというシンガーだった。オードリーは彼を推《お》しており、投票でも優勝目前だった。ダニエルと二人、ダブリンからの生中継を見守っていると、最後の最後でスイス代表に逆転されてしまった。歌ったのはセリーヌ・ディオンという若い女性。オードリーにいわせると、制服をまちがえたブルガリアの客室乗務員だ。最終盤で票を稼いで優勝というのは、不正のにおいがした。おまけに歌手はスイス人ですらなくカナダ人だと知って、オードリーはますます疑いを強めた。

「だったら、タスマニアのテナー歌手でも、エクアドルの四重唱団でもいいってことじゃない」ダニエルにそうこぼすと、〈ラジオ・タイムズ〉誌あてに抗議の投書をしたためたが、結局送らなかった。

　五月になった。生命力に満ち、聖母月とも呼ばれる。「草木が一年じゅう五月の勢いで伸びたら、そこらじゅうジャングルになってしまうよ」ダニエルとセオが小さかったころ、青葉が茂り、イラクサが育ち、シャクが白い傘のような花を開くたび、父はそういった。いまではダニエルが、自分で思いついたことばのように口にしている。

変化があれば、不変のものもある。小学校ではあいかわらず木曜日の終わりに、紺色のセーターを着た男の子たちと、紺と白のチェックのワンピースを着た女の子たちの行列が、ワニのようにのたくりながら講堂に入ってきて、てんでんばらばらに床に座る。先生たちは端の方で大人サイズの椅子に座り、落ちつきなくしゃべっている子どもたちににらみを効かせる。バックハースト先生がピアノで入場の曲を弾いた。シューマンの『兵士の行進』だ。くりかえしを全部弾き、さらにもう少しくりかえして、小さな兵士が全員座るのを待った。この音楽の魔力も、どうせ一瞬で消えてしまうのだが。

「こんにちは、みなさん」ダニエルがあいさつした。**「こんにちはーーー、ダニエルせんせーーー」**子どもたちは大仰に声をそろえていった。

これも一種の唱和だ。日曜日の礼拝で、彼が「主はみなさんとともに」というと、会衆が「また、あなたとともに」と、おなじような平板な抑揚で応えるのと、似ていなくもない。

「きょう、誕生日の人はいますか？」

三十本の手がいっせいに挙がり、天の上を指した。

「きょうがほんとうの誕生日の人は？」

校長のカトリーナ・ゴーシェが口をはさんだ。「リリー・ウェゼラルドさん？」

ひょろりとした少女が立ち上がった。〈お誕生日おめでとう〉と書かれた巨大なバッジをつけて、恥ずかしそうに床を見つめている。

「ダニエル先生」カトリーナが説明した。「リリーはきょうで十歳なんです」

「お誕生日おめでとう、リリー。ここへ来て、ろうそくに火をつけてもらえませんか」

机で仮の祭壇が作られており、聖具室に眠っているような古くて大きな聖書、真鍮の十字架、マジックテープで留められた祭色の祭壇布（復活節なので白）、太いろうそくが用意してあった。集会の始まりにろうそくを灯すため、事務室から借り出したマッチの箱もあった。

リリーは顔を赤くしながら、子どもたちのあいだを通って前へ出てきた。ダニエルがマッチ箱を渡すと、もたもたと一本取り出し、もたもたと火をつけた。ろうそくの芯が短すぎて、思ったよりも手間取った。

「お誕生日おめでとう、リリー」ダニエルはもう一度いい、全員で『ハッピーバースデー・トゥー・ユー』を歌った。それからようやく静まって、ダニエルを期待するように見つめた。チャンプトンに来てからの八年で、会衆に合わせることを覚えた。以前のロンドンの会衆は、彼自身に似ていた。上流から落ちこぼれながらも、ロンドンに未練がある（いなかより価値が出てしまったベルグレイヴィアの家にも未練がある）人たちで、それなりの説教を、それなりの形で聞きたがっていた。むやみやたらとお上品な私立の小学校にも、ときおり集会のため呼ばれたが、金色の髪にばら色の頬をした子どもたちは、それなりに尊大だった。ウェストミンスター寺院への遠足のため、生徒たちの名前を控えようとしたところ、男の子はみなルパート、女の子はみなキャロラインと名乗った。一人の男の子だけはミハイと答えたので、名字をきくと、「ルーマニアのミハイ一世だよ」といった。

チャンプトンに来た当初、遠足もめったになく、亡命中のヨーロッパの王族ほど豊かでもないこの学校の子どもたちに、週一度の集会でキリスト教の教義の初歩を教えようとした。が、贖罪やキリストの現存まで進んだところで、ゴーシェ校長がことばを選びながら、別のやり方がいいのではないかと示唆してきた。

　試行錯誤の結果、子どもたちが自由に動き、自由に発言するやり方が、おたがいにとって満足度が高いとわかったが、先生たちには不評だった。子どもたちが浮き足立ってしまい、保護者が迎えに来るまでに落ちつかせるのが大変だからだ。そこでゴーシェ校長が、楽しませ、かつ落ちつかせる方法を求め、歌とお祈りで締めくくるいまのスタイルになった。

　きょうのテーマは昇天——復活したイエスが天国へ昇っていった話となれば、跳び上がる動きは避けて通れない。「おばあちゃん、おばあちゃん、跳び起きろ!」とがなり立てながらぴょんぴょん跳びはねる遊び（ダニエルが子どものころ、母とやった遊びだ）をさせた後で、新しいゴスペルソング『愛の光かがやき』を歌わせた。彼の好みではないが子どもたちは好きで、声を張り上げて歌った。グレゴリオ聖歌にこだわっていたら、こううまくは行かない。それから、祈りを捧げて静まらせた。悩みや不安を抱えている人すべてのために祈ってから、主の祈りを唱えた。子どもたちが一生懸命いってくれて、いつもほっこりする。最後は、**アーーーメン!**

　バックハースト先生が退場の曲を弾いた。メンデルスゾーンの『無言歌集』からの曲だ（ついさっき歌った歌を、無言で批判している?）。子どもたちの列がおとなしいワニと化して出ていくと、講堂はがらんとなり、残ったダニエルとゴーシェ校長とでピアノを動かした。腰痛持ちのバックハースト先生は辞退した。

「子どもたちの様子はどうですか?　殺人事件のことは、どう話されたんですか?」ダニエルはたずねた。

「不安になっている子もいますし、なにが起きたかよくわかっていない子もいます。こんなこと初めてですもの。安心できるような声かけをしていますけど、先生たちの方が動揺してて。それに、保護者も」

「送迎のときは、どんな雰囲気ですか?」

「犯人が捕まってないのに子どもたちは安全なのかしら、犯人はだれなの、って話でもちきりですよ。だいじょうぶですよといってますけど、わたしだってわかりません」

「教員室は？」

「おなじです。きのう、教職員会議を開きました。事件のあらましがわかれば、安心できるんですけど。遺体を発見されたのは、先生ですって？」

「そうです」

「どうでした？」

ダニエルは返事に詰まった。

「ごめんなさいね」

「あまりそのことばかり考えないようにしてるんです。普段の生活も大事ですからね」

「ほんとうですね。警察はなにかわかったんでしょうか？」

「もっぱら質問してくるだけで、手の内を明かしてくれないんですよ。事件の全体像をつなぎ合わせている途中なんでしょう」

「浴場が立入禁止になったらしいですね」

「はい。なにか見つかったのかもしれませんね」

「あそこへは何年も行ってないけど、入れないものかと思ってました。あそこの壁画はご存じ？」

「ええ、見ました。てっきりだれにも知られていないのかと。どうやって知ったんです？」

「エルヴェからです」夫のことだ。父親は自由フランス軍兵士、母親は不明で、村の家庭に引き取られて育った。「彼は前から知ってて、父親が関係していると思ってるんです」

「お父さまが？」

「父親は芸術家かなにかで、けがをしてここへ送られて亡くなったみたいなんです。エルヴェという名前の由来もそれなんです。会ったこともない父親の名前」

「ああ、その話は聞いた気がします」

「母親はこのあたりの女の子なんでしょうけど、それもエルヴェは知らないんです。里子に出されたので」

戦争が運命を変えたのだ。人々は翻弄され、意図せずして別の人生を歩むことになった。「ご両親を見つけたいんでしょうか？」

以前の教会区民に、自分が養子だったと二十歳をすぎてから知った人がいた。生みの親を突き止め、遠い町の見知らぬ家を予告なしに訪ねていった。ドアを開けたのは、自分そっくりな男性。無言でしばし見つめ合った後、相手は静かにドアを閉めた。

「その気持ちもあるみたい。来年、開戦五十周年の記念行事をやるんです。学校全体で当時を再現して、当時の服装をしたり、戦時中の代用食を食べたり。まあ、手に入ればですけど。それから、村のお年寄りに来てもらって、体験談を聞かせてもらおうと思ってます。エルヴェに、自由フランス軍について調べてみない、と頼んだら、すっかり乗り気になって。ネッド・スウェイトと話し合ってます。地元のことにくわしいですからね。お邸や領地で働いていたお年寄りの家を訪ねては、当時の話を録音させてもらってるんですって」

アンソニーが見せてくれた写真を思い出した。一九四三年にド・ゴールがチャンプトンを訪れたときのものだ。〈チャンプトン・ハウス〉の玄関先で、長身のド・ゴール将軍は自由フランス軍の将校や兵卒に囲まれ、軍帽をかぶって超然とした顔をしていた。いかにもイギリス的な邸をフランス人が占拠しているのを見ると、どこか胸がざわついた。あの中の一人が、エルヴェの父親？

「ド・ゴールが来たときの写真、ご存じですか？」ダニエルはきいた。「一枚しか撮ってないことはないと思うんですが。フランス大使館に問い合わせるといいかもしれませんね」

「手が空いたらやってみます。いまは、お時間あります？　見ていただきたいものがあるんです」

階段を上がって校長室へ行くと、机の上に丸まったキャンバスが一枚置いてあった。

「これを見つけたんです」

そういって広げた。ユニオンジャックとフランスの三色旗が合体し、ロレーヌ十字と勝利《ヴィクトリー》のVがあしらわれた図案の下に、ことばが記されていた。ダニエルも聞きかじった、なつかしくも胸の騒ぐことばだった。

立て、祖国の子らよ
栄光の日が来た
暴君の血塗られた旗は
われらの前にはためく
敵の残忍な叫びが
聞こえるか？
われらの家族を
殺戮しに来る音が

民よ、武器を取れ
隊伍を組め
進め、進め
穢《けが》れた血を流しに行こう

「『愛の光かがやき』とはえらいちがいだな」ダニエルはつぶやいた。

「わかりました？」

「『ラ・マルセイエーズ』でしょう。こんなに暴力的な歌詞でしたっけ」

「戦時中、子どもたちは毎朝イギリス国歌の後で、自由フランス軍への敬意としてこれを歌っていたんですって。フランス人の子も通っていたから」

「そうだったんですか」

「ええ、軍属が子ども連れで滞在していたんです。一九四〇年代のチャンプトンは、驚くほど国際色豊かだったんですね」

17

オードリーは〈高級婦人洋品店ステラ〉にぐずぐずと居座っていた。宿敵ステラよりも御しやすいアン・ドリンジャーが店番だったからだ。広い店ではないが、夏物が入荷したところで、オードリーは一点残らずじっくり検討する気だった。そのために、アンに奥の倉庫と売り場の棚を何度も往復させ、ついでに試着した服を戻したり戻さなかったり、わざとちがう場所へ戻したりして、おもしろがった。そのうちにアンは、オードリーの試着のたびに大量の服を運ぶのに嫌気がさし、試着室にどっさり吊るしておくことにした。オードリーは、上下が開いたドアの内側で、小さな椅子に座り、きつい靴を脱いでほっと息をついた。

そこそこの値段のワンピースを二枚買うか、とびきりのを一枚だけにするか、悩みながら座っていると、ドアが開くチリンチリンという音がした。続いて、ステラの接客時の声——首を絞められているジョーン・フォンテインのような声で、実はオードリーのものまねのひそかな十八番《おはこ》だ——が聞こえてきた。

接客時の声ということは、客が来たのだ。

「アン、悪いんだけど、ジリアン・スウェイトあてのその小包、郵便局で出してきてもらえない？　住所は書いてあるけど、切手を買わなきゃならないの。後で払うわ。あたくしは、リーさんのお相手を……」

「わかりました。ついでにケーキでも買ってきま……」

だがステラはもう、リーさんにかかりきりになっていた。夫の長期出張に同伴してきて、ブラウンストンベリーのはずれに滞在中。夫の事業が順調なおかげで、親が見たら驚くような豊かな暮らしに足を踏み入れかけており、ステラの上得意だ。「あの人と比べたら、どんなおばちゃんもモナコのグレース王妃に見えちゃうわよ」などと陰口を叩くステラだが、面と向かっては女王陛下の専属デザイナーのように慇懃《いんぎん》に接している。

「リーさん、例の件、どういう形で処理していただけます？」

こういうとき、普段ならオードリーはせき払いでもしてみせて、存在を教えてやるのだが、ステラに対してそんな配慮は無用。活用できそうなネタを、みすみす聞き逃してなるものか。

「現金で千ポンド持ってきたので、清算していただきたいの」

「それは無理ですわ。それじゃあ収支が合いません」

「じゃあ、千二百ポンドでは？　それでチャラにしていただけない？」

一瞬の間。

「わかりました」ステラがいい、どうやら取引成立となったようだ。またチリンチリンと音がして、千二百ポンド分身軽になったリーさんが出ていった。オードリーはそこで初めて、高価なワンピースを腕に引っかけて、試着室から出ていった。

「ステラ！」

「オードリー！」

「そこにいらしたんですね」

「試着してたの」オードリーは告げた。「これ、いただくわ」

「お目が高いわ」ステラは応じた。「お支払いはどうされます？」

「現金だと、おまけしていただけたりするのかしら？」オードリーはうそぶいた。

珍しいことに、ステラがことばを失った。

「融通の利くお友達に頼ろうかしら。クレジットカードのことよ、あなたじゃなくて」

ステラはクレジット転写機を見つけ出し、おぼつかない手つきでカードを差しこんだ。

オードリーはいった。「あらあ、心配しないで。税務署に密告するとでも思ってる？」

「だいじょうぶです、うちの収支にはなんの問題もございませんので」ステラは接客時の声でいったが、まるで信憑性がなかった。

「それはなによりねえ。もちろん、おたくの信用にケチをつけるつもりなんてないのよ。どんなゴシップの嵐が吹き荒れたって、びくともしないでしょ」

ステラはオードリーのカードの表面を転写した。ガチャン、とギロチンのような音がした。

「ほかにご利用は？」

「いいえ、けっこうよ」

ステラは、商品をおしゃれな袋に入れて差し出した。

「〈高級婦人洋品店〉」オードリーは口に出した。「あ、そうだわ、一つあった」


「なんです？」

「トイレを使わせていただけないかしら？」

ステラは理解した。

18

　ダニエルは、今シーズンの営業を始めた〈花の喫茶室〉に立ち寄った。ドット・スティヴリーは、彼の好物のくるみのケーキも置いていた。村のだれよりもお菓子作りがうまい、キャス・シャーマン作らしい。カウンターの上は、レースペーパーやらケーキスタンドやらで装飾過多になっている。ドットの店舗コンセプトを、母は〝ローラ・アシュレイとハゲ・チビ・デブの駄々っ子〟と評していた。

「いらっしゃいませ」ドットはいった。「弟さん、こっちへは来られないんですか？」

「そうなんです。ここのエスプレッソは気に入るはずなんですが」

「来てくださったら、もう大騒ぎですよ」隅のテーブルのドーラ・シャーマンの方に目くばせした。コートと帽子を身につけ、壁を背にして、むかいの席にハンドバッグを置き、いつもの姿勢でこちらを見ている。油断のないハトを思わせる姿勢。

　手を挙げてみせると応じたので、ケーキと紅茶を持って近くへ行った。

「こんにちは。これ、キャスのケーキですよね？」

「そうですよ。ちがうと思いました？」

「いや、そんなことは」

「お高くとまったドット・スティヴリーは嫌いだけど、お客さんはケーキが好きだし、わたしたちはお金が好きですから」

「とてもおいしいですよ」気を悪くされないことを祈ったが、シャーマン姉妹の機嫌は読めない。「ドーラのアップルタルトも最高でしたよ。コルドンブルー顔負けですね」

「こんないなかには、素朴なお菓子しかないと思ってらしたでしょ?」

否定しかけたが、そのとおりだと思い直した。「はい、そう思ってました」

「フランス人のおかげですよ。お邸に来ていたシェフに、アップルタルトを教わったんです。ほかにもいろいろ。イタ公も、ちゃんとしたコーヒーを教えてくれたし」

「イタリア人の捕虜ですか?」ダニエルは穏やかに言い直した。

「そうですとも。リトル・フリミントンの収容所まで行軍する途中で、このへんを通ったんです。いい男ばかりでね。それに陽気で。戦場にいたとは思えなかった。女の子はみんな集まってきてね」

アメリカ空軍の従軍司祭の話を思い出した。彼がいたノーサンプトンシャーの基地からは、ドイツ北部への空襲のため、B-一七爆撃機が飛び立っていたという。何千人ものアメリカ兵が駐屯し、ブラウンストンベリーのパブや映画館へとくり出した。ブラウンストンベリーも彼らを歓迎した。女性たちは、彼らのアメリカ英語や、おおらかさや、つらい体験にさえ魅了された。殺伐とした戦争のただ中で、交わせるだけのなぐさめや喜びを交わしたのだ。囚われの身となり、見知らぬ地へ送られるイタリア兵にとっても、同様だったのだろうか。キャスとドーラも当時は若い娘だった。やはりそうした兵士とつきあい、見返りにナイロンストッキングやチューインガムやコーヒーをもらったのだろうか。

「先生、まずいことになりましたね。ボウネスさんのこと」

「まったくです」しばしの沈黙。「彼とは親しくされてたんですか? そのう、ずっと前から」

「親しくはなかったですね。子どものころの彼は覚えてますよ。学校の休みのたびにここに来てました。ド

・フローレス卿とはいとこどうしで、父親を亡くして以来、仲よくしてましたね。フランス軍が来る前は、お邸でよく見かけました。その後は、ご一家はノーフォークですごすことが増えて」
「あなたは？」

「わたし？」

「お邸で働いていらしたんでしょう？」

「ええ、姉妹でね。でも戦争でいろいろ変わってしまって」

「ド・フローレス卿のお母さまづきのメイドをされていたんでしたっけ？」

「そう。キャスは給仕係。制服のエプロンと帽子をつけて、だんなさまや奥さまにはひざを折っておじぎをして」

「戦争中はどうなったんですか？」

「二人別々になりました。わたしはご一家といっしょにラドナムの別荘へ行って、奥さまのお世話をして、キャスはここに残って厨房の手伝いをしてました。配置換えは何度かありましたけどね」

「別々は不本意だったのではないですか？」

ドーラは肩をすくめた。「不本意なんていってられません。ここでフランス人を見張る係はどうしても必要だったんですよ、お邸を守っていくためにね。それで何人か残されたんです。戦後はなにもかも変わりましたね。やめてしまった使用人も大勢いましたよ。従僕も、副執事もいなくなって。奥さまが亡くなられた後は、女主人づきのメイドも廃止になりましたね。あんなにあっという間に変わるとは思わなかった。時代に合わなくなったんでしょうね」

「というと？」

「おじぎをしたり、敬語を使ったり。古き秩序は失われたんですよ。フランス人が来て、進歩したんです。もとに戻らなくて幸いでした」

ダニエルがチャンプトンに来たときは、コックと家政婦と執事がいたが、全員やめてしまった。いまはショーリーさんと通いのお手伝いさん、シャーマン姉妹のように呼ばれれば手を貸す人たちで、邸内の雑事を担っている。暖炉の準備や部屋の換気、寝具の交換、銀食器の手入れといった仕事は、人手不足が深刻だ。すべてに時間がかかってしまう。

「お邸の全盛期を見てみたかったです」ダニエルはいった。

「イギリスでも一、二を争う立派なお邸でしたよ」ドーラは少し背すじを伸ばした。「わたしが小さかったときには、先代のだんなさまの成人を祝う舞踏会があったんですよ。門からお邸まで、ずらりとかがり火で照らしてね。車が次々と来て、上流の方々が降りるんです。皇太子殿下もいらっしゃったね。燕尾服やティアラ姿で、お邸じゅう、豪華客船みたいに煌々と明かりをつけて。オーケストラは夜中まで演奏して、パーティーは夜明けまで続いて。どの新聞にも記事がのったんですよ」

その切り抜きも保存されていた。厚紙に貼りつけた写真も。超一流の子女たちが、正装して無邪気な表情で写っている。まるで、崩壊寸前のロマノフ王朝の舞踏会のように。

「それじゃあ失礼」ドーラは唐突にいうと、さっさと立ち上がってハンドバッグから財布を取り出し、レジへ向かった。

19

帰宅前に郵便局にも寄った。〈郵便局・総合雑貨店〉と看板が出ているが、〃総合〃は語弊がある。棚が三台あるだけの店だからだ。砂糖、ティーバッグ、たばこ、ビスケットなど、すべて現金払いのみ。まずい肉の缶詰や、冷凍庫にはアイスキャンディーや魚フライもある。カウンターの半分は雑貨店用、残りの半分は郵便局用で、ブレインズさんが行ったり来たりして接客する。郵便局の業務と、砂糖やビスケットを売るのとは、きっちり区別しなければならないのだ。

ドアを開けると、チャイムがカランカランと鳴った。ブレインズさんはカウンターの奥に収まり、狭い店は客でいっぱいだった。ドット・スティヴリー、ステラ・ハーパー、ジェイン・スウェイト。店の外まで聞こえていたおしゃべりはぱたりとやんだ。

「いらっしゃいませ、先生」ブレインズさんはいった。妙に堅苦しい。うわさ話で熱くなっていたのを、鎮めるため？

「こんにちは、みなさん」ダニエルまで堅苦しくなってしまった。列に並ぼうと、ジェイン・スウェイトの後ろへ移動した。

「あら、どうぞ」ジェインはいった。「わたしたちはもう終わったんです」

ブレインズさんがちらりと見た。「だべっていただけなんですのよ」堅苦しいのに、俗語。

「切手をお願いします」と頼むと、ブレインズさんはやはり堅苦しく、雑貨店のカウンターから郵便局のカウンターへ移った。告解室の戸のように、ガラス板で客とのあいだに仕切りがしてある。

「速達用を五十枚と、普通郵便用を五十枚」

分厚い切手帳を開いた。「普通切手と記念切手がありますけど。記念切手はウェールズ語訳聖書の柄なんです、そちらになさいます？」

文具にうるさいダニエルは、手紙に関しては奇をてらわない主義だ。「普通切手にします」

青の普通郵便用と、赤の速達用を切り取ってくれているあいだに、ドット・ステイヴリーが声をかけてきた。「教会区のみなさんは、元気なんでしょうか？」

「と思います……こういう状況にしては」

ジェイン・スウェイトもいった。「ネッドはまだすごく動揺してます。殺人犯があの浴場に潜んでいただなんて！」

「いや、そうと決まったわけではありませんよ。あそこにいたのがだれか、わかっていないわけですし――というか、ほとんどなにもわかっていないんです。気にしないことですよ」

「気にしない？」ステラが声を上げた。「人が殺されたんですよ！　起きたてほやほやの凶悪事件ですよ！」とっさに頭に浮かんだのは、浴場に置き去りになっていたマグカップから、湯気が上がっている図だった。

「それはちょっとちがいますね。とにかく、はっきり見えてくるまでは、憶測で話をしない方がいいんじゃないでしょうか」

「そりゃそうですけど……」ステラはいった。「でも、殺人犯が捕まってないのは、事実でしょ」

ドットが口をはさんだ。「ノーマンはきょう、郡庁舎に行ってるの。警察署長に会って、ちゃんと捜査が進んでいるか、確かめてくるって」

「いいわね」とステラ。「行動を起こさなきゃ」

ブレインズさんとジェインもうなずいた。

「しかし、会って――なにを頼むんでしょう？」ダニエルはきいた。

「逮捕ですよ」ステラは答えた。「逮捕されるまで、普通の生活になんて戻れっこないわ。みなさん戻りたいんですよ、そうでしょ」

「あれもこれも保留ですものね」とジェイン。「聖霊降臨日はどうなるんでしょう？　花祭りは？　調理台の……あっ」あわてて口をつぐんだ。

失言。一瞬しーんとなったが、ステラが口を開いた。「こんなことになると、あたくしたちの計画どころじゃないわね。落ちついてからもう一度、考え直した方がいいかも」

ダニエルは思わずいった。「ほんとうですか？　この前お話ししたときは、すっかり決めていらっしゃるようでしたけど。お考えが変わったんですか？」

「いいえ、変わりません。でもね、よく考えてみたら、いろんな意見を取り入れてもいいんじゃないかなって」

また沈黙。今度はダニエルが破った。「切手代はおいくらですか、ブレインズさん？」

「十六ポンド五十ペンスです」

けさ、このために財布に入れておいた二十ポンド紙幣で支払った。

「お先に失礼。じきにまたトイレ問題に頭を悩ませられることを、祈っています」

牧師館に帰ると、ヴァンルー刑事が台所にいた。

「おかえりなさい」オードリーはいった。「ヴァンルー刑事さんがお待ちよ」

深刻な話かと刑事の顔をうかがったが、いつもどおり無表情だった。「二人だけでお話しできる場所はありますか？」

またダニエルの書斎に座り、閉め出されて怒った犬たちがドアを引っかくのをやめるまで待った。

「二、三の質問だけです。時間に関することなんですが。死体を発見されたのは九時すぎ。ボウネスさんが〈ロイヤル・オーク〉で最後に目撃されたのが七時半ごろ。犯行はその間にあったわけです。七時半には、正確にどちらにいらっしゃいましたか？」

「家です。母と夕食を取っていました。前にもお話ししましたよね」

「ボウネスさんを最後に見かけたのは？」

「〈チャンプトン・ハウス〉で。あの日は一般公開日で、アンソニーはできるだけ隠れていたんです。朝の九時ごろ、客が来る前に全員集合したとき、見かけました。その後、たしかお昼ごろに、出ていくのも見ました。アレックス・ド・フローレスともめてたみたいですね。古い厨房の近くの彼の仕事部屋で」

「もめていた？」

「珍しくもないんです。アレックスが茶々を入れたんでしょう。それだけのことだと思いますよ」

「出てどこへ行ったんでしょう？」

「パブじゃないんですか」

「そのとおり。午後はずっとパブにいたようです。スウェイトさんは夕方まで聖堂で待機していて、五時半ごろに帰ったそうです。ボウネスさんが戸締まりに来るはずだったと。だが、七時半までパブにいたとなると——その間、聖堂はだれでも入れる状態だったんでしょうか？」

「そうでしょうね。ネッドはどうして、わたしに戸締まりを頼みに来なかったんだろう？」

「まだお邸にいらしたそうですよ。お母さんが、帰ったら伝えるといわれたそうです」

「伝えてもらってないな」

「理由に心あたりは？」

「忘れたんだと思います。本人にもきいてみてください」

「ききました。忘れたそうです。聖堂は、いつも施錠しているんですか？」

「夜間は施錠します。アンソニーかわたしが戸締まりをします」

「お邸から帰る途中で、だれかと会いましたか?」

「いや、記憶にありません。マーガレット・ポーティアスと、あと何人かにあいさつをして——人の出入りが多かったんです——庭園を抜けて帰りました。いっしょにお邸を出た人もいたでしょうが、みんな村の反対側に住んでいて、帰り道がちがうんです。マーガレットが覚えているかもしれません」

「死体を発見したとき、血はまだ乾いていなかったんですね?」

「まちがいありません。犬たちが足跡をつけてしまったのを、はっきり覚えてます。それに、わたしの服、ご覧になったでしょう?」

「血が乾いていなかったということは、つまり?」

ダニエルは考えた。

「犯行後すぐだったということですね。そこには考えが及ばなかった」

ヴァンルー刑事はメモを取ってから、続けた。「もう一つ。くだらないようですが、素手の格闘に長けている人が、村にいるでしょうか?」

「ええまあ。ボブ・エイチャーチは奇襲部隊にいたんです。でも、犯人じゃありませんよ」

「なぜそういえます?」

「彼が犯人だなんて、天地がひっくり返ってもありえません。チャンプトンでは、格闘といっても上品なものですし」

「それはつまり?」

「つまりもなにもありません。暴力とは縁遠い村だというだけです。ただ、教会区内の対立を、一種の戦争に見立てる人もいるかも」

「ボウネスさんも、その対立にかかわっていたんですか?」

「はい、ここの全員がですよ。でも、他人に危害を加えるほどでは……最近議論していたのは、聖堂にトイレを設置するか否か、だったんです。そんなことで人を殺したりしないでしょう」

「ボウネスさんも議論に加わっていたんですか？」

「はい、教会区会議のメンバーですから」

「ほかのメンバーのお話も聞きたいな。名簿をいただけますか？」

「もちろん」

またメモを取った。それからダニエルをまっすぐ見た。「ところで、お元気にされてますか？」

「わたしですか？　まあ、元気ですよ、たぶん。まだ引きずってはいますが。変死というのは、コミュニティを揺るがしますね。いろんなことが表に出てきて」

「たとえばどんな？」

「うまく表現できないな。ただ、緊張は高まってますね。教会区の働きが……ぎくしゃくしてます」

「だれかのせいで？」

「どうなんですかね。ほんとうに、犯人はここの人間なんでしょうか？」


「わかりませんが……」刑事の声音が変わった。「プロのように思えるんです。たったの一撃で、頸動脈をとらえ、確実に仕留めている。しかも凶器は、たいして鋭くもない剪定ばさみですよ。狙うべき箇所だけでなく、どう狙うかも心得ていた。おそらく、頭をのけぞらせて、頸動脈をあらわにしたんでしょう。考えてもみてください。ひざまずいている被害者の背後に、音もなく忍び寄り、髪をつかんで頭をそらせ、なまくらな刃を巧みに振るって頸動脈を切断し、悶え苦しむ被害者を押さえつけて、血しぶきが自分にかからないようにする。これが、通り魔の犯行に見えますか？」

「見えません。ただ、剪定ばさみというのが……殺すとなったら、それなりの備えはしますよね。凶器は現場で適当に見つけるだなんて、行きあたりばったりなことをするでしょうか？　そこが腑に落ちないんです」

「なんでも腑に落ちるとはかぎりませんよ。小説とはちがいますから」

「浴場では、なにが見つかったんですか？」

「あなたがたが見つけたものだけです。だれかがいたのはたしかですね、しかも一度ならず。くつろいですごした形跡がありました。指紋などの科学的証拠はなにもありません。殺人と関係があるとも、ないとも断定できないんですよ。あそこへ行きそうな人はいますか？」

「アレックス・ド・フローレスですかね。次男坊ですよ。芸術家で、普段はロンドンにいるんですが、こっちへ帰ってくると、番小屋に寝泊まりして、領地内のあらゆる場所で……たしか、インスタレーションとか呼んでいたな。なかなか派手なんですよ。サンルームや古い厩舎でもやっていたから、浴場を使ったとしても驚きませんね」

「ネッド・スウェイトはどうなんです？」

「彼は、郷土史の研究家なんです。大戦中、フランス人がお邸にいたころのことを調べているんです。壁画が描かれたのも同時期でしょう。でも、あれを見つけたのは最近ですよ。浴場は長年使われてなかったんです。存在は知ってても、行こうという人はいませんでしたね。ド・フローレス家も、戦後は放置していたんでしょう」

「われわれにはもう用済みですから、立入禁止は解除しますよ」

「聖堂の方はどうなります？」

「申し訳ないが、まだ立ち入れません」

「いつごろから入れるようになりますか？」

「さあ。それに、まずはかなりの清掃が必要ですよ。その手の専門業者がいますから、紹介しましょう」紅茶を飲み干した。「聖堂でこんなことになるとは、普通思いませんよね」

「ここで初めての殺人でもないんですよ」ダニエルは説明した。「十七世紀にクエーカー教徒を殺害しています。わたしの先達にあたる司祭を祭壇から引きずり下ろして、異端呼ばわりしたので、信徒たちが外へ連れ出して、殴り殺してしまったとか。それからイギリス革命時、ネーズビーの戦いから敗走してきた王党派の面々を捕え、処刑しています」

「花祭りや夕の礼拝ばかりやっているわけじゃないんですね」

「非人道的な行ないというのは、どんなところにも例外なく存在するものなんですよ。イギリス革命なんて、そう遠いむかしではないですしね」

「あなただったら、どちらを選びました？」

「えっ？」

「議会派か、王党派か」

「国王の側についたでしょうね。わたしの先達もそうしましたし、ド・フローレス家の人たちも、まあ大多数は」

「わたしは議会派だったろうな」刑事はいった。「うちは非国教徒なんですよ。マンチェスターのモラヴィア兄弟団の教会でした」

「いまも教会に？」

「いや、わたしはもう。でも、染みついていますね」

「モラヴィアからマンチェスターとは、長い道のりですね」

「いずれお話ししますよ。お茶をごちそうさま、先生」

「ダニエルと呼んでください。ええと……？」

「ニールです」

戸口まで送っていった。「お話しできて楽しかったですよ。なにかあったら、いつでもおたずねください」

「エイチャーチさんはどこにいらっしゃいます？」

「聖堂管理人の住まいです。墓地の門のすぐ先ですよ」

20

ピットコートの旧牧師館は、一九六〇年代を最後に、牧師を温かく迎え入れるのをやめた。たび重なる財政危機への対応として、教区が売却し、その結果老人ホームに改装されたのだ。だが一九八〇年代になって、ふたたび聖職者を温かく迎え入れることとなった。参事会員のドルベン司祭——ダニエルの前々任のチャンプトン聖マリア教会の牧師——が、九十歳を超えて隠居したからだ。

　ダニエルは月に一回、たいがい第一土曜日に、彼を訪ねていた。陪餐を行ない、クリケットの話をしたいようなら相手をする。この日は当然、クリケットの話をしたがった。前日にウースターシャーのヒック選手が、サマセット相手に四百五点も取ったので、老司祭はかつてないほどほくほくしていた。さらに機嫌がよくなったのは、ダニエルがランドローバーでドライブに連れ出したときだ。高齢者になにかあったらとオードリーは心配するが、老司祭はほとんど目が見えておらず、ダニエルのへたくそな運転の、急カーブや急ブレーキや急加速を楽しんでいるのだ。「いまや唯一体感できるスリルだよ！」ドライブ先でいちばん好きなのは、チャンプトンのダニエルの書斎。長年、彼自身が人と語らってきた場所だ。

　ドルベン司祭は、約三十年間——彼いわく、バトル・オブ・ブリテンから週三日労働（一九七四年、エネルギー不足のため産業活動を週三日に制限した政策）まで——をチャンプトンに捧げた。歳を重ねても、意欲や思考力の衰えはいっさい見せず、自分の任期とはかかわりなく教会区に心を寄せつづけた。あるとき、ジェフリーなんとかという別の代の牧師の話が出たが、ダニエルは聞き覚えがなかった。「いつここにいた人ですか？」とたずねると、「一二一七年着任だ」と、まるで当時を知っているかのように答えた。

　オードリーがお茶と、郵便局で売っているドルベンの大好物のチョコチップクッキーを持ってきた。そして去りがたい様子で、先日の元カンタベリー大主教マイケル・ラムゼイの逝去について話した。ラムゼイは一九三〇年代にドルベンとおなじリンカーン教区の教会にいたし、ダニエルは神学校の大先輩として雲の上の存在のように思っていた。

　ようやく母がいなくなると、ダニエルはドルベンの頼みで、最近のできごとをすっかり話して聞かせた。

　おたがいにしばらく黙りこんだ。それからドルベン司祭が口を開いた。「教会区にも傷は残るんだ。個々人とおなじにな。戦争もそうだった。二度の大戦は、計り知れない影響を残した。若かりしころのわたしも――まだ十代だった――同世代が大勢死ぬのを目《ま》のあたりにした。砲弾や銃撃戦や毒ガス弾でね。一度は終わったのに、やがて二度目が始まった。そのころチャンプトンに来た。戦場からははるかに遠かったが、帰還兵という形で触れることになった。あるいは、戦死者を通して。あるいは、さらに苛酷な運命を通して」

「さらに苛酷？」

「フランス人だよ。名前は忘れたが、お邸に来た将校で、たしか、戦前は有名な画家だったんだ。シュルレアリストというのかな。いかにもフランスの画家という風情でなあ。スカーフなんかを結んで、変わったズボンをはいて、始終たばこをふかして。片脚を負傷して、えらく引きずっていたな。擬装工作に携わっていたらしいが、ここでは芝居を上演しては、背景を描いたり衣装をデザインしたりしていた。『お気に召すまま』は見ものだったな。フランス人と地元住民とで、浴場や林を移動しながら演じるんだ。自分でもジャックの役をやったんだが、ずいぶんともめてね。われわれは英語でジェイクイーズと発音しようとしたが、フランス語風にどうしてもこだわるもんで、最後にはこちらが折れたんだよ。そういう人柄だったんだな。かんしゃく持ちだが人好きがして、頑固で。それに、たいそう人なつこくてな、だれとでも見境なく親しくなっちまう。相手の身分なんぞまったく気にかけず、平民でも紳士でもおなじように接する。チャンプトンではそりゃあ驚かれたさ。バーナードも覚えているんじゃないかな。彼もアンソニーも、あこがれていたからね」

ドルベンは口をつぐんだ。

「その人はどうなったんですか？」

「死んだよ。ここで死んだんだ。結局、擬装工作員じゃなかったのかもなあ。飛行機に乗っていて、庭園で事故が起きて全員死亡したんだ。あのすさまじい衝撃音は、忘れられんね。お邸の窓ガラスが割れて吹っ飛んだんだ」

「ああ、アレックスがその話をしていました」

「そうか、あの子も知ってるんだな。このごろどうしてる？」

「いまも芸術家を志していますが、絵は描かないんです。興行主というのかな、そのフランス人と似てなくもないですね。イベントのような芝居のようなものを、人に披露してます」

「フォークダンスのような？」

「いや、フォークダンスとはちがいますね」

ダニエルはお茶を飲んだ。マグカップは、かの有名な〈イギリス一のママ〉のロゴ入りだ。

ドルベン司祭はクッキーをかじった。「これは実にうまいなあ。ともかく、戦争のせいで、あらゆる運命が狂ってしまったわけだ。戦争というのはまた、かりそめの恋心を起こさせるものなんだな。自由フランス軍の負傷兵たちは、われわれにはない魅力にあふれていた。ブラウンストンベリーからも、土曜の夜のダンスパーティーには女性たちが大勢来ていたね。後に残るのは、恋に破れ傷ついた心と、人目を忍ぶ出産だった——バーナードの父上は配慮があってね、村の若い娘が、ときどきこっそりとド・フローレス家の別の領地へ送られ、養子縁組の手配をしてもらった。珍しいことではなかったよ。むしろ、ありふれた話だった」

葬送式の際に墓地を掘り起こすとときどき見つかる、赤ん坊の骨のことを思った。本来ならば埋葬を認められなかったはずの、洗礼を受けていない乳児だ。先任の牧師たちが目をつぶったのか、むしろ積極的に母親たちに呼びかけたのか。いずれにしても、その子たちは正式な葬送式も、墓標すらもなく、先祖の地に葬られた。ときには、足を運ぶ人もいない、教会北側の壁際に。ボブ・エイチャーチは〝涙の壁〟と呼んだ。人知れず葬り去られた子たちの記憶は、村に生きつづけているのだ。

「セグレイヴ司祭の時代には、結婚していない男女のあいだの子を、〈私生児〉として教籍簿に記入していたそうだ」

「いまは、結婚前に洗礼を行なう例もあります」

「気に入らんかね？」

「いいえ、来てくれるだけで幸せですから。それに、司祭としての仕事の本質は、ただの記録ではないと、そう理解しているのですが」

「そのとおりだよ」

二人は、おたがいに対してさえ口に出せない思いを胸に、黙って心を通わせながら座っていた。

ドルベン司祭を壊れもののように大切にピットコートへ送り届けた後、牧師館ではなく、警察の現場保存が解除された聖堂へ戻った。聖具室の金庫を開けると、扉の内側のフックから鍵束を一つ選び出した。

錠に対して鍵が多すぎる——何百年も前に出入口を開け閉めしていた鉄の鍵から、献金箱や戸棚のちっぽけな鍵、それにベヒシュタインの古いピアノの鍵。これはセグレイヴ司祭の所有で、娘たちが花嫁修業としてクレメンティのソナチネやツェルニーの練習曲を弾いていたものだ。もう少し新しい鍵の束を手に、鐘楼の階段を上り、ポーチの上方に突き出た部屋へ。教室として使われていたこともあるが、どんなにやせっぽちの子でもせいぜいで五、六人しか入れなかっただろう。十八世紀には教会図書室へと生まれ変わった。当時のド・フローレス卿が、書棚を埋めつくすほどの本を寄贈したのだ。黒っぽい革装幀の背に刻まれた文字は、いまではほとんど読めない。開くとかびくさいにおいがして、それと同時に、太っ腹な寄贈のありがたみが激減する。ほとんどがピューリタンの説教集なのだ。見返しに貼られた豪奢な蔵書票とは不釣り合いな、厳格で味もそっけもない中身。ピューリタンとは縁もゆかりもないチャンプトンに、なぜこれらの本がやってきたのか、謎だった。

別の鍵で、耐火金庫の鉄扉を開けた。ここには十六世紀にまでさかのぼる教会区の記録が保管されており、ダニエルも折々に目を通していた。先任者たちが細かい字で、教会区民のお金のやりとりを逐一記している。あせたインクで書かれた名字は、いま現在の教会区民たちとおなじものだ。

けれど、きょうここへ来た目的はそれではない。気になることを確かめたかったのだ。一九四〇年代の教籍簿を見つけ出し、机の上に置いて、明かりをつけ読みはじめた。

そのとたん、鐘楼の扉がギイッと開き、母の声が響いてきた。

「ダニエル？　上にいるの？」

「そうだよ」

「いますぐ来てちょうだい！」

21

ダニエルはドアベルを鳴らした。玄関のすりガラスごしに、ジェイン・スウェイトは警察官と牧師の不吉な影に気づくだろうか。

ドアが開いた。ジェインは粉まみれのエプロン姿で、めんくらっていた。「あら、こんにちは」エプロンで手をふき、スコット巡査に目をやった。「警察の方？」意味もなくまた手をふいた。

「ジェイン」ダニエルは切り出した。「たいへんなことになったんです。お邪魔していいですか？」

娘のアンジェラがロンドンから駆けつけた。ダニエルが手帳から彼女の名刺を引っぱり出して、悲報を伝えたのだ。夜中になってアンジェラは、計量カップごと冷蔵庫に入っているヨークシャー・プディングの生地を見つけた。いまとなっては使うあてもないその生地をシンクに流すと、とろりとたまった後、排水口へと消えていった。

22

ダニエルとニール・ヴァンルー刑事はネイサン・リヴァセッジを訪ねた。警察に取り調べられるなどと思ったただけで、ネイサンはいつにも増して落ちつきを失い、何度も何度もズボンの前を点検した。ダニエルたちは、あやしげなあれこれの用途にネイサンが使っている、古い園芸小屋で向き合った。

「なにがあったか、ご自身のことばで説明してもらえますか?」

「ゆうべ別の人にいいました」

「もう一度お願いできませんか?」

ネイサンに視線を向けられ、ダニエルは力強くうなずいてみせた。

「お茶の時間に、銃を持って外へ行ったんです。ミンクやカワウソが来て、アヒルを殺して卵を食べちゃうから」

ついでに、たまさかのウサギやハトやシカでも仕留めるつもりだったのかも。

「池に行ったら、浴場の近くのアシが生えたあたりに、なんか浮かんでたんです。肥料の袋かなんかかなと思ったけど、ちがくて、スウェイトさんだったんです」

「なぜスウェイトさんとわかりました?」

「最初はわかんなかったです。死体だと思って、浴場まで行って、ボートフックで引き寄せて、そしたらスウェイトさんでした」

「どんな様子でしたか?」

「死んでました。溺れたのかと思ったけど、頭の後ろんとこが殴られてたんです、こう、へこむくらいに。それで、そのままにして家まで走ってって、じいちゃんにいったら、じいちゃんが先生を呼んでこいって」

「で、わたしが電話をしたんです」

「それからどうしました？」

「すぐに二人で浴場へ行きました。ネッドの遺体を確認し、祈りを捧げました。それから、なににも触らず到着を待っていました」

「なにか気づいたことは？」

「土手のぬかるみに足あとがありました。ひょっとしたら、わたしたちのかもしれませんが。ネッドのセーターが、引っぱられて型くずれしていましたが、ネイサンがボートフックで引っかけたせいかもしれませんせん」

ネイサンがうなずいた。

「傷はありましたか？」

「見えませんでした。あおむけになっていたので」

「水から引っぱり上げてほったらかしじゃ、ばちがあたるかなって。だから、あおむけに寝かせて、こう、胸の前で手を組ませて、それから、呼びに行ったんです」

「後頭部の傷を見たんですよね？」

「はい。殴られてました。血は水でこう、流れちゃってたけど、すごいぶちのめされてました」

「なにで殴ったんだと思います？　ボートフックとか？」

ネイサンは少し考えた。「どうかな。ボートフックよりもっと、太くて重いものじゃないかな」

「凶器と思われるものは見ましたか？」

さらに少し考えた。「四つ爪錨《いかり》かな。いかだなんかで使う小さめの錨で、折りたたみなんです。浴場のボートのそばにあったはずだけど……なくなってた気がする」

「なぜいままでいわなかったんです？」

「いま思い出したんで」

「それは、どんな見た目ですか？」

「長さはこんくらいで——」五、六十センチほどを示した。「——爪がついてて、でも、こう、折りたためて、たたんだら棍棒みたいな、武器みたいな感じです。あれで殴ったら、効くと思うな」

「どうして知っているんですか？」

「え？」

「その錨のことをどうして知っているんですか？」

「いろいろ知ってるから。領地のいろんなとこで、いろんな仕事をしてるから。しまってある道具も知ってます」

「浴場にはよく行くんですか？」

ネイサンは気まずい顔をした。「よくじゃないです。でも知ってます。ミンクを仕留めに行って、あそこらへんに座って一杯やったりするから。いろいろ見てたんです」

「なぜいままで黙っていたんですか？　浴場を調べていたのは、知っていたでしょう？」

ますます気まずい顔になった。「あのへんにいちゃいけないのかなって。アヒルを仕留めたりするから。そいで、売ってるから。メルドラムさんにばれると、ちょっと」

「メルドラムさん？」

ダニエルが口をはさんだ。「領地の管理責任者です。でもネイサン、いまはアヒルどころじゃないんですよ。それで罰を受けたりはしません。刑事さんに、知っていることを全部話してください」

「それで全部です。だれかに会ったとかもないし。アレックスだけです。浴場に興味があるからって、連れてってくれっていわれて」

「ド・フローレスさんですね？」

「だんなさまの息子です。逆らえないです」

「『興味がある』とはどういうことです？」

ネイサンは考えこんだ。「古い場所が好きなんです。小屋とか、浴場とか。そういうとこで芸術の展示をしたいんです。だからおれに、連れてってくれって」

そういいながら、ネイサンはかすかに身がまえるようなそぶりを見せた。けんかに備え肩を怒らせるように。ダニエルははたと気づいた。アレックスがネイサンに声をかけるのは、領地にくわしいからだけではなさそうだ。

ヴァンルー刑事は手帳になにか書きこんでから、閉じた。「以上です。いずれまたお話をうかがいます。近々チャンプトンを離れるご予定は？」

「いいえ。どこも行きません」

ダニエルは刑事を外まで送った。

「あれはなにか隠してるな、ダン」

「たぶんね。驚くにはあたらないけど」

「なにかあったら知らせてくれよ」

庭園を突っ切って浴場の方へ向かうヴァンルー刑事の背中を見つめた。浴場はまた立入禁止になった。前回より大がかりで、死体発見直後に簡易式の霊廟のように建てられた白いテントから、作業服姿の捜査員がさかんに出入りしている。

二件目の殺人。なぜか二度目の方がこたえた――二度目だから、悲しいことに手順に慣れてしまっていて、ネッドの死の衝撃が薄れている。ネッドの死の衝撃が、少しでも軽くなるのが許せなかった。

ネイサンはたばこを巻いていた。手が震え、いつものようにあざやかな手つきできれいな紙の筒に仕上げることができなかった。一からやり直した。

「ネイサン、だいじょうぶですか？」

「だめです。死んだ人なんて、初めて見たから」

ようやく完成したたばこに火をつけ、酸っぱい煙をひと吸いした。

「メルドラムさんに怒られるかな？」

「そんなことはないでしょう」まずありえない。ネイサンが一家を頼る以上に、一家の方がネイサンを頼りにしているのだから。

「警察はまだなにを知りたいんだろう？」

「なにを見たか、なにが起こったか。ぜひなんでも話してください。たいしたことではないと思っても、警察にとっては重要かもしれないですからね」

「だれも見かけてません。アレックスもいっしょじゃなかったし。その、疑ってるかもしれないけど」

「アレックスとあそこへ行ったことがあるんですね?」

「何回か」やや不明瞭にいった。「どうやって入るのか教えろっていわれたけど、村の人はしょっちゅう入ってるんです。見てたわけじゃないけど、すぐわかる。ものが残ってて……」

「それでも、アレックスを何度も案内したんですね?」

「一、二回です」また身がまえるふうになった。

「どうして?」

「彼が……いっしょに来いって」

そうだろう。ネイサンにいっしょに来てほしかったのだ。見栄えがよく、うぶで、気まぐれなチャックのように開けっぴろげなネイサンに。


また事件が起き、また日曜日が巡ってきた。警察の用済みとなった聖マリア教会で礼拝が再開すると、大にぎわいとなった。悩み苦しみ、なぐさめを求める教会区民だけでなく、マスコミが大挙してまた押し寄せたのだ。二件の殺人となれば、注目も二倍。村に泊まりこみ、邸の門のそばに張りこみ、塀や植木越しに望遠レンズで写真を撮り、〈ロイヤル・オーク〉の個室を占拠する。そして日曜の朝には、信心深いふうを装って教会へやってくると、後方の席に勝手に座って信者をいらつかせた。

現われたバーナードは、かっかしていた。マスコミを追い出すと言い張ったが、それはできないとダニエルが諭《さと》すと、さらに怒りを募らせ、足音も荒く出ていってしまった。記者連中が、礼拝をほっぽり出してどやどやと追いかけた。その様子をオードリーが目ざとく見つけ、バーナード救出に駆けつけた。牧師館へかくまうと、報道陣の前で門をぴしゃりと閉め、鋭くひとにらみしてやった。ダニエルの書斎へ案内されたバーナードは、電話でアノリアに迎えを頼んだ。

電話のあいだに、オードリーはコーヒーとたっぷりのビスケットを用意しようとした。ところがなんと、缶に残っていたのは、ブラウンストンベリーの安売り店で教会用に買った、くだらないビスケットだけ。貴族の口にはとても合うまい。しかたがないので、午後にスウェイト一家が来たら出すつもりで作ったショートケーキを、ケーキスタンドに飾ってバーナードに出すことにした。しみったれてるよりは、かっこつけすぎの方がまだいいでしょ。ヒルダとコスモはコンロのそばのかごに入れられて、オードリーが台所から出ていくときに悲しそうに鳴いた。

「おいしいケーキですなあ、奥さん」バーナードはオードリーの名前が思い出せなかった。クリームと粉砂糖が、ネクタイの上をなだれ落ちていった。

アノリアはカップを置いた。「マスコミの相手も、ちょっとはしないと」

「なんでそんな必要がある？　やいのやいのと、くそくら……腹が立つ」

「それがあっちの仕事なんだから。手ぶらで帰る気はないと思うよ。わたしが話をしようか？　交渉できるかもよ？」

「なんでもいいから追っ払え」

追い返す代償は、記者会見だった。アノリアの手配で、十二時半に邸の門の前で開くことになった。バーナードは昼食を目標に切り抜けるだろうし、マスコミの方もパブで休憩するのを目標にとっとと終わらせるはずだ。バーナードに同席を求められ、ダニエルもいっしょに門まで歩いていった。カメラマンやテレビクルーや記者の群れを見て、バーナードがつぶやいた。

「門に野蛮人、番小屋にアレックス。よからぬ組み合わせだな」

　素朴なツイードのスーツを身につけたバーナードと、司祭の服装のダニエルが並ぶと、いかにも前時代的に見えた。バーナードは自分の立場をわきまえて鷹揚《おうよう》にふるまおうとしたが、すぐに挫折した。矢継ぎ早の質問に辟易《へきえき》して、安直な逃げ道を取った。「そうしたことについては、クレメント司祭におききいただくのがよろしいでしょう」カメラも質問者も、ダニエルの方を向いた。

「チャンプトンに災いが降りかかっているとお考えですか？」

「殺人犯が身近にいることを、どう思われます？」

「次のターゲットを案じていらっしゃいますか？」

　バーナードは早々に、〝貴族の務め〟的に全員に来てくれた礼を述べると、ダニエルとともに門の内側に引き上げ、邸へ向かった。二人とも口をきかなかった。

　バーナードの気分を察して、ダニエルは黙ってそこらに散らばる羊の母子を眺めた。アスファルトの地面まではなかば出てきていながら、警戒する様子もない。いざ危険が迫るとあわてふためいて、子羊はわなわなと立ちすくみ、母羊はメエメエ鳴き立てて、よろめきながら逃げていく。だが、かわしたと思った危険は、実は背後に回りこんで潜んでいるのだ。

　アレックスとアノリアは、北側の番小屋から会見を見守った。

　アレックスがいった。「ここに来た理由はあれ？　ぼくをマスコミとしゃべらせないため？」

「どうせ無理だろうけど」アノリアは答えた。「でもほんと、しゃべらない方がいいよ。手荒くやられるだけだよ。パパを怒らせちゃう」

「そこまでばかじゃないって」

「それはわかってるけど。で、この気持ち悪い絵はなんなの？」

アノリアの足もとには、Ａ２サイズの紙がいくつもの小さな山を作っていた。墓石や葬儀の花輪やカラスが、チャコールペンシルで乱雑に描き散らかしてある。

「新作のアイデアだよ」

「いまのこの状況で、すごくいい趣味とはいえないかな。だけど、あんたはもともといい趣味じゃないもんね」

「いまの状況とは関係ないよ……いや、ちょっとはあるのかな。これ、わかる？」

アノリアはしゃがみこんでよく見た。「どうかな。教会の墓地にあるの？」

「いや。でも、あそこでパフォーマンスをやろうかな。アノリアの魅力で、牧師さんを説得してよ」

「あっ、わかった。無知ゆえに死んではならない、ってやつ？」

エイズの危険に警鐘を鳴らす、政府のテレビコマーシャルがあった。だれでも感染し命を落とす可能性があると、保健省が迫力のあるコマーシャルを打ったのだ。〈エイズ〉と刻まれた墓石のようなものが、スローモーションで地面に倒れる。土煙がもうもうと巻き上がり、シンセサイザーの不協和音が鳴り響き、ユリの花束が投げられる。そこへ、「無知ゆえに死んではならない」というジョン・ハートの声が重なる。

「チャンプトンでは、エイズよりコレラで死ぬ人の方が多そうじゃない」

「まさにそういう無知のせいで死ぬんだよ」

「わたしはだいじょうぶ」

「どうして？　アノリアが寝た相手がだれかと寝てて、その相手もだれかと寝てて、そのまた相手もだれかと寝てれば、わからないよ」

「爆弾ゲームみたいにいうね」

「ほんとに爆弾ゲームなんだよ」

アノリアは立ち上がって、風が入る明るい窓辺へ行った。「エイズの心配をするべきは、わたしじゃないと思うな」

「ロンドンで最初の症例が見つかったころにさ、ぼくが爪を青くして帰ってきたら、感染したんじゃないかと思ったんだろ？　髪を染めたときについただけなのに」

「そうだったね。みんなちょっと心配してたんだよ。というか、わたしは心配してた」

「パパは気づいてもいなかっただろ」

「パパがなにを考えてるかなんて、わかりっこない。いばってるのは見せかけだもん」

　お茶の時間に、スウェイト家の遺族が来た。ジェインは娘たちにはさまれて、書斎の〈涙のソファー〉に座った。その前から涙は流れており、ダニエルがコーヒーテーブルの上に出しておいた悲しみ吸収ティッシュで、三人とも目もとをぬぐった。

「なにをしにうかがったんでしょうね」長女のアンジェラがいった。「どうにかしていただけるわけでもないのに」

　人生を揺るがす事態に直面すると、なにかをせずにはいられないものだ。死後の煩雑な手続きも、肉親の死というショックをさしあたってやわらげてくれる——運転免許証を返納したり、銀行口座を停止したりしている方が、なすすべもなく停止した人生と向き合うより、はるかにらくだ。

　ジェインが顔をゆがめた。ダニエルは短くいった。

「ええ、わたしにはどうすることもできません」

　ノックの音がして、オードリーがお茶のワゴンを押しながら入ってきた。

「こんなときこそ、お茶ですよね」アンジェラがつぶやいた。

　お茶を出してほしい、というダニエルの頼みを、オードリーは拡大解釈して、ワゴンにあれこれぎっしりとのせてきた。ティーポットとカップ四つ、ミルクポットとシュガーポット（最上級の磁器）だけでなく、銀のフォークと取り皿も。デーツとくるみのパウンドケーキも、ケーキスタンドにのっていた。円いスタンドに四角いケーキがなんだか不自然だったが、特製のショートケーキは貴族へのいけにえになってしまったので、しかたがない。それに、あれだとちょっとめでたい感じに見えたかもしれないけど、パウンドケーキなら文句はないでしょ。

葬儀の会食みたいだな、とダニエルは思った。「ありがとう、お母さん」

「すぐ失礼するけど、でも、ひとことだけお悔やみをいいたくて。ほんとにいい人だったわねえ。チャンプトンにとってても損失だわ。しかもあんな亡くなり方。ひどいことよねえ」

オードリーが出ていくころには、ジェインはまた涙に暮れていた。いつもながら、母のことばは思慮深い。危機的状況でも頼りになる。

「あの亡くなり方」次女のジリアンがいった。「殴られて気絶して、池で溺死だなんて。チャンプトンで起きるはずないことですよね」

「悪意というのは、どこで爆発するかわからないんですよ」とダニエル。「ジェイン、それにお嬢さんたちも、あなたがたのためにみなが祈っていることを、どうぞ――」

「ご親切にどうも」アンジェラがさえぎった。「ほんとうに感謝してます」そうは思えない口調だった。

「でもいまは、父を殺した犯人が――たぶんもう一人の方を殺した犯人でもあるんでしょうけど、捕まることを願うだけです」

「だけど、ネッドを殺したい人なんて、いるでしょうか？」ジェインが涙声でいった。

「思いつきませんね」ダニエルも応じた。「彼が一度でも、だれかの悪意を招くような言動をしたとは、とても思えません」

「父はまっとうで、やさしくて、穏やかな人でした。だれかを傷つけたりなんてしません」とジリアン。「力を振るうことがあったとしたら、ラグビーの試合くらいです」

静まったのち、ジェインが口を開いた。「このところ、彼らしくなかったの。忘れっぽくなったと思わなかった？」

ジリアンとアンジェラが目を見交わした。アンジェラがいった。「思ってた。忘れっぽかったり、ことばが出てこなかったり。だけど、行動は変わりなかったでしょ。お母さんはなにか気づいてたの？」

「むかしのようには頭が働かないといってた。ジョークを言い合ったりしたのよ、最初はね。でも、ひいおばあちゃんがおかしくなっちゃったでしょう――認知症っていうのかしらね――それで、自分もそうなるんじゃないかって、怖がってたの。正気でなくなったら自分じゃない、って思ってたのね。でもそれ以外は普通よ。急に怒り出すって話は聞くけど、そんなこと一度もなかったし。もういまは、そういう心配もいらないんだわね」またさめざめと泣き出した。「頭を殴られただなんて、かわいそうに！」

娘たちが身を寄せ、一生懸命なぐさめようとしたが、一家をなぐさめるすべなどありはしなかった。

ややあって、アンジェラがたずねた。「警察はなんていってました？」

「たいしたことはわかっていないようです」ダニエルのことばは、やや正確さを欠いた。ニール・ヴァンルーとのあいだには、協力体制ができてきた。正式に認可されたものではもちろんないが、厳密には非公開の情報や考察を、共有するようになったのだ。連続殺人の渦中で、稀有《けう》な信頼関係が築かれつつあった。二件ともプロの手腕を感じさせる――かたや手際のよい切創、かたや四つ爪錨の臨機応変な使用。どちらも激情に駆られてはいない。狙いすました一撃だ。その道に通じた何者かが、チャンプトンの人々をターゲットにしている。被害者に共通点があるとしても——ないはずがあろうか？——具体的な容疑者は見えてこない。ただ、チャンプトンの過去とかかわりがありそうだというのが、ダニエルとニールの見立てだった。公文書管理の担当者と、郷土史の研究家。どちらも過去を調べていて、長く埋もれていたあやうい事実を発見したのだろう。

「ネッドはなにを調査しているか、話していましたか？」

「戦争のことです」とジェイン。「チャンプトンにおける戦争について、夢中で調べてました。ダンケルクへ送られた兵隊とか、ビルマとか——特殊部隊チンディットの兵士もいたみたいですよ——それに、お邸に滞在していた自由フランス軍とか。フランス人が地元の人に与えた影響の話を、よくしてました。〈ブラウンストンベリー・イヴニング・テレグラフ〉に出てた記事の話も。ある暗い夜、四つ辻に歩哨が立っていたら、どこからともなく人影が現われた。誰何《すいか》したが答えがなく、もう一度大声で呼びかけたけれど、やはり無言。そこで銃をかまえ発砲しようとしたところで、ド・ゴール将軍だと気づいた。ちょっとできすぎた話でしょう？」

「アンソニーもその話をしてくれましたよ」

「そうでしたね。写真もあるんです。アンソニーが保存文書の中に見つけて、〈テレグラフ〉社にも何枚かあるって。ドゴールは頭に……あの軍帽、なんて呼ぶんでしたっけ？」

「ケピ帽ですか？」

「そうそう、ケピ帽。それをかぶって、負傷兵に囲まれてるの。あと、負傷兵やお邸のために働いていた地元民もね」

「わたしも見ました。ネッドの知っている人も写っていたんですか？」

「ええ、ギルバート・ドレイジが、そのころお邸で大工仕事をしていたそうです。フランス軍が来たときの改装も手がけたんだけど、高齢でもうろくしちゃってて、ネッドが質問しても支離滅裂だったそうです。ネッドはそれもちょっとつらかったみたい」

「なぜでしょう？」

「苦手なんですよ、だれかの発言が――フランス人に対しても人種差別的っていえるのかしら？　それに、頭がおかしくなっちゃった人も、つらかったんです。自分もそうなるかと怖くなるから」また涙。「わたしのこともわからなくなって、ただぼんやりと壁を見つめながら最期を迎えるのを、恐れていたんです」

みな沈黙した。静寂を乱すのは、ジェインのすすり泣きだけ。やがてアンジェラが口を開いた。「具だくさんのケーキですね」ひと切れ皿に取った。「デーツかしら？」

「ほかにもいろいろ」ダニエルは答えた。

また沈黙。今度は、犬たちの遠い鳴き声で破られた。だんだん近くなってきたと思ったら、吠えながらドアをさかんに引っかき出した。

「あらあら、入れてあげて、ダニエル」ジェインがいった。

「いや、どうでしょうね。しつけの行き届いた犬じゃないんで」

「ダックスフンドでしょう？　うちでもむかし飼ってたんですよ。キャスパーっていうの。お母さん、覚えてる？」ジリアンがいった。

「そうそう、ミニチュアダックスで、スムースヘアで、レッドだったわね。おたくの子たちとおなじですよ。ぜひ会いたいわ」

「そうおっしゃるなら」ダニエルがドアを開けると、二匹が飛びこんできた。ヒルダは、お茶がこぼれるほどの勢いでジェインのひざに飛び乗った。そして有無をいわさずあおむけになると、腹をなでろと全力で甘えてみせた。コズモはジリアンの前に座って、攻撃的にではなく人なつこく鳴いた。犬は人間の気分に忖度《そんたく》などせず、犬らしくふるまい、犬らしく要求する。ネッドが亡くなった悲しみなど知らないからこそ、呪縛を解いた。こういう無頓着さが、犬のいいところだ。コズモが主教の脚にまとわりついたり、ヒルダが不愛想なステラ・ハーパーの顔をなめたりするのが。

「おりこうさんねえ」ジェインはヒルダの腹をなでた。

「とってもおりこうさん」

ジリアンはおずおずとコズモの頭をなでた。コズモはおかえしにその手をなめた。

母も妹も犬に気を取られている隙に、アンジェラが話しかけた。「葬送式の段取りですけど。この先どうなるんですか?」

「検屍が終わるまで、なにもできないと思います。解剖が行なわれるから、時間がかかるでしょう。いつ葬送式ができるか、まったくわからないんですよ」

「その間にできることは?」

「その間は、とにかく一日一日を乗り切っていくことです。おたがいをいたわってください。気持ちが高ぶって、らしくないふるまいをしても」

「この手のことに慣れてらっしゃいましたね。犯罪被害者の宗教的支援に」

アンジェラの物言いには、辛辣な、皮肉っぽい響きがあって、周囲ははらはらした。

「必要に迫られて、ですよ」

「だけど、二週間で殺人が二件もですよ。イギリスのいなかの村にしては多すぎでしょ、セント・メアリ・ミードでもかなわないわ。なにが起きてるんでしょう?」

「人間の営みですよ。というか、非人間の営みかな。どこでも起こりうることです」

「この非人間の営みはここで起きて、うちの父の命を奪ったんですよ。だれがやったのかぜったいに突き止めたいし、ちゃんと罰を受けてほしい。そして苦しんでほしい。悪いけど、ほんとにそう思ってます。いまのいままで、死刑制度には反対だったんですけど。この気持ち、わかっていただけます？」

「学生のとき、ウィンチェスター刑務所へ実習に行ったんです。二十歳そこそこのときに。死刑囚とも話しました。農家に強盗に押し入って、住人を殺したんです——たしか、たった五ポンドのために。それで死刑判決を受けました。執行前日にチェッカーのゲームをして、彼が再試合だなとジョークをいったのを覚えてます。執行には立ち合いませんでした——許可されていなかったし、教誨師《きょうかいし》も認めなかったでしょう。ただ、後で様子を語ってくれました。おそろしく殺風景な執行室とか、執行人の細心の注意とか、白い目隠しとか、レバーとか。線路のポイントを動かすようなレバーだそうです。八時きっかりに踏み板がはずれ、ロープにぶら下がった瞬間、床が振動したそうです。頭から離れませんね」

「まさにそれこそ、父を殺した犯人に望む罰です」

ダニエルが聖堂に戻ったときは、まだ明るかった。夕の礼拝の前に練習をする聖歌隊が、まだ来ないうちに行きたかった。恐ろしい殺人事件の名残《なご》りがきれいに取り除かれたことを、もう一度確認するために。ロンドンの教会にいたとき、ルーマニア人が訪れて、コズモとヒルダが駆けまわる姿に驚愕していたのを思い出した。かの地では聖堂に犬を入れるのは冒瀆《ぼうとく》で、祈りによって清めなければならないらしい。いま聖堂へ行く気になったのも、おなじ理由だろうか？　整え、直し、浄化しなければと感じたのだろうか？　自分の席につき、祈りを捧げた後、内陣の横手のステンドグラスから陽の光が射しこむさまを、ゆったりと眺めた。一枚のステンドグラスは、その時代と職人の特徴なのか、際立って派手派手しかった。『トムとジェリー』を思わせるが、遠い未来を予見して作ったわけではあるまい。原色でのっぺりして、傷のないガラスもかえってきらめきやムラがなく、もの足りなかった。あざやかな色の影がむかいの壁に映し出され、日の出のようにゆっくりと動いていく――ゆっくりすぎて見ていてもわからないが、一度目を離してまた見ると、〝だるまさんがころんだ〟のようにたしかに動いていたと気づく。

この数週間は激動だった。揺れ動いていたのは教会区だけでない。ダニエル自身の内面もだ。いつもなら、祈りによって自らを律し、制御できるのだが。それが可能なのも日常に組みこまれているからこそで、聖堂に立ち入ることさえできなかったあいだは、なじんだはずのリズムも失っていた。そして彼の内なる不安定と、チャンプトンに広がる不安定とが、共鳴していた。二件もの尋常ならざる死に、村はぐらついている。理由は衝撃や恐怖だけではない。規則正しく刻まれていたコミュニティの律動が、乱れてしまったせいでもある。不安が増大するあまり、トイレ騒動や花係の当番、駐車場問題などまで、触れてはいけない深刻な話題のように扱われている。住民にもさまざまな影響が出てきた。シャーマン姉妹は押し黙ってしまった。バーナードはむっつりしている。対照的にアレックスは、不穏な空気を養分としたかのように、いきいきとしている。

けれども、祈りを唱え、それに対する答えはないかと待つあいだ、ダニエルの脳裏にくりかえし浮かんできたのは、村のだれもが心に秘めている、答えの出ていない疑問だった。

ニールは村人全員の行動を把握しようとしている。意外な供述もあったが、記憶があいまいなせいかもしれないし、ネイサンのように、他人に立ち入ってほしくない事情があるからかもしれない。それらの中に、殺人犯を指し示す供述も紛れているのか。

　二人の犠牲者はともに、歴史に関心を寄せていた。二人を殺害した動機も、そこにあるのだろう。アンソニーもネッドも、過去に足を踏み入れ、けっして暴かれてはならない秘密を発見してしまったのだ。

　アンソニーは、剪定ばさみで頸動脈を一撃されて殺された。数秒で失血死に至ったと思われる。死亡推定時刻は、午後七時半から九時のあいだ。アルコールのせいで出血しやすくなっていたので、正確な時間を割り出すのはむずかしいと、ニール・ヴァンルーはいっていた。ネッドの方は、午後五時か六時ごろに、後頭部を四つ爪錨（あの後水中から発見された）で一撃されて気絶し、池に落ちたか、あるいは落とされたかして、溺死した。疑問点が一つ。ネッドは歴史調査に出かけるとき、たいてい手帳とカメラと録音機を携帯していたが、どれも見つかっていない。身につけていなかったし、近くに落ちてもいなかったし、自宅にもなかった。犯人が持ち去ったのか？　なぜ？

　死亡推定時刻は、どのみちたいした助けにはならない。アンソニーが死んだころには、地元民のほとんどは家でくつろいでいたはずだ。ネッドが殺されたのは、ほとんどの人が仕事を終え帰宅する時間帯（つまり、池や浴場に近づく人などいないので、目撃者はいない）。よそから来た人間のしわざかもしれないが、その形跡はなにひとつ残っていない。

　やがてダニエルは立ち上がった。足もとで丸くなっていた犬たちも体を起こし、いっしょに通路を歩いていった。アンソニーの遺体を見つけた場所に来た。専門の清掃業者が見事に処理してくれたおかげで、悪趣味な人種が見たがる血塗られた現場など、空想の中にしか存在しなくなってしまった。だがそれでも、勝手に空想をふくらませる人はいて、やがて郷土の民話に殺人の話が加わってしまうのだ。犬はその後聖堂に入りたがらなくなったとか、浴場近くの木々では鳥も歌わなくなったとかと、尾ひれがついて。憶測や伝説のごった煮の中に、今回の事件も飲みこまれかけている。そこから地味な真実を引き上げるのが、ダニエルとニールの務めだ。

23

月曜日はダニエルの休日ということになっているが、めったに休むことはない。自分に課されているのは、労働とはちがうように感じるからだ。やるべきことがあるならば、可能なときに可能な場所で、それを行なう。やるべきことがないなら、なにもしない。忙しく動きまわることとおなじくらい、動かないことも大切だ。『ヨハネによる福音書』で描かれる、ベタニアのマルタとマリアの姉妹がいい例だ。

けれど、目に見える成果ばかりが強調されつつある社会で、なにもしないことはなかなか認められない。ただ怠けているように見える人を、世間は信用しない。損得や生産性を重視するこのすばらしき世界ではむしろ、そういう人は見下され、疑われる。効率主義を魂の救済にあてはめたがる牧師補に軽蔑のまなざしを向けられて以来、本心に反して効率を気にかけるようになってしまった。そういう人間は、ダニエルだけではない。一度ロンドンで、予定がぽっかり空いてしまい、レスター・スクエアの映画館に入った。昼どきの『鷲は舞いおりた』の上映など、ほかにだれも見ていないだろうと思ったが、終わって明かりがつくと、もう一人いた。エネルギー担当相のトニー・ベンだった。恥じらうようにこちらを見たので、恥じらいながら見返し、弁解の余地なしというていで肩をすくめてみせた。

きょうも月曜日だが、のんびりはしない。領地の端の林を抜けて歩いていった——犬たちは留守番。以前ここを訪ねたとき、コンロにかけた鍋の中で、ロットワイラー犬の切断された頭が煮込まれていたのだ(犬が〝羊の迷惑〟になっていたため射殺し、持ち帰って〝頭蓋骨を観察〟しようとしたという)。

リヴァセッジ家は林の空き地に建っているが、もはやそれほど空きはない。自然が侵食しているのもあるが、エッジーが長年かけて集めたがらくた——修理の必要な機械、油缶、トラクターのタイヤなど——のせいでもあった。煙突から煙が上がり、玄関先にエッジーのブーツがあったので、在宅だとわかった。ノックをした。「リヴァセッジさん? 教会の司祭ですが」中でゆっくりと動く気配がした。ギシギシ、ゴソゴソと音がして、ドアが開いた。エッジーはすすで汚れた帽子のつばの下から、上目づかいに見た。「お入んなさい。いらっしゃるかと思っとった。湯が沸いとります」

台所スペースで黒いやかんが湯気を上げており、エッジーが難儀しながらお茶を入れてくれた。見ると、マグはバーナードが作ったあのみやげ物の売れ残りだ。だが、楽しい旅の思い出にはほど遠い。中身はどす黒い液体だし、防腐剤のようなあやしいにおいがするし、どんな洗剤でこすっても落ちそうにないしみがついている。これを飲むのはけっこうな試練だが、飲まないわけにはいかない。日本の茶道のように、守らねばならない作法というものがある。エッジーのことは、いつもリヴァセッジさんと呼ぶ。気をつかい、つかわれる関係だ。ロマや流れ者は体面を重んじるので、礼儀をもって接している。

「リヴァセッジさん、ネイサンは殺人事件のことをなにか話していましたか？」

「震え上がっとりました。校長さんには恩義がありましたし。いっつも気にかけてくださって、お邸やらご一家やらのことも教えてくださって」

「ネイサンは心配していました。もし……そのう……正式な労働契約に触れることをしていたと知れたら、と――メルドラムさんに、ですが。その心配はありませんからね」

エッジーはうなずいた。だが本能と経験から、法律の話に首を突っこむことは避けた。流れ者には必須の心得だ。定住者の社会制度には、かかわらないにかぎる。彼はまったくちがう規律を身につけている。世知辛い世の中を生き抜くには、普通より厳しい規律が求められるのだ。

しかしネイサンが育った環境はちがう。どっちつかずのあいまいな立場で、自分は何者なのか、どこでなら受け入れられるのか、不安を抱えて生きてきた。祖父のような明快な心がまえが持てず、そのせいで、他人を喜ばせることが目標になった。相手が支配欲を持っていると、利用されてしまう。そんな彼が、アレックス・ド・フローレスという、他者の弱味につけこみがちな人間と出会ってしまった。

幼いころ、アレックスはエッジーに夢中だったという。薪割りをするそばに座りこみ、丸太がきれいに割れて木っ端が飛び散ると、歓声を上げた。もう少し大きくなると、エッジーのいぼ取りの術に見入った。醜いできものをエンドウ豆のさやでこすり、祈りのような呪文のようなものを唱えて、さやを地面に埋める。ネイサンが移ってきたのはそんなときだった。〝十代特有の問題〟とやらのせいで、すみやかに、人目につかないように、祖父のもとへやらざるをえなくなったのだ。休暇に帰省したアレックスは、エッジーに会いに来て、自分と近い歳の、だが祖父とおなじ謎めいた魅力を備えた少年を見つけた。

ダニエルはお茶をひと口飲んだ。「警察が聴取に来たでしょう。ネイサンの過去の話もされたんですか？」

「きかれたことには答えました。事件当時わしがどこにいたか、あの子がどこにいたか。それだけです。だれかが話したんですかね？」

「そうは聞いていませんが」

「それでいい。火をつけてもらえませんかね？」

エッジーは、手巻きたばこが半分ほど入った缶をあごで指した。そこからダニエルは一本取り、点火用の木切れで火をつけてから、エッジーに渡した。ぼそぼそと礼をいってくわえた後、たばこの繊維が口から垂れ下がり、ダニエルが取ってやった。

「あの子には、これ以上苦労させたくないんですよ」

「もちろんです。でも、もし彼が犯人逮捕に役立つようなことを知っているなら、ほかの問題はいったん棚上げするのがいいかと思いますが」

「わしの問題の方は、どうなるんでしょう？」

「それも心配いらないでしょう」

「おまわりは、そうは思わんかもしれん」

警察が知らない事実――ネイサンもアレックスも、チャンプトンではダニエル以外だれも知らない事実――とは、エッジーがかつてある筋に雇われていたことだ。若いころはプロボクサーだったが、現役を退くと、借金の取り立てのアルバイトを始めた。返済が滞《とどこお》り、ほかに打つ手がなくなると、エッジーが派遣され、支払いを催促する。やがて仕事内容は深化して、海外からの依頼のみを扱うようになった。返済の遅れやその他の問題が許しがたいレベルになったときの、最終手段がエッジーだ。

この仕事でエッジーが愛用した道具が、折りたたみ式のかみそり――〝鋭い《エッジー》〟という呼び名の由来だ。目的地に着くと、務めを果たし、現金をかき集め、だれにも気づかれずに姿を消す。プロの依頼人のための、プロの業務と割り切っていた。恐ろしげなオーラとは無縁で、名声を追い求める気もなかった。遠いむかしに足を洗い、チャンプトンに来て、祖父や父のように雑用を引き受けた。歳を取って丸くなったとはいいがたいが、トラブルにはかかわらないし、孫息子には自分よりましな道を歩ませたいと願っていた。父親として至らなかったせいでネイサンにも苦しみを強いたと思い、遅ればせながらせめてネイサンのために尽くしたい、めんどうを見てやり、過《あやま》ちを正してやり、なにより安全を守ってやりたいと努めていた。

「リヴァセッジさん、みずからの行動の結果から逃げつづけることはできない、という金言がありますよね」

「先生にはそうでしょうな。そういうお仕事だ。だがわしの仕事は正反対ですよ」

「ネイサンを守るのが、お仕事なのではないですか?」

「そうですよ。そうしてます」

「ですよね。お茶をごちそうさま。わたしにできることがあったら、頼ってくださいますね? それと、心配なことを見聞きしたら……」

「おふくろさんによろしく。天気が落ちついたら、おたくの柵のペンキを塗り直しに行かせますよ」

ダニエルが出た後、戸がバタンと閉まった。立ち去ろうとして、生温かい風に気づいた。まるでどこかでオーブンの扉が開いたような。タイヤが燃えるにおいもかすかにした。パン屋のいいにおいと同様、エッジーの小屋のあたりにはいつもこんなにおいが漂っている。ドラム缶で何かを燃やしたらしい。木片や、ネズミの死骸や、トラクターの燃えやすい残骸や、その他、エッジーとネイサンの日々の働きから生まれる、ありとあらゆる言後に絶する不要物を、処分する方法だ。そのにおいに、最初の教会区にあった火葬場を思い出した。ちょうど、インドからの移民一世が亡くなるころで、ヒンドゥー教式の葬儀が始まっていた。ヒンドゥー教では、人が亡くなるとガンジス川の河原に薪を積み上げ、遺体が焼かれるのを見守るしきたりだという。だが、イギリスではそのような大がかりな見世物は違法だ。しかたなく遺族は火葬場の外に集まり、煙突から死者の魂が煙となって漂い出て、解脱に至るのを見届けようとした。けれど煙は発生しないしくみになっていて、がっかり。葬儀屋の交渉の結果、棺といっしょに古タイヤも燃やすことで、もくもくと煙を出して格好をつけることになった。ひどいにおいをまき散らしながら立ち上る黒煙を見るたびに、教皇はまだ決まらない（新教皇選出のコンクラーべの際、決定すると白い煙、未決定の場合は黒い煙が上がる）、と心の中でつぶやいた。

帰り道で郵便局に寄った。『美徳なき時代』を読みながら余白に書きこみをしていて、消しゴムがもはや意味を成していないことに気づいた（著者マッキンタイアの説の一部も、やはり意味を成していない）。消しゴム――彼が愛用している、ラテックス不使用できれいに消えるファーバーカステルの品――は、ブレインズさんが倉庫に保管している。トランプやバースデーケーキのろうそくのように、売れ線ではないが確実に需要がある商品だからだ。

カウンターでは、ちょっとした村議会が開かれていた。マーガレット・ポーティアス、アン・ドリンジャー、ぬっと背の高いボブ・エイチャーチ。彼が入っていくとしんとなった。

「こんにちは、みなさん」

「お買い物ですか、それとも郵便？」ブレインズさんがたずねた。

「お邪魔をしては……」

「ぜんぜん。だべってただけですもの」俗語を聞いてマーガレットが顔をしかめた。

「では買い物を。消しゴムがほしいんですが」

妙な笑いを引き起こさないよう、〝消し〟をいつもはっきりと発音していた。このメンバーなら心配無用だが、聖職者が早くに身につけるくせの一つだ。お調子者に格好のネタを与えないように。

ブレインズさんが店の奥へ姿を消すと、マーガレットがいった。「弟さんと行きちがいですね、先生」

「弟と？」

「ええ、たばこを買いに来られたんですよ。今度ドラマで牧師の役を演じることになって、お兄さんが助けてくださってるって」ダニエルは眉根を寄せた。「ご縁があったってことですね」

「そうですね」

「いらしてるって、ご存じなかったんですか？」

一瞬、自分が忘れていただけだろうか、と考えかけたが、こんなときに来ていいとセオにいったはずがない。「ええ、知りませんでした」

アンが口をはさんだ。「お母さんはご存じでしたよ。ここでこの前話してらしたから」

ブレインズさんも、消しゴムを手に戻ってきた。「そう、きのうも弟さんの好物を買いにいらしてね」

「弟の好物？」

「ユナイテッド・ビスケットですよ」消しゴムを小さな紙袋に入れた。「七十五ペンスいただきます。ほかにご入用は？」

「いいえ、けっこうです」セオの好物のお菓子はユナイテッドではない。クラブ・フルーツだ。けれど、この店にはキットカットとペンギン・ビスケットとユナイテッド・ビスケットくらいしか置いていない。母はセオが来ると触れまわりたくて、ユナイテッドを口実に使ったのだろう。

「弟さんは完璧主義ですね」ボブも加わった。「メソッド演技法でしたっけ？　身も心も役になりきるとか。別の人生を生きるみたいに」

「だれでもそうでしょう」とマーガレット。「人はときどきにいろんな役を演じるんですよね、先生？」

「シェイクスピアのことばですね。舞台に登場してはまた退場していく――というわけで、失礼しますね」

「先生」アンが呼び止めた。「今夜、いらっしゃれます？」

「今夜？」

「七時から花係の会議ですよ。お忘れでした？」

「そうでしたね。ただ、進められるでしょうか？」

「進められない理由がありますか？」

「たしか、きょうの会議の目的は、長椅子についてのアンソニーの報告書を検討することでしたよね。でも……その報告書がありませんから」

「報告すべきことがないから報告書がないんですよ」

「長椅子の詳細がわかるまで、議論は中断してはどうでしょうか？　少なくとも、アンソニーの葬送式が終わってからがいいかと思いますが。ご記憶でしょうが、葬送式はあしたなんです」

アンは肩をすくめた。「どうしてそのために――」

「亡きアンソニーに同席を求めるのも、ちょっとどうかと。六時に棺が内陣に安置されるんですよ」

沈黙が降りた。ボブがそれを破った。「たしかに。夕方に遺体が運ばれてくるんでしたね」

また沈黙。

「そうですね」アンが口を開いた。「そう聞いた気がします。ステラが予定表を持ってるんです、わたしはコピーを取らせてもらっただけで」

「殺人事件というのはほんとうに不都合なものですね。

お手数ですが、ステラにも伝えていただけませんか？　その上で、お二人で全員に中止をお知らせいただければ」
「こんなギリギリにですか」
「すみませんね。ではみなさん、あすの葬送式で。ボブ、後で会いましょう」
「わかりました」

その後のことは知らない。花係の会議を忘れていたのは事実だ。すっぽり抜け落ちていたわけではなく、はるかに重要な予定に置き換わっていた。アンソニーの通夜の日に、そんな会議をすべきだと思う人間がどこにいる？　ステラはやる気満々かもしれないが、いくら彼女でも、アンソニーの葬送式を花係の話でぶち壊す気はないだろう。

心の中で、全能なる神に感謝の祈りを捧げた。だが牧師館の前まで来ると、感謝は懸念に変わった。家の前に弟のゴルフが停まっている。

セオは母と台所にいた。

「わがいとしの兄上」セオは芝居がかっていうと、立ち上がって両腕を広げ、小首をかしげて、抱擁のかまえで近寄ってきた。

「セオ」ダニエルはさっとかがみこんで、犬の耳の後ろをなでてやった。抱擁をかわされたセオは、脇を抜かれたテニス選手のように立ち尽くした。「急にどうした」

「お母さんの考えだよ」腕を下ろした。「てっきり伝わってると思った」嘘だと見え見えだ。「迷惑じゃないよね？」

「先にいってくれた方がよかったな。それにこのタイミングは……ありえない」

「まあ、そういわないでよ……」

オードリーが加勢した。「ダニエルに任せてたら、いいタイミングなんて永遠に来ないじゃないの。こっちにも事情があるんだもの、ねえ？」

「わたしだったら、こんなときに突然来ようとはぜったいに思わない。連続殺人の捜査中で、村じゅうが動揺していて、亡くなった二人の埋葬もすんでいない、遺族の悲しみも癒えていないというときに」

「だからこそいいんじゃない」とオードリー。「セオが牧師の仕事の様子をつかむのに、うってつけの状況よ！　それにセオの役も事件を解決するんだから、あの親切な刑事さんに質問するのもいいわねえ」

「それは経験あるんだ。あのポンコツ巡査の役作りのときにね。警察署に一週間お邪魔して、喜ばれたんだよ」

「バーナードもかまわないって。アノリアがきいてくれたのよ」とオードリー。

　ダニエルは身じろぎもしなかった。ひたすらまばたきをして、怒りの波を押さえこもうとした。めったに来ない波が、いままたしかに来ている。落ちついて考えたかった。

「犬を外に出してやるから」

　コズモとヒルダは裏口から飛び出した。その勢いにつられて、母と弟への口に出せない怒りも、穏やかな外の景色へと向いた。ドアがバタンと多少は音を立て、いらだちが表われてしまった。影が伸びはじめる中、まだ残っている陽だまりまで歩いていった。

　犬たちが跳ねまわるのを眺めるうちに、怒りがほどけていった。母のことを考えた。教会区のことに思い悩みながら帰宅したときに、悩みとは無縁の人間が迎えてくれることは、救いでもあった。肩の荷をいったん下ろすことも必要だからだ。ステラ・ハーパーが、編み棒の扱いがへたでガンジーニットを大失敗した――ドビュッシーの『途絶えたセレナード』ならぬ〝途絶えた編み物〟だわねえ――と、さもうれしそうに報告されると、苦悩が中和されるように思えた。だが、災いが起こり事態が緊迫しているとき、母の思いやりのなさが腹立たしく感じられることも多い。ほんとうになにも感じていないのか――感情の働きに欠陥があるのか――それとも自分のことで頭がいっぱいになってしまうだけなのか、いまだに判断できなかった。

セオが子どものようにもじもじしながら出てきた。

「だいじょうぶ?」というなり、その場にしゃがみこんだ。一瞬、さっきハグをかわした仕返しかと思ったが、歯形のついた古いゴムボールを拾い上げた。黄色い長いひもがついた、犬たちのお気に入りのおもちゃだ。犬たちがたちまち駆け寄ってきたが、セオが兄にはない運動神経を見せて華麗に投げると、くるりと向きを変えて追いかけた。だがいつもよりずっと遠くまで飛んだので、犬たちは足を止め、あっけに取られて見送った。ヒルダがいばりくさって吠え立てた。

「拾ってきてやって、やり直しだな」ダニエルがいうと、セオはゆったりとした足取りで歩いていった。犬たちが後を追う。決闘者たちが振り返る前のような一瞬の間があって、ゴムボールが飛んできた。さっきより大幅に力を抜いたわけではなく、ダニエルの足もとまで転がってきたが、直撃の意図がないことはわかった。コズモとヒルダがすごい速さで走ってきて、ダニエルの脚にぶつかりながら止まり、ボールを取り合った。

セオもはにかみながら戻ってきた――どこかはにかみすぎていて、演技のように見えた。「あのさ、ダン。二、三日でいいから、陰からじっと見させてもらえたら――いや、じっとじゃないな、うろちょろさせてもらえたら――ほんと助かるんだ。たいへんなときなのはわかってるけど、お母さんがバーナードと話をつけて、いいっていってもらえたから――」

「へえ、お母さんとバーナードとで話をつけたんだ?」

「アノリアからきいてもらった……らしいよ。アンソニーの葬送式にぼくが出て、手伝いをしたり、様子を見たりしてもいいかって――」

「お母さんがアノリアに話して、アノリアがバーナードに話して――」

「だってさ、一族の長なわけだし、遺族代表みたいなもんだろ。快く受け入れてくれたよ、いい考えだって――」

「――わたしには話さなかったわけだ。二人とも、わたしにきこうとも思わなかった?」

セオは肩をすくめてから、得意げな顔で見上げてきた。「事後承諾を断わることはできないでしょ。ね、許してよ」

24

陽がだいぶ傾き、ボブ・エイチャーチが夕暮れの鐘をつくころ、ダニエルとバーナードは墓地の門のところで、この世に残されたアンソニーの抜け殻を待っていた。通りの果てに霊柩車が姿を見せた。土の中へ、あるいは火の中への最期の旅に使われる長いリムジンは、狭い道を曲がるのにいつも苦労する。霊柩車のない時代は、手押し車に棺をのせ、遺族や友人たちで押したり引いたりしながら、住まいから教会へ、そして墓地へと運んでいた。いまもどこかの納屋には、そうした手押し車が保管されているはずだ。長いあいだ使われてはいないが、もともとの厳粛な用途ゆえに、処分するのも、まったく別の目的に使うのも、ためらわれるらしい。この機械時代になっても葬祭のマナーは変わっておらず、オートマティック車のギアをパーキングに入れてシートベルトをはずす葬儀屋たちは、むかしとおなじような喪服と喪章を身につけていた。

「だんなさま。先生」ウィリアムズ氏がうやうやしく頭を下げた。祖父は建具師で、棺を作っていた関係で葬儀屋の仕事もするようになった。二代のちには建具は完全にやめ、〈ウィリアムズ葬儀社〉を立ち上げた。いまや八台もの霊柩車を走らせるほど繁盛しているが、腰の低さはあいかわらずだ。

後続車から担ぎ手たちが降りてきて、棺を霊柩車から運び出した。中の一人は、スコット巡査だ。

「ご苦労さん」ウィリアムズ氏が彼らに声をかけ、ダニエルはこうべを垂れていった。「命を与え、主イエスを死者の中からよみがえらせられた神への信仰のもとに、われらの兄弟、アンソニーの亡骸《なきがら》を受け取ります」そしてバーナードとともに、聖堂内部へと一行を導いた。弔《とむら》いの鐘が響いた。内陣の前には、沈みかけた陽を浴びながら棺台が待ちかまえていた。滑稽なほど正装したセオが、南側の袖廊に立っていた。

四本の大きなろうそくが灯る中、棺が安置された。ダニエルは聖水盤の水をその上にかけ、バーナードと二人で敷物のような布を広げた。深紫色で、黒いベルベットの十字架と、ド・フローレス家の紋章が縫い取られている。十字架と紋章が中央に来るよう、巨大なベッドカバーのように棺の上にかけると、両側が床まで垂れた。

聖書と十字架をその上に置き、『詩篇』九十篇の一節を読み上げた。

生涯の日を正しく数えるように教えてください。
知恵ある心を得ることができますように。
主よ、帰って来てください。いつまで捨てておかれるのですか。あなたのしもべらを力づけてください。
朝にはあなたの慈しみに満ち足らせ、生涯、喜び歌い、喜び祝わせてください。

ウィリアムズ氏と社員たちは、厳粛な面持ちのまま引き上げていった。ダニエルとバーナードは、会衆席の最前列に通路をはさんで座り、通夜の祈りを捧げた。数分後、変化なしと見て取ったセオが、そっと出ていった。

バーナードは三十分耐えてから、黙って立ち去った。ダニエルはさらにしばらく待ち、儀式を終了して立ち上がった。ろうそくはそのまま燃やしておき——教会向けの保険業者は、想定外の火葬は困るといって、このならわしにはいい顔をしないが——聖具室のドアと正面玄関を施錠し、鐘楼の扉から外へ出た。こちらは慣習に従い、鍵はかけなかった。葬送式の時間まで、だれでも自由にアンソニーと最期の語らいができるように。

母は台所で犬たちにエサをやっていた。彼が裏口から入っていっても、中断するわけにはいかない。

「おかえりなさい」コズモとヒルダが飲み食いする音を上回る声で、母がいった。「お夕食は羊飼い《シェパード》のパイ——」遠くで羊が鳴いた。「——あと三十分でできあがるわ。この子たちは外に出すわね」

書斎に行った。アンソニーの遺体が到着したことを日誌に記していたとき、ドアにノックがあった。

「ダン、ちょっといい？」

答える前にセオが入ってきて、〈涙のソファー〉に寝そべった。

「質問」

「いいよ」

「通夜の祈りって、何時間やるものなの？」

「ひと晩じゅう」

「なんのために？」

「死者への敬意を示すためだよ。キリストが最後の晩餐の後、ゲッセマネの園で見張りをさせたことに由来するんだと思う」

「どういう話だっけ？」セオはたばこに火をつけた。

「イエスは弟子たちと〈上の部屋〉で食事をともにした後、祈るために庭へ行ったんだ――」サイドテーブルの灰皿をあごで示した。「――弟子たちに見張りを頼むんだけど、何度も寝入ってしまう。とうとうイエスは一人で、きたるべき運命からお守りくださいと神に祈るんだ」

セオはぽかんとした。

「捕えられ、裁かれ、十字架にかけられる運命だよ」

「でも、運がなかったのか」

「運は関係ないよ。逃れることはできなかったんだ」

「方法はあっただろ。全員を塩の柱に変えちゃうとか」

「そうだね、方法はあった」

「じゃあ、なんでやらなかったの？」

「まず人として苦しんで死なないと、神として人類すべての罪をあがなうことはできないからだよ。必要なことだったんだ」

セオはしかめつらをした。「なんだかひねくれてるな。それにわかりにくい。そりゃ、みんな寝入っちゃうわけだ。でもさ、聖堂にいなくていいの？　やることはたしかになさそうだけど、ひと晩祈るんじゃないの？　そばについていないの？」

「それなりの時間、ついていたよ。これは儀式的な意味合いが強くてね。厳密に従うものでもないんだ。どうせ最後には寝入っちゃうよ、生身の人間だから。そこが大事なんだ。人間は、完璧をめざしてもかならず欠点がある。失敗を受け入れていかないと」

「役者はみんな慣れっこさ。だけど、なにもしないで座ってるだけなんて、退屈そうだな」

「いや、ぜんぜん。退屈だと感じるのは、それ自体が苦行だからじゃなく、気分が乗らないからだろう」

「退屈で五分もいられなかったけどな。バーナードはどのくらいもったの？」

「三十分。わたしは一時間くらいかな。後でもう一度行って、死者のための祈りを唱えてくる」

「ちょっとは動きがあるやつ？」

「そうでもないと思うよ。ただ、せりふは決まってるから、いっしょにいってくれてもいいよ」

廊下に夕飯の知らせが響いた。「行こうか」ダニエルが誘った。

「たばこを吸いおえてからね。先に行ってて」


シェパード・パイにはグリーンピースとにんじんが添えてあり、ウスターソースをかけて食べた。「かければたちまちおいしさアップ」セオは謳い文句を口にしながら、勢いよくソースを振りかけた。

「いっときますけどね、セオドア」母がいった。「これは食べ物が味気なかったり、おぞましかったりした時代の産物なのよ。ソースをどぼどぼかけて、どうにか味をつけたり、味を消したりしているうちに、くせになっちゃったのね。ブルーチーズみたいなものよ。イギリス料理といったらこの味だわねえ。戦時中には工場が爆撃を受けたけど、その後再開したの、びんだけ変えてね。配給時代で覚えている唯一の味みたいなものよ」

「鋭敏な感覚、いかにも国教会的だな」ダニエルは葬送式に思いを馳せながらいった。

「そうよ、ダンはいつもそうだったでしょ。小さいころだって、安全なものをちゃんと選んで食べるから、心配なかったわ。むかしから内臓肉みたいな、悪くなりやすいものが好きだったわよねえ。鼻が利くってことね。その鼻があれば刑事にもなれたんじゃないかしら、不正を嗅ぎ分けるから。ある意味ではセオもよね、とことんまで追究しないと気がすまないでしょ」

「だれに似たんだろうね？」

「わたしじゃないわねえ。わたしなら、腐敗するままにほったらかしておくもの」

その後は黙って食べた。ダニエルは、コンロの脇のかごで丸くなっている、コズモとヒルダのことを考えた。彼らのにおいへの執着は、とんでもない悪臭も含め、まるで気まぐれだ。急に鼻をくんくんやり出したと思ったら、香水のかそけきにおいを上品に楽しむなどとはほど遠い、全身をフルに使った嗅ぎ方をする。まるで、長い胴体の内部に強力掃除機を抱えているかのように、鼻孔から思いきりにおいを吸いこむ。そうして得られたデータを、小さな脳の中の、におい源を分析する部位に送る。においを嗅いでいるときのダックスフンドは、一心不乱だ。あるときは、野ウサギを追うグレーハウンドのように唐突に駆け出す。あるときは、夢見心地でにおいの中を転げまわり、やめろと悲鳴を上げても聞かない。彼らの世界でなにより重要なのは、においだ。聴覚や視覚よりも、まず嗅覚で受け止める。もしかしたら、それこそが犬の魅力なのかもしれない。

オードリーはデザートにヨーグルトを食べた。ダニエルは甘いものはパスした。セオは持参したコート・デュ・ローヌのワインの残り三分の一を飲み干した。それから、三人で片づけをした。オードリーが皿を洗い、ダニエルがふき、セオがしまう。子どものころから変わらぬ分担だ。

「ひいおじいちゃんはね」オードリーがなんの脈絡もなく突然いった。「四十代で亡くなったのよ。ひいおばあちゃんと、十三人もの子どもを残してね。どうして亡くなったんだと思う？」

「飲みすぎで？」とセオ。

「なんでそう思うの？」

肩をすくめた。「よくある話でしょ」

「そうね、合ってる。飲みすぎだったんだけど、それが死因ではないの」

「じゃあ、なにが死因？」

「断酒よ。父親が治療院に入れてね、水治療を受けさせたのよ。患者は——というか、ほとんど囚人よね——裸にされて、タイル張りの傾斜した床と排水溝のある部屋に閉じこめられて、水をばしゃばしゃかけられて、ずぶぬれにされるの。理由は知らないわよ。だけど、ひいおじいちゃんみたいに、お酒で体を壊してて、おまけにひどい禁断症状も出てたであろう人が、治療と称してそんなことをされたら……耐えられなくて亡くなったの」

「そんな方法でアルコール依存症が治ると思ってたのかな？」ダニエルはいぶかった。

「罪みたいなものだから、洗い流せばいいと思ったんじゃない？　そのへんは、ダニエルの方がくわしいでしょ。だけど、ひどい話よねえ。本人だけでなく、残された妻や子にとってもよ。それに、外聞が悪いわ。当時の人は、外聞をすごく気にしてたんだから」

「どうして？」

「地位を重んじたからかしらね。ひいひいおじいちゃんって、貧しい生まれだったでしょ。絹織物職人の子だったけど、努力して成功して、地位を上げたのよ。そういうたたき上げの人ってね、手に入れたものを失う可能性を考えちゃうの。おばあちゃんは、亡くなるまでずっと救貧院を忌み嫌ってたわ、閉鎖になった後も。小さいときに父親を亡くして、貧民まで落ちそうになったのを、祖父の力でかろうじて切り抜けたからねえ」

「けど、おじいちゃんもおばあちゃんも、すごい金持ちだったじゃない」セオがいった。

「そうよ、でもだからといって、貧乏への恐怖は消えなかったのね。おばあちゃんの中には最期まで、父親を亡くした小さな女の子がいたんだと思うわ。十三人もの子どもの衣食住や教育を、女手一つでどうやってまかなっていくんだろうと、呆然としていた母親の姿もね。そういう記憶って消えないものよ、一生引きずるの。それがお父さんの人生に影響して、たぶんあなたたちにも影響したんだわ」

「どういうこと？」

「セオは不安定さを楽しんでいるわよね、俳優になったくらいだもの。ダニエルは用心して、避けてる。突然不運に見舞われて、快適な世界が崩壊するのがいやなんでしょう。安定《スティショナリー》を求めるから牧師になったんだし、だから文房具《スティショナリー》が好きなんだわ」

セオは、先ほどのダニエルの書斎を思い出した。机の左奥に画鋲を入れたびんと、巨大クリップの束と、穴あけパンチが、整然と並べてあった。

「静めるみ心いとうるわし」とオードリーが歌ったが、まるで調子はずれだった。

犬たちの排泄の後、ダニエルは聖堂へ祈りに行った。二匹もついてきて、聖具室のドアを抜けると、薄暗い通路を鼻で探索しはじめた。真っ暗ではなく、内陣で棺を囲む四本のろうそくが灯っている。すき間風が吹きすぎ、ろうそくの火が揺れて、死者のための祈りから一瞬気をそらされそうになった。

と、犬たちが静かだと気づいて、身がすくんだ。この前教会でこんなふうに静かになったときのことを思い出し、あわてて見まわした。ろうそくの温かな光の届かない会衆席最後列に、座っている人の輪郭が見えた。その姿勢と場所で、だれなのかわかった。礼拝のときいつもいっしょの妹は、いまはいない。ドーラ・シャーマンは目を合わせたが、すぐにまたうつむいて祈りを続けた。彼も祈りに戻った。「主よ、いまこそ、あなたはみことばのとおり、しもべを安らかに去らせてくださる」と唱えると、節まわしにすっかりなじんで、もうじき終わりだと察した犬たちが、内陣に戻ってきてかたわらに座った。

「主のめぐみがわれらに与えられ、悪より守られ、永遠の命にあずかることができますように」彼は声に出して祈った。

「アーメン」ドーラが唱和した。ダニエルが通路を近づいていくと、帽子とコートとバッグを手探りした。

「キャスはお休みですか？」

「来たくないっていうもんで。わたしが二人分祈っておきます。ワンちゃんにビスケットをあげたけど、だいじょうぶかしら」

「それでおとなしかったんですね。アンソニーを思って来てくださったんですか」

ドーラは虚を突かれた顔になった。「そういうわけでもないですけど、でも、チャンプトンではむかしからこうですから。ご当主が亡くなると、お邸の礼拝堂で通夜の祈りをしたもんですよ。ほんとうに夜を徹してね。執事と家政婦長が最初と最後。わたしたち下々《しもじも》のものが途中を務めてね。メイドと従僕とで、真夜中を担当したり。そうやって始まった恋愛もあったんです。ろうそくの明かりと、遺体のそばで」

「たしかに、葬送式の後に結婚式が続くことはよくありますね」通夜で出会った男女の挙式は、それほど珍しくない。

「人口維持にはなりますね。まあでも、ボウネスさんは好きでしたよ。独特な感じで。独特の考えを持っていましたよね。お気楽に生きている人じゃなかったから」

「というと？」

「お酒もそうでしょ。忘れてしまいたいような悩みがあったんじゃないかしら。だからといって、人にあたったりはしなかった」

ろうそくの明かりで、その目がきらりと光った。センチメンタルにはほど遠いドーラが、目に涙をためている。

「どうかされたんですか、ドーラ？」

なにもいわずにバッグからハンカチを取り出し、目もとにあてた。ダニエルは寄り添って座った。一、二分後、ハンカチをしまって立ち上がり、コートを着て、バッグと帽子を持った。

「めそめそするような人間じゃないんですけどね。でも、人が亡くなるのは悲しいものですね。ボウネスさんも、スウェイトさんも。あんな亡くなり方をするべきじゃない」

「二人はどうして殺されたんでしょうか？」

しばらくしてから、ようやく口を開いた。「口は災いのもと。先生は子どもだったからご存じないでしょうけど、戦時中にそういうポスターがあったんですよ。スパイを用心して、ぺらぺらしゃべるなって注意するために」

「見たことがあります」

「軍にいた人はみんな、余計なことをいうと命取りだって、わきまえてましたしね」

「配慮は大切ですね。だけど、事件の背景にはだれが、あるいはなにが、あるとお考えですか？」

「そんなのわかるわけないでしょう。ボウネスさんもスウェイトさんも、もういないんです。そのことに思いを馳せているだけです。あて推量なんてしません」

帰りたくて、彼がどくのを待っている。

立ち上がり、彼女を通してやった。かぎ針編みの帽子が静かに鐘楼のドアの外へ消えるのを見送った。犬たちもその後ろ姿を、ものほしげに眺めていた。

25

翌日は、夜明け後まもなく犬たちを散歩に連れていった。気持ちのよい朝だったからでもあるが、セオと顔を合わせたくなかったからでもある。さすがにきょうは、池を巡るコースはやめておいた。アンソニーの葬送式当日、しかもネッドのも控えているというときに、浴場を目にして事件の記憶にさいなまれるのは、いやだった。ド・フローレス邸の方へ向かったが、華々しいバロック様式の門はくぐらず、北側に回って〈ヒイラギ道〉に出た。これもレプトンの発想を、二百年前の園芸好きなド・フローレス某が実現したものだ。リードをはずしてやると、犬たちは茂りすぎたヒイラギの古木と、ツタが絡まる木々とにはさまれた小径を駆け出した。ヒイラギ道は庭園につながっており、徐々に荒れながら、池に注ぐ小川の方へ下っていく。古い小ぎれいな橋もかかっている。カワセミがいたこともあるし、サギの捕食も見た。一度はカワウソを見たように思ったが、ミンクかもしれない。人間がごちゃごちゃと手を入れない、完全な自然というわけではないからだ。小径の両脇にいくつも開いたアナグマの巣穴や、足を取られそうな木の根を素通りするよう、コズモとヒルダを追い立てた。しっぽをつかんで穴から引っぱり上げたり、血まみれで獣医のもとへ走ったりすることを想像すると、ぞっとする。

唐突に階段が現われた。ごつごつした段を下りた先には、野原が広がっている。青い亜麻の花が咲き乱れる季節もあるが、いまは黄色い菜の花だ。菜種油を採るためニコラス・メルドラムがあちこちに植えているが、亜麻の淡いブルーと比べると、どぎつく感じられた。季節が進んで黄色がさらに濃くなり、腐ったキャベツのようなにおいを発するようになると、なおさらだ。咲きはじめのいまは、緑と黄色の入り混じる光景が、ノリッジ・シティFCのチームカラーを思わせた。

小川に沿って歩いていくと、カワセミは見えないが、舞い上がるひばりの声が聞こえた。小さくて地味な茶色の姿はなかなか目に留まらず、もっぱら声ばかり。ヴォーン・ウィリアムズの名曲『揚げひばり』がその様子を描いているが、ダニエルにいわせると、イングリッシュ・ブレックファストさながらボリュームたっぷりのオーケストラをバックに、切々と歌うソロ・ヴァイオリンは、ひばりとは似ても似つかない。あれではまるで、ピイピイうるさいファクス機だ。

歩いていくうちに、ある小さな不安が心をよぎった。死は理想郷にもある。浴場でなくとも、ひばりのさえずりや、鼻をうごめかす犬たちや、派手派手しい黄色の菜の花に潜んでいるかもしれない。こんなのどかなイギリスの田園風景の中にも、不幸の名残りはある――不幸自体がまだここにある。

小川のほとりで足を止め、渦巻く流れに光がきらめくのを眺めた。むこう岸から伸びるハンノキの枝が、穏やかな風に揺れた。急流に反射してぎらぎらと十字模様を放つ光が、魔術のようにダニエルの心をとらえた。美しい朝に、小川のほとりにいることも忘れ、恐怖に全身をわしづかみにされた。アンソニーとネッドが一撃を食らい、死の瀬戸際にあるときに感じたであろう恐怖に。あまりに強く、あまりにくっきりとした恐怖で、頭が真っ白になる。だが次の瞬間には、消え去っていた。後に残ったのは、強烈な寂寥《せきりょう》。彼らの死の寂寥と、理不尽な最期に抱いたであろう無念、そしてなにより、底知れぬ悲しみだった。その直後、冷たく、固く、頑とした、石のような事実が胃の腑に落ちて、あらためてはっとした。犯人だ、と。

この漠然とした啓示、胃の腑に落ちた冷たい石、その背後のはてしない悲しみは、どれもすでにわかっていたことだ。犯人は村のだれかだ。村人として、アンソニーやネッドやほかのみなと、親しく交わっていただれかだ。

26

〈花の喫茶室〉では、ステイヴリー夫妻自身が商品を消費していた。

「やったあ、マカロン！」ドットは皿が置かれるより早く手を伸ばした。ノーマンは泣く泣くがまんした。かかりつけ医から、午前のおやつを禁止されてしまったのだ。ミリー・スタニランドがカップ二つをていねいに置いた。

「以上でよろしいでしょうか？」

ノーマンはよろしくなかったが、必死で打ち消した。近ごろ、女性の胸にやたらと目が行く。ウェイトレス、学生、郡庁舎の事務員。一度はガソリンスタンドで給油中、となりに停まったプジョー二〇五の若い女性に嫌悪感たっぷりににらまれ、欲望むき出しで見ていたことに気づいた。夫婦の営みも食事制限なみにつましいとはいえ、もの足りなくて死にそうというわけではない。結婚初夜以来、満足してきたドットとの行為以外を試してみたいわけでもない。おそらく、若さに惹かれるだけだ。張りのある肌、きらきらした目、豊かに輝く髪。それに現実逃避でもある。まとわりつく不安を洗い流すため、深い水に身を投げるようなものだ。罪悪感からアドレナリンがまたどっと生み出され、体を固くした。アンソニー・ボウネスのばかが、聖堂の後ろで祈っていた姿がよみがえる。あのみじめったらしい、でくのぼうの、お邪魔虫め。あいつのせいで、世間に認められ、ドットに認められたノーマンの成功が、危機に瀕している。

この手のアドレナリンの噴出が、最近ひんぱんになっている——ドットが読んでいた雑誌の記事によると、不安発作だとか。男性更年期障害らしいが、生理的というより心理的なものに思えた。ホルモンではなく良心の問題だと。

「頭がずきずきする」マカロンを紅茶に浸してみようとしているドットにいった。「ちょっと家に戻って、頭痛薬を飲むよ」

「お茶が冷めちゃうよ」

「飲めそうにないな、かわりに飲んどいて」

出ていく背中を少し眺めてから、ドットは彼の紅茶に手を伸ばした。

外の風を浴びて気分がいくらかよくなったのもつかの間、また悪くなってきた。歩きながら規則正しい呼吸を心がけたが、またアドレナリンが出はじめて足が速まり、汗がにじんできた。心臓発作というのは、こうやって起こるんだろうな。視線を感じて顔を上げると、アン・ドリンジャーが〈婦人洋品店ステラ〉の前でこちらを見ていた。ややあって、手を振ってきた。

「ノーマン、だいじょうぶ？」手を振り返し、〝急ぎの用が〟というふうに指さして、歩きつづけた。とたんに足がもつれたが、ただの駆け足を必死で装った。バスの待合所まで来ると、座って息を整えた。「黙れ黙れ黙れ」と口をついて出た。と、バス停に立っていた、見たことのない、願わくは見られたこともない女性が、振り向いてぴしゃりといった。「なにもいってませんけど」

「いや、ちがうんです」まだ息苦しい。視界のへりがぼんやりと灰色になってきた。聖堂の後ろに座っているアンソニー・ボウネスを思い浮かべたが、暗くてよく見えなかった。

聖マリア教会の鐘楼から、弔いの鐘が響いた。その音とともに雲が広がり、美しい朝は終わりを迎えた。

「葬送式らしい天気だ」ダニエルはつぶやいた。白い上着やストールを始め、葬送式の祭服姿だ。かたわらのスコット巡査も礼装で、手には白い手袋、胸には略綬。二人は墓地の門の前で、ド・フローレス一族の到着を待っていた。邸から教会まで、慣例にのっとって歩いてくるのだが、今回は失敗だったかもしれない。教会通りの端に姿を現わすなり、記者やテレビクルーがここぞとばかりにどっと押し寄せ、遺族への気づかいなどそっちのけで質問攻めにしたからだ。一家は、ひとことも発さずに悠然と歩きつづけた。バーナードは正礼装——黒の燕尾服に黒のベストに黒のネクタイ——で、必死に威厳を保ちながら歩いてきた。同伴しているのが、二人でなく三人なのは、意外だった。両脇にはアレックスとアノリア。アノリアは最新流行の黒のドレス、アレックスはゆったりしたダブルの黒いスーツ姿だ。そしてもう一人、安っぽい喪服を着た、見覚えのある男性がいた。背が高くやせ型で、バーナードよりアレックスと似ているが、穏やかな顔つきだ。お上りさん風で、居心地の悪さをがまんしているように見える。彼こそが跡取り息子のヒュー・ド・フローレス。カナダの広大な小麦畑から帰郷したのだ。

こうして墓地の門で待つのが、ダニエルは少々苦手だった。遺族を迎えるのにふさわしい、哀悼のこもった笑顔を、最後まで保つことができないからだ。しかたなく、近づいてくるのに気づかないふりをして、エイチャーチ家の庭のレンギョウや、鐘楼のガーゴイルに見とれたり、シラコバトの鳴き声に耳をすましたりしてみせる。一行がすぐそこまで来て初めて、まっすぐ向き合うという流れだ。

「お待ちしておりました、バーナード、アレックス、アノリア。それにヒューも、おいでになれてよかったです」

「まったくもう」バーナードはいった。「さっさと始めよう」

マーガレット・ポーティアスが、アンソニーにかわって教会委員の役目を臨時に担い、玄関前で待っている。ダニエルが合図を送ると、聖堂の中へ姿を消した。

それから一族に向き直った。「よろしいですか?」と確認し、彼らを引き連れて通路を歩んでいった。

小学校のバックハースト先生がジェインのかわりにオルガニストを務め、一同が入っていくと『メサイア』の一節『わたしは知る、わたしをあがなう者は生きておられる』を弾きはじめた。聖堂は満員だった。ド・フローレス一家が現われると全員が振り向き、帰ってきた放蕩息子を凝視した。一行が家族席に着いた後、正装した聖歌隊が鐘楼から入堂してきた。先頭はボブ・エイチャーチ。弔いの鐘を止めた後で十字架を掲げ持ち、列を率いている。高音部から歌いはじめた。新人隊員が手にした大きすぎる楽譜も、女性たちがかぶる帽子も、なんだか不格好だ。アルトにはスタニランド家の子どもたちも加わっているが、思春期で残念な声質になっている。ダニエルがしんがりを務めて、かけ布をはずした棺のまわりを巡った。内陣のアーチ天井の下で左右に分かれ、聖歌隊席に向かった。そろって祭壇に頭を下げ、捧げ持ってきた十字架が所定の位置にかけられ、ダニエルが説教壇に上がると、音楽が止まった。完璧な仕事ぶり、と、こんなときなのに悦に入りながら、参列者へのあいさつを述べた。

普段の席をよそものに取られて、慣れない場所に移った村人がそこここにいた。だがシャーマン姉妹だけは、最後列北側のいつもの席に、不愉快そうにどっかと座っていた。四人並んで座れる唯一の場所だが、譲る気は皆無。立ち見になっている村人もおり、かわりに座っているのは、アンソニーの過去の関係者だった。親戚、物書き時代の知り合い、オックスフォードの知り合い、飲み友達。貴族的な顔もあれば、陽にあたらない青白い顔も、飲んだくれた赤ら顔もあった。

故人の人となりをなによりよく伝えるのは、参列者の顔ぶれだ、とよく思う。ロンドンで司式をした若い男性の葬儀を思い出す。エイズで亡くなった元信者で、実家はヨークシャー救世軍のメンバー、現在の家族はSMプレイの信奉者だった。会衆席の左半分には救世軍の黒い制帽をかぶった人々が、右半分には別の黒い帽子を、ウールではなくレザーの帽子をかぶった人々が座り、おたがいを見て驚愕していた。

アンソニーの現在を知る顔は、一つだけ。ニール・ヴァンルー刑事だ。ダニエルの心がなごんだ。黒のネクタイをつけているが、自分で結んだわけではなく警察支給のワンタッチ式だろう。

ダニエルが最初に祈りを読み上げ、それから一同が起立して聖歌を歌った。『あめなるよろこび』だが、パーセルの名曲『美しき島』のメロディーに合わせる、あまり知られていないバージョンだ。一段目の〝こよなき愛を〟はあやうかった。十六分音符を、会衆も、聖歌隊の半分も、楽譜より半音低く歌いそうになったのだ。死は理想郷にもある、とまた思った。

アンソニーを担当していた文芸誌の編集者が、弔辞を読んだ。真実を述べながらだれも傷つけない、お手本のような弔辞だった。続いてアノリアが、シェイクスピアの『シンベリン』の美しい鎮魂歌、〝もはや灼熱の陽を恐るるなかれ〟を読み上げた。〝暴君の一撃も汝には届かぬ〟の部分では、わずかに身がまえた。バーナードが聖書の朗読をした。『ヨハネによる福音書』第十四章。〝わたしの父の家には住むところがたくさんある〟と読むと、みな目を丸くした。ダニエルが短い説教をした。絆を失う恐怖について。故郷への帰還について。ヒューがはっと顔を上げた。

祈りが捧げられ、立ち上がって聖歌を歌った。『詩篇』二十三篇をもとにした曲で、メロディーも歌詞も使いまわしが利くので、結婚式でも洗礼式でも歌われる。

主はわが飼い主　われは羊
みめぐみによりて　すべて足れり
青草の原に　われを伏させ
憩いの水辺に　伴いたもう

最後の祈りの後、葬儀屋で副業をする屈強な四人の警察官と、アレックスと、アノリアが——一瞬ざわついたが——進み出て、棺を担いだ。ド・フローレス小聖堂に傍系の埋葬場所はないので、ぎくしゃくと通り抜け、ボブ・エイチャーチとネイサン・リヴァセッジが掘っておいた、墓地の南西角にある一族の区画へと向かった。アンソニーの亡骸が地中へと下ろされ、アノリアとアレックスが棺を支えるひもを必死で制御した。「女より生まれた者の人生は短く、花のごとく咲いてまた散る……」それからダニエルは、ウィリアムズ氏が用意しておいてくれた小さな壺から土をつかみ取り、「土を土に、灰を灰に、塵を塵に」と三回に分けて撒いた。棺のふたの上にバラバラと落ち、不吉な文様を描いた。これだけではあまりにおどろおどろしいと思われることを心配してか、ウィリアムズ氏は一輪の赤いバラも用意していた。そのせっかくの配慮も、ふたに落としたときのドサッという無粋な音で台なしになった。

いつの間にか細かい雨が降り出し、邸から迎えの車が呼ばれた。マスコミの攻撃も避けられて好都合だ。ダニエルはセオと聖具室に残り、きょうの記録をつけた。

「何人ぐらい来てたかな、セオ？」

「えっ、そうだな……百五十人くらい？」

「そんなところだな」百四十四と記した。

「そんないいかげんでいいの？」

「厳密ではないけど、むかしからそういうものだよ」

「だったら、〈百五十人ほど〉って書けばいいじゃん」

開けっぱなしのドアをノックする音がした。ヴァンルー刑事だ。

「取りこみ中かな？」

「うん。でも入って。こっちは弟のセオ」

「ああ、『アップルツリー・エンド』でお見かけしましたよ」

セオは得意顔を隠せなかった。「うわあ、うれしいな、本物の警察官にそういわれると」

ニールは口をつぐんでいた。

ダニエルが沈黙を埋めた。「セオ、お母さんの様子を見てきてくれる？　じき出かけるから」

セオは肩をすくめた。「わかった。刑事さんも、会食に来ます？」

「はい。先生と少し話をしてから」

「よかったら、後でお話しできませんか？」

「いいですよ」

セオは聖具室のドアをことさらていねいに閉めて出ていった。まるで、追い出されたのではなく、気を利かせてやったといわんばかりに。

「これは？　罪の記録かなにか？」

「ただのデータ改竄《かいざん》だよ」

「そりゃおおごとだ」

ダニエルは枠の中に署名をして、万年筆にキャップをした。万年筆は、オスミロイド75‐14K。イタリック・ニブのペン先で、ピストン吸入式で、古典インクを使っているので、書いた直後はグレーだが、時間とともに濃くなり、消えない黒い文字となる。吸い取り紙を一枚取って、書いた文字の上にそっとのせ、片づけた。インクびんもふたを閉めて、吸い取り紙や万年筆ともども、所定の場所へ戻した。

「お茶の作法を見てるみたいだ」ヴァンルー刑事はいった。

「こういうのを適当にすませられないたちなんだ」

「全部きちんと片づけないと？」

「うん」そういいながら、ストールや上着を決まった場所にかけた。「来てくれてよかった。いつも参列するの？」

「そうだよ。元気にしてる？」

「まあなんとか。まだちょっと動揺しているけどね。しかたがないな、支え導くべきコミュニティ全体が動揺しているから」

「そういうときにこそ真実が現われるんだ。見てればわかるよ」

「ああ、仕事の話か」

「この村でなにかが起きて、一人ならず二人もの隣人を殺す理由が、だれかに生じた。それを整理できる立場にいるのが、ダニエルだと思う」

「かもしれない。郵便局のブレインズさんを挙げる人もいるかも」

「だれがなにをした、っていうだけじゃだめなんだ。もう一歩進んで、村全体のしくみとか、光の加減とかの変化に気づけないと。わかるよね？　なにかひらめかないか？」

「ひらめきなんて、大げさなことはいいたくないな。でも、地元民の単独犯だとは思う」

「なぜ」

「光の加減の変化だよ」

「もうちょっとくわしく頼む」

「むずかしいな。証拠があるわけじゃなく、直感だよ。でも、もう少しで焦点が合いそうな気がする。わかっていることを情報交換できたら、前へ進めるかも」

刑事は少し黙って考えてから、口を開いた。

「なにを知りたい？」

「みんなの供述だよ」

「二件の犯行時刻ごろに、みんながどこにいたか、というか、どこにいたと主張しているかは、わかっている。あやしいものを見た人はいないし、つじつまが合わない事実もない。容疑者を挙げる人もいたけど、裏づけは取れなかった」

「容疑者って、たとえば？」

「アレックス・ド・フローレス。好かれていないから。ボブ・エイチャーチ。元奇襲部隊員だから。ド・フローレス卿。呪われた血筋だから。ネイサン・リヴァセッジ。ロマ出身だから。そんなのばっかりさ。そっちの情報は？」

「犯人が見えている気がするんだ」

「えっ？」

「犯人が見えている気がする。犯行を目撃したという意味じゃないよ。犯行を犯した人が見える気がするんだけど、それがだれなのか、まだわからない」

「〝見える〟って、どういうこと？」

「犯行の――それを犯したであろう人の――なにかに、なじみがあるんだ。いまはすごくぼんやりしているけれど、なにかが感じ取れてきてて、それが一人の人物を指し示している。どの人物かが特定できないんだけど。わかってもらえるかな？」

「どんなことを感じ取ってる？」

「怒りを抱えた人。ずっと抑えていたけれど、なにごとかが起きて、表に出てきてしまった。秘密を暴かれたとか。これまでにも殺人事件の被害者を埋葬したことはあるし、会衆席に犯人が座っていると感じたのも、初めてじゃない」

「きょうもそう感じたってこと？」

「どうだろう。たぶんね。お邸に行く？」

「そうしよう。歩いて行く？」

「雨だし、母と弟もいっしょなんだ。車を出すよ」

オードリーは台所でセオと待っていた。なんだか場ちがいに見えた。上等な黒の上着と帽子と手袋に、パールのネックレスとダイヤモンドのブローチ。貴族の未亡人が、使用人部屋に紛れこんだようだった。

「あら、刑事さん」彼女はいった。「ご親切に、来てくださったのねえ。ダニエル、早く行かないと、ステラ・ハーパーがサンドイッチを全部食べちゃう」

犬たちはいつものように、ダニエルがドアの手前で止めると、むやみに腹を立てた。ヒルダは怒ってキャンと吠えた。

「刑事さん、このランドローバー、ずいぶんな年代物でしょう。公道を走っちゃいけないんじゃないかしらねえ。セオ、席を片づけてちょうだい」

セオは後部座席にあったものを、ごみの山に放り投げていった。ビニール袋、犬の足跡だらけの新聞紙、古い道路地図、ゴムひも、洗濯ばさみ、荷造りひも。

やがて、ギアが異音を発し、エンジンがうるさく鳴る車で、庭園へとがたぴし乗り入れていった。邸に近づくと、羊たちがわらわらと散っていった。

「国道でもこんな調子なんですよ、刑事さん」ダニエルがギアチェンジの際にクラッチ操作に失敗し、あわてるあまり本来の車線からはみ出しそうになったとき、オードリーがこぼした。「交通取り締まりをなさってるときには、お会いしたくないわあ」

「刑事が取り締まりに出ることはないんじゃないかな、お母さん」

「それでもね、刑事さんが良心の板ばさみになったりしたら、申し訳ないわ。とはいっても、こんなひどい運転よりもっと迷惑なのは、街にたむろしてる文芸かぶれの連中だわね。お酒のにおいをぷんぷんさせて、どんちゃん騒ぎばっかりして」

「ぼくの知り合いにもいないわけじゃないな」セオが口をはさんだ。「〈グルーチョ〉とか、〈フレンチ〉とかに」

「フランスってこと?」

「〈フレンチ・ハウス〉だよ、ソーホーのパブさ。どんちゃん騒ぎ好きの文芸かぶれが集まる店。そのすぐ近くにある〈グルーチョ・クラブ〉もね」

「なにかで読みましたよ。有名人の社交場でしょう」とニール。

「会員制でね、有名人どうしがつるんで、人前ではできないようなことをする場所なんですよ」

「たとえば?」

「えー、まあ、クスリとか、不倫とか……」セオはことばを濁した。

が、ときすでに遅し。「セオも会員なの?」オードリーがきいた。

「うん、そうだよ」一瞬、沈黙が降りた。「ほとんど行かないけど」

「ボウネスさんも?」

「ちがうと思います。年齢層が合わないから。〈フレンチ・ハウス〉には行ってたかもしれないけど、会ったことはないな。彼だったら、〈アカデミー・クラブ〉とか〈ジェリー〉とかだと思いますね」

「アンソニーは、お酒めあてよね」オードリーが助手席でつぶやいた。「ドラッグや女の人じゃなく」

セオが応じた。「ぼくは、舞台の後の軽食めあてだよ。あとビリヤードと。ダンは行ったことある?」

「わたしはどちらかというと、〈アシニーアム・クラブ〉だね。アンソニーを何度か見かけたよ」

「そうそう、ヒューよ」オードリーがいいだした。

「最後にチャンプトンに来たのは、いつだったかしら ねえ？　いまの奥方になってから？　あの喪服はない わよねえ。まるで、〈マークス&スペンサー〉で適当な黒いスーツを引っつかんできたみたい」

庭園内の短い道のりを、車はぎくしゃく、よろよろと進んでいった。ネイサン・リヴァセッジの姿が見えてきた。異様に目立つたすきをかけ、草地の決められた区画へ車を誘導している。手旗信号に似た合図を見て、ダニエルの心は沈んだ。どうしろといわれているのか、皆目わからない。免許を取ったのは三十代になってからだった。前へ進むのと、ハンドルを切って曲がるという、基本中の基本で精いっぱいで、さまざまな技術がまったく身についていない。合図などされようものなら、とたんに不安に陥り、左右もわからなくなる始末。ブリッグハウスのイベント会場では、もたもたしていて立派な紳士ににらまれたらパニックになり、脱輪してしまった。普段以上に落ちつかないのは、後ろにニール・ヴァンルーを乗せているせいでもある。いかにも有能そうで——実際有能だ——自分が普段以上にへたくそに思えてくる。ついにギアを誤り、エンストしてしまった。母がため息をついた。ネイサンは困り果てた様子で合図の手を下ろした。

「ダニエル、かわろうか？」ニールはすでに車を降りかけていた。

交代したニールは、ものの数秒で危なげなくランドローバーを所定の位置に駐車した。

「この子は、ヘブライ語なら自由自在だけど、機械となるとからきしだめなんですよ」オードリーがいった。

「まあでも、万能じゃなくても、好かれていればじゅうぶん」

セオが壊れた傘を見つけ、本降りになってきた雨からオードリーを守ろうと努力した。玄関では、ミリーとクリスチャンのスタニランド夫妻が、近ごろ大活躍のシャンパンのトレイを手に迎え入れた。ソーホーの飲み仲間のおかげで、シャンパンの減りは予想以上に早かった。にぎやかな談話室に入ると、アレックスがそうした悪評高い面々とすっかり打ち解けていた。迷惑顔のスコット巡査を取り囲み、胸をこづくようなしぐさで、勲章のことをきいた。「じゃあさ、この青と白のしましまのやつは、なに？」

「朝鮮戦争従軍の略綬であります」

「うちのパパが、マッカーサーのパジャマとか呼んでるやつ？」

スコットはにらみ返した。「はい、そう呼ばれております」

スウェイト母娘三人は、みなから少し離れて立っていた。喪服姿で、ジョージ六世崩御のときの王妃たちを彷彿とさせた。飲み物のおかわりやつまみを配るアノリアを除くと、みな彼女たちを避けているようだった。やはり家族を亡くしたばかりの人に、別の葬儀でどんな声をかけるのがいいか、マナー本にも書かれていないのだから、無理もない。そのむこうでは、ヒューが熱烈な注目を集めていた。マーガレット・ポーティアス、アン・ドリンジャー、ステラ・ハーパーがサメのように取り巻き、その真ん中でヒューは、とっくに興味を失った一族の歴史について、気のない声で説明していた。

オードリーがそこへ割りこんだ。次に話しかけようと待っていたマーガレットを無視して、ずかずかと歩み寄って手を差し出した。「お久しぶり、ヒュー。オードリー・クレメントです。覚えてないでしょうねえ、ダニエルの母で、牧師館に住んでますの」

「覚えていますとも」礼儀正しく答えて、握手をした。

「チャンプトンに戻ってきてくださって、うれしいわあ。ほんと……何年ぶりかしら？」

「アレックスの二十一歳の誕生日以来です」

「そうだったわねえ。まあ、うれしいこと！　でも、カナダって遠いわよねえ。それにあんな広い場所を耕すとなると、きっとお休みもそんなに取れないんでしょうね。行ったことはないけど、すてきな国なんだろうなあって、いつも思ってますよ。ダニエルは子どものころ、カナダのわな猟師の本が大好きだったし——ダン、なんて本だったかしらね？」そういって手招きした。「小さいころ好きだった、カナダのわな猟師の本の話を、ヒューにしてたの」

「『わなをしかけるハンク』でしょう」学校で読まされた、フランス語の副読本だった。唯一の思い出は、生徒たちがふざけて〝オナをしかけるパンツ〟と呼んでいたこと。

「あらためて、お悔やみを申し上げます」とヒューに話しかけた。

「ありがとうございます」不審げにニールを見た。

「こちらはニール・ヴァンルーさん」ダニエルがいった。

「ヒューといいます」二人は握手を交わした。

「刑事さんなのよ。捜査に加わってらっしゃるの」オードリーがいそいそと言い添えた。

「はあ。ご参列ありがとうございます。でも、なんのために？」

ぎこちない沈黙。

「特別なことではないんですよ」ニールは慎重にいった。「ご縁があったわけですから」

「なるほど、失礼しました。もちろん大歓迎ですよ。でも、映画みたいになるのかなと思って。犯人が顔を出すと読んで、刑事が葬式に来たりするじゃないですか。でも、犯人がいまここにいて、うちが出したワインやつまみを飲み食いしてると思うと、へんですね」

「わかりませんよ」

「わからないんですか？」

「そうです。ド・フローレス卿にごあいさつしてきますね」ニールはほほえんで離れていった。

「怒らせちゃったかな」

ヒューは、チャンプトンではたいていぎこちなかった。帰省はまれだし、短期間だ。伝統の家族行事や、領地に関する用件だけ。いずれ引き継ぐつもりでまじめに向き合ってはいるが、ダニエルの目には、つらい目に遭った母校を訪れて、いやな思い出をよみがえらせている卒業生にしか見えなかった。ヒューは向いていないのかもしれないと、バーナードが打ち明けたことがあったが、ほかに選択肢はない。領地を放棄できない以上、やり抜くしかない。いずれヒューはカナダのどこぞの小麦畑からここへ呼び戻されて、黒いスーツに身を包み、教会の家族席に座ることになる——永遠に。

「ダニエル、今度お話ししたいことがあるんですが」

「どうぞどうぞ」

「いつがいいですか？」

「あしたの十一時に、コーヒーでもどうですか？　牧師館で」

「わかりました」

マーガレットが急に首を突っこんできた。「ヒュー、マーガレット・ポーティアスです。アレックスのお誕生日にお会いしたわね、たしか……カナダの……農業のあれこれについて、教えてくださったのよね」

「ポーティアスさん、お久しぶりです」

「マーガレットって呼んでくださいな。せっかくお会いできたのが、こんな悲しいときだなんて残念だわ。アンソニーとは親しくされてたの？」

「ぼくの教父だったんです」

「あら、それはお気の毒に」ステラ・ハーパーが割って入った。「教父母との関係って、特別ですわよね。あたくしの教父母は、ほんとによくしてくださったわ」

「そんなに親しかったとはいえないんですが。ただ……存在していただけで」ヒューは談話室を見まわした。先祖たちの肖像画が見返した。「あんなふうに。この場所みたいに」

「ご自分のルーツをしっかりと感じられるのは、すばらしいことですわね。どんなに遠く離れても、チャンプトンはちゃんと待っていてくれる。なつかしく思われるでしょ？」

ヒューは肩をすくめた。「それも、存在しているだけですね」

オードリーがまた口をはさんだ。「広い、未開の地でしょう。クマも出るの？　冬には街へ出てきて、ごみをあさったりするの？」

アレックスがやってきた。型くずれしたスーツにスニーカー姿の、いかにもいかがわしい人物を従えている。

「ウィルを紹介させてください。ロンドンのドックランズに画廊を持ってるんです」

ウィルがぼそぼそとあいさつし、みな握手を交わした。

「浴場のすごい使い道を思いついたんです」アレックスはいった。「テューダー朝の仮面劇みたいに、いつまでも語り継がれるイベントになる」

「あそこでだれか殺されたんじゃなかったっけ？」とヒュー。

「それも活用するんだよ」アレックスは目をきらきらさせた。「血の儀式とか、俳優にポーズをとらせたりとか」

「それは、少々配慮に欠けるのでは？」ダニエルは、スウェイト母娘に聞かれていないかと見まわした。

「いくらなんでも、殺人事件ですから」

「血にまみれたこの地では、珍しくもない」

「でも、歴史上のできごととはちがいます」

ヒューがいった。「アレックスのいう〝出し物〟のために、帰ってきたことがあったな。ヌードダンサーたちがサンルームで踊るやつ」

「そうそう。途中からダンサーがおたがいの体にペンキを塗りたくって、巨大な紙の上を転げまわって、それを展示したんだ」

批評記事が地元紙にも全国紙にものった。名刺がわりだとアレックスはいっていた。

「あのとき、思い出したよ。子どものころ、ちょっとしたパーティーをよくやってただろ？　サンルームでお茶を飲んで、庭でゲームをして。ある年は、おえかき大会をやった。アレックスは紙に絵の具を絞り出してから、二つ折りにして、ちょうちょうを作った。覚えてる？」

「覚えてるさ。ぼくが一等を取った」

「それは、略歴にのせましょう」とウィル。

「だけど、ちょうちょうを十五匹も提出したんだし、審査員はうちのおじいちゃんだったからね。だから当然一等になったけど、みんなは八百長だといってた」

アレックスは少ししゅんとなった。「略歴にはのせなくていいかもな」


ヒューは、弟が傷つくのを承知でいったのだろうか。と、ダニエル自身の弟とニールの姿が目に入った。談話室の端の、台座にのった胸像二体のあいだにいるので、連れが増えたかに見えた。ニールの笑顔が助けを求めているようだったので、そちらへ向かった。

「ダン、すばらしいんだよ」セオが芝居がかった声でいった。「デカさんから、警察の裏話を聞き出してたんだ」セオは、他業種の専門用語を好んで使う。役になりきるのに手っ取り早いからだろう。「いろいろ重なるんだよ、ダンの日常と。牧師の探偵が人気なわけだ」

「むかしから不思議なんだ」ダニエルはいった。「ブラウン神父がどうして支持されるのか」

「そういう小説はあまり読まないな」とニール。「犯罪小説は、警官には不人気だね」

セオはいった。「泥棒には人気だよ。一度、ワンズワース刑務所で芝居をして、読書クラブと話もしたんだ。とにかく犯罪の話ばかり読みたがってたね。考えてみたらさ、そういう本の中では犯罪者がヒーローなんだもんな。クレイ兄弟とか『パピヨン』なんて、犯罪実話だし」

「わたしも、牧師小説は読まないな」ダニエルもいった。「例外はアントニー・トロロープだけかな、すごく共感するんだ。あと、『薔薇の名前』の、バスカヴィルのウィリアム修道士も好きだった。読んだ？」

「映画を見た」ニールは答えた。

「映画はすばらしかった」セオが賛同した。「もう一回見ようかな、研究のために」

「十四世紀のベネディクト会修道院と現代の教会区とでは、なにもかもちがうとわかるよ」

「そうかなあ。殺人事件が共通してるよ？」

ダニエルは一瞬黙りこんだ。「スウェイトさんたちと話してくる。だれも話しかけてないから」

遠慮の結界を破って近寄っていくと、たちまちアンジェラはほっとした様子になった。「助かりました。病原菌にでもなった気分だったの」

「まさかそんな」

「ぶしつけだったかしら、自分たちも忌中なのに」ジェインがつぶやいた。

「アンソニーと知り合いだったんですから、いらして当然ですよ。みなさん、どんなことばをかければいいか、わからないんでしょう」

「肉親を亡くしたばかりの人にかけることばって、おもしろいですね。わたしの仕事場の人は、いまはまだ話せないなんていうんですよ、まるでわたしじゃなく彼がつらいみたいに」とアンジェラ。

「以前弔問に訪れた家では、故人の思い出話は個人的なことなのでやめましょう、といわれましたよ」

アンジェラは笑った。「イギリス的ね」

「でも、ここのイギリス人はちがうわね」とジェイン。

「お金持ちは遠慮を知らないんだわ」

「たぶん、そういう遠慮って、中流階級に特有の現象なんじゃないかしら」とジリアン。「スラム街のお葬式だって、人目もはばからず嘆くでしょ」

「でも、お金持ちは感情を見せないでしょう？　感情を持ってるとして、だけど」

「ほとんどの人は持っていると思いますよ。ただ、冷静沈着をよしとするので、表に出さないようにしているんでしょう」ダニエルは述べた。

「あの人たちは出してる」とアンジェラ。「まわりを見て。亡くなったご先祖たちが四方八方からにらんでる」

「死してなお記憶にとどまる」ジリアンがつぶやいた。「わたしたちの場合はちがうけど。わたしたちは、消えるだけでしょう？　思い出してくれる人がいなくなったら、おしまい」

ジェインは顔をゆがめた。「お父さんの認知の衰えでも、そのことが怖かったの。目の前にいても忘れられてしまうのが」

「抹消《イレイジャー》」ダニエルは気づかずに口にしていた。

「バンドのイレイジャー？　流行にくわしい牧師さんね」アンジェラがいった。

「そういうバンドがいるんですか？　いえ、哲学の思想なんです。たしか、ハイデッガーの。消えながらも存在しつづけるものもある。書いた文字の上から線を引いて消すように」

27

翌日の朝食後、オードリーは年季の入ったビスケットの缶を開けると、午前のお客さまにお出しできる立派なビスケットが足りないので、店へ買いに行かなければならない、と断言した。お客さまとは〝ヒュー閣下〟――〝かくか〟という発音で呼びはじめた――のこと。だがこれは、厳密には嘘だ。たしかに残りは豊富ではないが、村のちっぽけな店の方が優秀というわけでもない。だがかまわない。パントリーに上等なビスケットを隠してあって、郵便局のカウンターで開かれる朝の村議会をのぞく口実がほしいだけだからだ。葬送式の翌日はいつでも話題豊富だが、きょうは格別なはず。なにしろ、チャンプトンの領主ド・フローレス家の跡継ぎが現われたのだから。

本通りを急ぎ、郵便局のドアを押し開けた。カランカラン。カウンターに集まっていた、ブレインズさん、ドーラ・シャーマン、アン・ドリンジャー、ステラ・ハーパーが、しんと黙りこんだ。いつものオードリーなら、警告を敏感に感じ取るのだが、けさは重大ニュースに興奮していたし、先日天敵を追い詰めた手柄に酔っていた。

「おはよう、みなさん」事務的にいって、ドーラ・シャーマンの後ろに並んだ。だれもなにもいわなかった。しばらくして、ブレインズさんがたずねた。「なにかご入用ですか、クレメントさん？」

「あら、順番でしょう、割りこむ気なんてさらさら……」

「どうぞ、オードリー」ステラがいった。「あたくしたちはただの……情報交換ですから」

「後のものは先になり、先のものは後になるであろう、ってとこね」わざとらしくみなの脇をすり抜けて、カウンターの前に立った。「ブレインズさん、ビスケットの種類はどんなものがありますの？　普段用じゃなく、高級なやつよ」

「そこにあるだけですよ」ブレインズさんは棚をあごで示した。並んでいるのは、マクビティのリッチティー、ブルボン、ダイジェスティブ、ガリバルディ、それにアン・ドリンジャーが編み物サークルですすめた、マクビティのホブノブ・ミルクチョコ。

「ホブノブをいただくわ」オードリーは告げた。「午前のお茶会に、ちょっと変わったものがあったほうが、ね」

「お茶会？」ステラがきいた。

「そう、ヒューが来るの。きのうはうれしかったわよねえ、悲しい日ではあったけど」

「そうね、うれしいことでしたわね。二人でお茶をなさるなんて、うらやましいわ」

「二人じゃないのよ。ダニエルに会いに来るのよ」

「知ってますよ」アンがいつになく挑発的にいってから、あわてて視線を床に落とした。

「そうよね、大ニュースですからね」とステラ。

オードリーの脈が乱れた。「でしょ？　さあ、いつまでもお邪魔しては……」

「どんな感じにするのかしらね？　シンプルなのか、豪華なのか」

「さあねえ。わたしはこれで――」

「こういうことって、どんなふうに進みますの、オードリー？」

追い詰められているのは自分の方だと、オードリーは気づいた。けれど、闘わずに降伏するのはいやだ。

「こういうこと？」

「そう。心がまえをしておかないとね？」

「わたしの口からはいえないわ。だってほら、他言無用だったりするから」

「無用なもんですか。アレックスがジーン・ショーリーに話して、ジーンがあたくしたちに話してくれたの。だから、話してだいじょうぶ」

沈黙。

「そういえば、オードリーは前回はここにいらっしゃらなかった？」

用心と興味がせめぎ合い、ついにオードリーはたずねた。「どうだったかしら。前回っていうと？」

「結婚式ですよ。最新のド・フローレス卿夫人との。三回目ともなるとひっそりやるかと思いきや、まあ華々しかったわね。あれは忘れっこないわ。あら、もしかして、おわかりにならない？　ヒューが結婚するんですよ。それだから……先生に……相談したいんでしょ」

アンが、こらえきれずに小さく勝鬨《かちどき》を漏らした。

「いいましたけどね、他言無用の情報もあるのよ」

「きょうは葬儀の黒い服、あすは婚礼の白い服」ドーラ・シャーマンがつぶやいた。自分で思いついた言い回しではなく、古い言い伝えかなにかのようだった。

「そういう例は多いわよねえ」オードリーはいった。

「チャンプトンにとってもいいことだわね、こんな大きなお祝いごとなんて。嘆きじゃなく喜びで聖堂が満たされるわ」

「『わたしは彼らの嘆きを喜びに変え、彼らをなぐさめ、悲しみにかえて喜び祝わせる』エレミヤ書」とドーラ。

「聖堂が満たされ、設備も満たされる」オードリーは、必殺技の歌うような調子でいった。「でしょ、ステラ？　新しい時代に新しい手洗いを」

「トイレを作る話？　聖堂に？　それはもう、おじゃんになったはずよ」ドーラが言い放った。

「あらま、聞いてないの？」オードリーは無邪気そのものだ。「ステラは考えを改めたのよ。理性の勝利だわねえ！」

ステラは歯ぎしりしながらいった。「ロウアー・バドサドルの教会に、すばらしいものができたって聞きましてね」

「長椅子撤去に反対は出なかったのかしら？」

「ああもう、長椅子の話はたくさん」ステラは答えた。「教会にはもっと大事なことがあるでしょ」こわばった笑みを浮かべた。「ではまたね、オードリー。ヒューによろしくお伝えくださいな」

オードリーはビスケットを手に店を出ていった。

ステラはアンの方を向いた。「ああいうギャンブラー、いるわよね。勝ったとたんにチップを払い戻して、反撃のチャンスも与えないの」

「ほっときなさい」とドーラ。「トイレの件はどういうこと？　作らせないっていってたじゃないの」

「歩み寄ったのよ――一歩も譲っちゃいけないときもあれば、折れた方がいいときもあるの」

「らしくないことをいうね。丸めこまれちゃったの？」

「そういう……丸めこむとかじゃないのよ、ドーラ。意見の相違が生じたときに、友好的に、寛大に解決するってこと。さあ、やることが山ほどあるから、失礼しますわね！」

そういうなり、アンも待たずにさっさと外へ出た。ドアチャイムの音だけが残った。

28

ダニエルとセオは書斎で向き合っていた。

「これはだめだよ、セオ」

「実際の場面を見せてもらえなきゃ、話にならないんだよ。正しく理解できないだろ？」

「わたしは最初から、なにも見せるつもりはなかった。これは公開の面談じゃないんだ、内密のものなんだよ」

「どこが内密なのさ。ヒューが結婚するって、とっくに知れ渡ってるじゃない」

「だとしても、手続きのために立ち入った質問もするし、ききにくいこともきかなきゃいけないんだ、過去の婚姻歴とか――」

「それこそ聞かせてよ」

「赤の他人がメモを取っている目の前で、そんな話ができると思う？」

「ぼくだったら平気だな」

「聖職者の仕事については、自習してもらうしかないな。さあ、ていねいに頭を下げていうから、消えてくれ」

セオは窓の外を見た。「村へ行こうかな。何人かの家に行って、ダニエルの評価をきいてみようかな」

「いいんじゃない」いってからすぐに後悔した。過敏になっているニワトリの小屋に、イタチを放つようなものだ。

「じゃあ、行ってくる」ソファーから立ち上がった。

「犬たちを連れていっていい？」

ダニエルはちょっと考えた。「いや、やめといて」

「けち」

セオがいなくなると、コーヒーテーブルに陽光が落ち、母が生けておいてくれたシャクヤクが映えた。ダニエルの好きな花だ。固く丸まったつぼみがほどけていくさまが、すばらしい知らせにはちきれんばかりのように見える。ドアが閉まるなり、また開いて、オードリーが〈デイリー・メール〉紙を手に駆けこんできた。「ねえねえ、これ見て！」

墓地の門の前で撮られたド・フローレス一家の写真だ。ダニエルの祭服の袖が写りこんでいる。その下の見出しは、〈呪われたド・フローレス一族　殺人と結婚〉。

昨日、ド・フローレス一族の親類であるアンソニー・ボウネス氏が、六十平方キロメートルにも及ぶチャンプトンの領地内に埋葬された。一族の文書管理を担っていたボウネス氏が何者かに刺殺されたのは、先月のこと。ノルマン・コンクエスト以来一族が代々葬られてきた静かな教会墓地が、彼の終《つい》の棲家《すみか》となった。警察は捜査を続けている。

さて、一族の未来に目を転じてみると、現在の当主の嫡男であるヒュー・ド・フローレス閣下は、カナダの大平原で八平方キロメートルもの農地を耕している。葬儀に参列した彼が、婚約者を連れて再度帰省するのではないかと、もっぱらのうわさだ。〈チャンプトン・ハウス〉はカナダ人の奥方さまを迎えるのだろうか。イギリス貴族階級以外から嫁ぐ女性は初めてではない。現在のド・フローレス卿夫人、旧姓カーラ・ペトルッチは、イタリア出身だ。ド・フローレス卿の三番目の妻で、めったに姿を現わさず、シエナ近くの実家の邸宅に居住しているらしい。やがては〈チャンプトン・ハウス〉の屋根にカナダ国旗がひるがえるのだろうか？　一家の関係者によると、ヒュー・ド・フローレスはきょう、神父と族長会談の予定。婚礼ののろしが心待ちにされる。

ダニエルはため息をついた。「なんで知ってるんだろう？　ヒューがなにを話したいのか、そもそも話すことがあるのかも、まだ聞いていないのに。まいったな」

「ははーん」オードリーが目をきらりとさせた。「アレックスが文芸界隈の知り合いに話したんじゃない？　ダニエルを蚊帳《かや》の外に置いて、ずるいわねえ。それに神父ってなによ、司祭なのに」

どんな教会区でも情報は漏れる。だがここのような教会区はうわさの強力な震源地で、特に漏れやすい。理由の一つは、ド・フローレス家の身分の高さだ。チャンプトン住民だけでなく、新聞編集者もゴシップ記者もその動向を見張っている。そしてもう一つは、ここが小さいコミュニティだということだ。大きいコミュニティよりも小さい方が、情報の広まるスピードは速い。郵便局のカウンターもあれば、発達した情報伝達網もあって、邸と、本通りと、恥ずかしいことに牧師館とが結ばれ、外の世界へと電話でいち早くニュースが発信されているのだ。

これまでにも一、二度、母と気まずい話し合いをしなければならなかった。彼が慎重に扱うべきことがらについて、じゅうぶんに理解してもらえていなかったからだ。ところが母は、逆に彼を非難してきた。あまりに融通が利かない、うるさ方のいいなりになっている、さらには、みなが知る権利のある、場合によっては知っておくべき情報を、不当に秘匿している、と。他言無用と念を押された打ち明け話について融通を利かせる手立てはない、と反論したが、みんなよく考えもせずにプライバシーだなんだといいたいだけなのよ、と鼻で笑われた。「世間のみんなで共有すべきことを、お宝かなにかみたいにこそこそ隠して。そういうのを自意識過剰っていうのよ」お母さんの私生活のことを、ほかの人たちにぺらぺらしゃべってしまったら、どう思う？　ときいてみたが、それとこれとは話が別でしょ、そんなことをいってるんじゃありません、という返事だった。

「あらまあ、来たわよ！」オードリーが叫んだ。ダニエルのよりはるかに状態のよいランドローバーが家の前へ入ってきて、ぴたりと止まった。「正面玄関だわね！　まちがいない！　ウエディングベルなんだわ！」

ヒューはドアの前で足を止めた。普段着のジーンズ、セーター、カントリーブーツという、くだけた格好だ。イートン校卒業生にとっての母校のネクタイとおなじように、優秀な農業大学出身者にはこれがあたりまえの装いなのだろう。きのうのお仕着せのような喪服とくらべると、ずっと彼らしかった。

「ようこそいらっしゃい、ダニエルが待ってますよお！」オードリーが招き入れ、ダニエルの書斎のドアをノックした。

「どうぞ」ダニエルは立ち上がって迎えた。それをするためだけに、たったいまあわてて座ったのだ。〈涙のソファー〉を示したところで、〈デイリー・メール〉が目に入って、ぎくりとした。

「コーヒーをお入れするわね」オードリーがいった。

「もうご存じなんですね？」とヒュー。

「ええ、実は。すみません。母がけさ、郵便局の村議会で聞いてきてしまったんです」

「すぐ飽きられるネタですよ」

ダニエルは新聞をコーヒーテーブルからどけて机に置き、向き合ったひじかけ椅子に座った。「でも、ほんとうなんですか？　ご結婚のおつもりで？」

「そうです。ミシェルと。獣医なんですよ。家畜の種つけのときに知り合って」

「なるほど。参考になったでしょうね」

「あの、こういう話はやめときませんか？」

「もちろんです、そっち系は避けましょう」結婚しようという男女に向かって、末永く満足できる夫婦生活について助言をしたのは、いつが最後だっただろう。

「まずは、おめでとうございます。すばらしいニュースですね」

「ありがとうございます」

「手続きについても話し合わないといけませんね」

ダニエルはチェックリストに従って質問した。英国国教会で挙式する場合、牧師が役人の務めも果たすことになる。市役所が教会に出張所を設けているようなものだ。お二人の婚姻歴は？　ありません。新婦はカナダ国籍ですか？　はい。聖マリア教会で式を挙げる要件を満たしていますか？　これは少々ややこしかった。二人とも教会区の住民ではないが、ヒューは領地と称号の後継者なので、この土地につながってはいる。

「法的手続きのために、結婚許可証を申請しますね。問題なく取得できるはずです。それと、どんな式にしたいかも、いずれお聞きしましょう」一瞬、カナダの結婚式の伝統というのもあるのかな、と妄想した。丸太の上で踊るとか、谷底に叫んでこだまを聞くとか。

「一つ問題があるんですが」ヒューがいいにくそうに切り出した。「母の件です。それと、継母たちも」

現在のド・フローレス卿夫人であるカーラは、夫婦間の合意に基づいて〝海外生活〟を送っている。ほかに二人いて、最初の妻がヒューの母親であるド・フローレス卿夫人パメラ。いまはアーガイルのベジタリアン共同体で暮らし、フクロウ保護園を経営している。二人目のド・フローレス卿夫人ウェンディは、アトランタの悪趣味なほど裕福な不動産業者と再婚したが、箔がつくからといまだに貴族夫人を名乗っている。アノリアとアレックスの母親だが、〝母性愛で押しつぶすことはなかった〟とは、バーナードの言だ。

「その……フルメンバーで参戦ということですか？」

ダニエルはたずねた。

「どうなんでしょう。初めてのケースですよね、跡取り息子の結婚式に、ド・フローレス卿夫人が複数ラインナップされるなんて」

「お父さまのお考えは？」

「一人も来てほしくないのが本音でしょうが……そうあけすけにもいえず。どうするのが正解なんでしょう？」

「お母さまはもちろん呼ぶべきですよ。新郎の母として丁重に扱わないと。カーラも招待はしましょう、辞退してくれるのを期待して。ウェンディは……うーん、ウェンディも呼んだ方がいいのかもしれませんが」

「行儀よくしてくれるでしょうか？　三人が一堂に会したことはないんですよ」

「なんともいえませんが、みな行儀をわきまえているという前提で招待するのが、本来の形ですから」

「本来の形……」

ノックの音がして、応えもしないのにオードリーがおしりでドアを開けて入ってきた。「コーヒーですよお！」トレイを手に高らかに告げると、コズモとヒルダが大興奮で飛びこんできて、客人のひざの上に勝手に飛び乗った。

「コズモ！　ヒルダ！　下りなさい！」ダニエルが命じたが効果なし。ヒューは犬にも人にもおなじ反応だった——超然として興味を示さない。犬たちは一方的に熱狂したが、転がって腹を見せてもなでてもらえないと悟ると、空いていたひじかけ椅子へ納まった。

オードリーがカップとソーサーを手渡した。さらに、ビスケットの缶から出したショートブレッドと、上品に見せたくて半分に割ったユナイテッド・ビスケットの皿も。給仕が終わっても出ていかないのは、自分も話に加わる気満々だからだろう。「ご苦労さま」ダニエルはドアを身振りで示した。が、簡単に引き下がるオードリーではない。

「ニュースを聞いて、もううれしくて」といった。

「チャンプトンじゅうが応援してますからね」

ダニエルは顔をしかめてみせた。二度も。

「まだ公表したわけではないんですが」ヒューはうろんな目つきをした。「でも、ありがとうございます」

「いいお相手が見つかって、ほんとうによかったわねえ」ダニエルがもう一度顔をしかめた。「その方が、ここの平々凡々とした暮らしに、新しい風を吹きこんでくださりそうね」

「それはまだまだ先の話ですよ、クレメントさん」

「オードリーと呼んでくださいな」

「とり急ぎ解決しないといけないことがいろいろあって。たとえば、ド・フローレス卿夫人の扱いとか。それも三人分」

「たしかにねえ」オードリーは犬たちをひじかけ椅子から追い払って、自分が座った。わたしの出番だわ。

「お母さまはもちろん呼ばなきゃね。でもほかの方たちは、穏便に、断わらざるをえないように、招待するのがいいわね」

母は深入りしすぎだと危機感が募ったが、ヒューは一拍置いて、たずねた。「どうやったらいいんでしょう?」

「そうね、お母さまは問題なしでしょ――フクロウの巣作りのスケジュールとバッティングしないようにだけ、気をつけてね、そんなものあるか知らないけど。カーラの場合は、変更できない先約に日程をぶつければいいんじゃないかしら。どこに住んでるんでしたっけ?」

「イタリアだったと思います。シエナかな」

「競馬みたいなイベントがあるわよね?」

「パリオですね」

「いつなの?」

「七月と八月です。彼女も実行委員だかなんだかをやってるんですよ。自分の馬も出るから、参加は必須だそうで」

「だったら簡単。その期間に式を挙げなさいな、それしかないわ。で、ウェンディだけど……こっちの方がむずかしそうねえ、そうじゃない？」

　ダニエルは聞いていなかった。招待客ではなく、式の流れを頭の中でいじっていたからだ。新婦入堂の聖歌はなににしよう？　退堂のときは？　新婦の出身地にちなんだものにしたいが、モンティ・パイソンの『木こりの歌』しか思いつかない。あるいは、十九世紀カナダの陸軍士官候補生を描いたオペレッタの曲、『さらばかぐわしきパンプキン・パイ』か。小学校に変わった先生がいて、なにかと歌っていたのだ。どちらの曲も、祈禱書どおりの神聖な結婚式にはそぐわない。

「完璧ですね！」どんな言い訳をしても欠席が認められないような、アトランタ社交界の重要行事の日に結婚式をぶつけることをオードリーが提案すると、ヒューは声を上げた。

「それだけ社交界で熱心にやってるのなら、うまく行くわよ」オードリーは述べた。「予定はきっと一ヵ月前には決まってるはずよね。どうすればわかるかしら？」

「アノリアだな」ヒューはいった。「わかる人にきいてくれますよ」とても満足げだ。「いいコンビですね、ダニエルとお母さんは。二人で全部解決してくれた」

　自分と母親が、結婚式問題解決のコンビだと思ったことはなかったが、たしかに母はこの手のことがうまい。ベルグレイヴィア時代に母の手を借りられたら、花嫁やその母親の扱いがどれだけらくになっていたことだろう。

　と、そのとき、だれにも気づかれずに半割りのビスケットを四かけも食べてしまったコズモが、コピー機の横で吐いた。

29

ドーラとキャスもコーヒーを飲んでいた。〈花の喫茶室〉ではなく、村の真ん中を流れる小川のほとりの、小ぢんまりとした自宅の台所で。セオもいて、犬のスキャンパーの腹をなでてやっていた。王さまのようにへつらったところ、いちころで腹を見せてきたのだ。

「ずいぶんなちがいね」キャスはいった。「スキャンパーは先生が嫌いなの」

「先生じゃなく、犬たちが嫌いなんでしょ、キャス」

「そうなんですか？　おいこら、悪い子だなあ！」セオはさらに腹をなでてやった。「連れてこなくて正解だったな」

「連れてたら出入り禁止ね」

少々さびてぐらつくコンロの上で、コーヒーメーカーがコポコポと音を立て、姉妹の好みの濃くて苦いコーヒーが、噴泉のようにポットにたまっていった。

「でも、兄はこのコーヒーは好きだと思いますよ」

「町の教会の方がお好きなんじゃないかねえ。まるでカフェみたいでね、カプチーノ・マシンまであって、好みのコーヒーを出してくれるって」

「兄とはよく話をされるんですか？」

「しょっちゅうね」とキャス。「教会にちゃんと行ってるから。それにチャンプトンみたいな土地では、隠れたくても隠れられないからね」

「そうじゃなく、兄が訪ねてくるのかなと。牧師の仕事として」

「ええ、よくドアをノックしてくれますよ――ギル司祭とは大ちがい。ノックもなしで勝手に入ってくるんだもの、しまいにはやめてほしいっていったよ。お兄さんは……どういえばいいか……礼節をわきまえた人ね」

「母にいわせると、礼節がすぎるらしいです。争いを恐れて遠慮しすぎだって」

ドーラがまっすぐ見た。「お母さんがいらして、争う必要もなくなったのよ。お母さんがかわりに争ってくれるから」

「気づいてました」

ドーラはコーヒーを小さなカップに注いだ。「ステラ・ハーパーが長椅子を守る争いをあきらめたのも、どうやって仕向けたんだろうね?」

キャスが顔を向けた。「それは初耳」

「そうなのよ。郵便局でステラと話してたときに、お母さんが来られたの。長椅子の話になったら、ステラがあの冷ややかな笑顔を浮かべて、長椅子はもうどうだっていいって。お母さんも笑顔だったけど、感じよくはなかったね。あてつけみたいな。どういう手を使ったのかねえ?」

セオは肩をすくめた。「さあ。でも母らしいな」

キャスはまだドーラを見つめていた。「なんでいわなかったの?」

「なんでかな。いままで忘れてた」ドーラも肩をすくめた。「まあ、牧師ってそういうものね。争いごとになったら、反対の頬を差し出さなきゃいけないから、味方のだれかがかわりに争うんでしょうよ。ドルベン司祭もそうだった。あの人は長かったね。お兄さんも、ずっといてくださるつもり?」

「こんないい村を離れたいはずないですよ」セオはドーラがすすめたコーヒーを飲んだ。小さな家だが、狭苦しくはない。ド・フローレス家の使用人の住まいとして、十七世紀に建てられた団地の一軒だ。いまも元使用人や元小作人が多く居住している。屋根を葺き替えるなどの改装を、ド・フローレス家がときたま行なっていた。

ノックの音に続いて、裏口のドアが開き、どなる声が聞こえた。「すみませーん」

「いいよ、入っておいで」

ネイサンとアレックスだった。二人とも、セオを見て驚いている。アレックスは、薄汚いソーホーで見かけた人物と、シャーマン姉妹の台所がまるで結びつかなかったから。ネイサンは、担いでいる袋の中でなにかがうごめいていたから。スキャンパーが駆けていってその足もとに座り、しっぽをできそこないのプロペラかと思うほど激しく振った。

「こんちは、セオ。お元気ですか?」

「ばっちりだよ。今度の役のリサーチ中なんだ——こちらのお二人がものすごく助けになってくださって」

ネイサンはセオを見て、それから目をそらした。

「この人はだいじょうぶだから」ドーラがセオを指していった。「密告なんてしないよ」

「約束のウサギを捕まえたんです、でかいですよ。飼うんですか、食っちゃうんですか?」

「ちょっと見せてごらん」

ネイサンは袋を開け、アナグマほどもあるウサギの首をつかんで取り出した。スキャンパーが吠え、ウサギは暴れた。

「うわ、かわいいな」アレックスがいった。

「食っちゃおう」とキャス。

「処理してきましょうか?」

「いいよ、こっちにもらう」

キャスはウサギを受け取ると、裏口から出ていった。

「じいちゃんが、映画のことで話を聞かれたっていってました」ネイサンはセオに話しかけた。

「まあね。今度演じる役のことで——牧師の役なんだ、うちの兄みたいな。教会区の様子をつかみたくてね」

「リヴァセッジさんちに行けば、しっかりつかめるよ」とドーラ。「ついでにウサギやキジやハトの一、二羽、持ち帰れるかもね。運がよければホエジカも」

「ホエジカ?」

「小型のシカだよ。そのへんを走りまわってる」アレックスが答えた。

「ああ、あれ。観賞用かと思ってた」

「食用だよ、観賞はしない。チャンプトンにはむかしからいるんだ。ベッドフォード公爵からうちの曾祖父が賜《たまわ》ったんだって。当時は庭園にありとあらゆるシカがいたんだ、アカシカから、ホエジカから――全部食用だよ。いま食べないのは、ハクチョウとクジャククらいかな、むかしは食べてたけどね」

「シカの数は抑えとかないと」ネイサンが説明した。「増えちゃうと手がつけられないから。ほしいなら、じいちゃんがさばいてあげるけど」

セオが窓の外に目をやると、ちょうどキャスが小さな納屋の前で、太ったウサギの首を麺棒で手際よく殴りつけるところだった。ウサギは硬直し、それからぐったりしした。

30

消化途中のユナイテッド・ビスケットを書斎のじゅうたんから取り除いたところで、ダニエルはアン・ドリンジャーの姿を目にした。戸別訪問をするエホバの証人のような、思い詰めた表情で歩いてくる。

「ダニエル、ちょっとお話ししたいんですけど」

「いいですよ」仕事の話か、おしゃべりか？　一瞬迷ったが、この態度は前者のようだ。書斎に招き入れると、まだヒューの重みでへこんでいるソファーに、おどおどと腰かけた。

「どういったことでしょう？」

「元気にされてます？　ほんとうにつらい日々ですけど、どうやってすごされてます？」

「お気づかいありがとうございます。わたしは、まあ無事ですよ。そちらはいかがです？」

「震え上がってます、ほんとに恐ろしくて」そこで口ごもった。「お話ししなくちゃいけないことがあるんです」

「お聞きしましょう」

「事件の日のことなんですけど。きょう、ふと思い出したんです。関係のあることかどうか、ご意見をうかがいたくて」

「なるほど」

「ノーマン・スティヴリーを見たんです。小川の脇を、急ぎ足で、教会の方から歩いてきました。ちょうど事件が起きた時間帯です、ラジオで『週の終わりに』をやってたから、土曜の七時半ごろです。変わった様子はなかったんですけど、ただ、急いでたようで、なぜか気になって」

「なぜ、いまになって？　警察の聴取は受けられたんですよね？」

「もちろんです。でもそのときは思い出さなかったんです。きのう、彼がお店の前を歩いてて、足がもつれそうな歩き方を見て、それで思い出したんです。いつも落ちついた人なのに、なんだか妙で、それをステラに話していて、思い出したんです。どうしたらいいでしょう？　ノーマンに迷惑かけたくないし、たいしたことじゃないのかも……」

「警察に話した方がいいです。すぐに」

「先生から話していただけませんか、あの感じのいい刑事さんとお知り合いだし……」


その後もう一人客が訪れた。こちらはお茶の約束に、ほとんど人目を引かずに現われた。家の前に停まったのは、まごう方なき主教の車、黒光りするローバー・スターリング。セオの小ぶりなゴルフと並ぶと、まるで喪に服すヴィクトリア女王のようだ。運転席がガラスで仕切られているのはストウ教区独特の古いならわしで、運転手を務める主教座聖堂付司祭《チャプレン》との会話に教区の責任者がわずらわされないためだ。

　主教が訪ねてくるなど、ろくなことにはならない。やんごとなきお方がやんごとなき用件でやってくると知り、オードリーは全力でさりげないおもてなしを取り繕った。〈花の喫茶室〉でくるみのケーキを高値で買い、銀のコーヒーポットを磨き、花祭りのためにとっておいた遅咲きのあざやかなチューリップ〈バレリーナ〉を摘んで、家じゅうに飾った。

　だが主教はダニエルに、殺人現場となった聖堂を内々で見たいと頼み、オードリーとセオが居間ではなく台所で、残った主教付司祭の相手をするはめになった。ギャレス・ナトール司祭は、すらりとして身だしなみもよく、上役とは大ちがい。お手洗いをお借りしたい、とことさら慎重な発音でいった。犬たちが興味津々で廊下へ追いかけていくと、セオはいった。「信じられない。スロープ司祭が実在したんだ」

　オードリーもおなじことを考えていた。アントニー・トロロープの小説『バーチェスターの塔』で、バーチェスター教区の主教付司祭を務めるおべっか使いのスロープは、出版から百年以上たったいまも、聖職者像の見本というわけだ。「あの『お手洗い』とか『ギャレスとお呼びください』とかも、トロロープ的かしらねえ?」

「お母さんのファーストネームは教えないんだね」

「当然でしょ。『バーチェスター』のドラマはストウで撮影したのよね。プロデューサーが、一八六〇年代ふうに見せるにはどうしたらいいか、って教会にきいたら、『そのままで』っていわれたんですって」

　トイレを流す音が割れ鐘のように響き、ギャレスが台所に戻ってきた。まだ足もとにまとわりついている犬たちを、おしゃれすぎる黒い革靴でぞんざいに押しやった。セオはさっそく質問攻めにした。

「主教付司祭っていうのは、お世話係みたいなものですか？」

「いえ、お世話係とはちがいます。副官のような感じですね」

「部外秘の情報も全部知ってらっしゃるんですか？」

ギャレスは袖口の飾りボタンをいじった。「配慮が求められますので、ご容赦を」

「いずれは主教をめざすおつもりですか？」

反対の袖口をいじった。

ダニエルと主教は内陣に立ち、アンソニーの遺体が見つかった席の方を見渡した。

「厳しい戦いに苦労していることだろう」

「ありがとうございます、主教。どちらも受け入れがたいですね、行為そのものも、それが与えた影響も」

「どういうことだね？」

「二件もの殺人という事実と、そのせいで表に出てきたことがらと」

「ああ、それか。いや、わたしが考えていたのは、改修の件だよ」

長椅子を減らしてトイレを作る計画を、忘れかけていた。あの提案にみなが騒然となったのが、遠いむかしのように思える。

「〈神のさらなる栄光のため〉（イエズス会のモットー）に場所を空けてくれればいいのになあ」

「その件はすっかり忘れていました。でも、どうしてご存じなんです？」

「なんでも知っているさ。大聖堂の長椅子を減らす話の方が、よっぽどうまく進んだな。参事会員たちを説き伏せるだけでよかったから――従順にはほど遠いが、これには珍しく同意してくれたからね。歴史保存団体が文句をいったが、いつものことだ。今度、信者を連れて大聖堂へ来なさい。成功例を見せるといい。参考になるんじゃないかな？」

「どうでしょうか。ああいうことが起きたので、しばらくはなにもせず、完全に放置するのがいい気がするんです。通常業務だけにして」

「前へ進まないわけにはいかんよ」

「おなじことを、わたしも反対派の教会区民にいいました。真っ向から反論されたんですが、いまになって、彼女のいうとおりかもと思いはじめています」

「そりゃあ、こういう不愉快な事態に直面して、そう思うのも無理はない。だが、ときとともに変わるよ」

「そうですね。犯人が捕まれば好転するでしょう」

「まったくだ。最後にはたいがい捕まるものだよ。さて、そろそろお茶をいただこうかな?」


主教が裏口から台所へ入っていくと、ギャレスはほっとした顔になった。ダニエルと主教が書斎へ移動するとついてきたが、座る場所を探していたときに主教がいった。「ご苦労さん、ギャレス。もういいよ」


「かしこまりました、臺下《だいか》」そっと部屋から出ていった。

「あの敬称はやめてほしいんだがね。わたしを呼んでいるんだと気づくまで、一、二日はかかったよ」

「やめろとおっしゃればいいのでは?」

「そうなんだが、彼はルール遵守のたちでね。軽蔑されそうでいえないんだ」


主教は〈涙のソファー〉にうずもれそうになっていた。自分の椅子をすすめればよかった、と後悔した。その方が座りやすかっただろうし、主教が教会に来たときには、大祭司イエスのためのいちばんいい椅子に座ってもらうことになっている。臺下呼ばわりをいやがってはいるが、本心はわからないし、事実、彼は由緒正しい血統だ。父親も主教で、英国国教会におけるエリート校カデストンで神学を学び、すぐに聖職者按手を受けた。主教付司祭を務めたのち、ケンブリッジ大学の学生監や母校の校長を経て、ストウ教区の最高位まで、苦もなく地位を上げていった。しかし、そうした略歴より、実は多面的な人物でもある。ケンブリッジとオックスフォードの両方で研究し、新約聖書の二世紀の文体の変遷については、世界でも右に出るもののいない権威だ。その一方で、大学スポーツの元スター選手でもあり、ラグビーとボートで活躍した。長年の研究中心の生活で、若いころの引き締まったスポーツマン体型は、ふくよかになってしまったが。

彼はよっこらしょと体勢を変え、いくらか塩梅《あんばい》よく落ちついた。

「で。調子はどうかな?」

「おかげさまで元気にやってます」

「お母上も元気いっぱいのご様子だね」

「そのとおりです」

「いろいろあって、心を痛めておいでだろう」

ダニエルはちょっと考えた。「そうでもありません。むしろ楽しんでいるようです」そういって笑みを浮かべた。

「きみはどうなんだ? かなりの重荷だろう」

「なんとかなるものです。ほかに道はありませんから」

「教会区の様子は?」

「不穏で、不安定で、不安に満ちています。仲間が二人も殺されると……揺らぎますね。はっきり意識しているかはわかりませんが、犯人は村のだれかだと、みな感じています」

「ほんとうかね?」

「そう思います。証拠だけを見れば、通りすがりのサイコパスという可能性もあります――そう考えたい人もいます――が、感覚で、信念で、村のだれかだとわかるんです」

「なぜ?」

「まだわたしに見えていないだけで、すべてに説明がつくストーリーがあるのだと感じるからです。キリストの誕生前にイザヤ書を読んだ人も、こんな気分だったのかもしれませんね。指し示している方向はあるのだけど、最終地点は見えない」

ドアが大きく開き、オードリーがお茶の一式を運んできた。ギャレスがケーキを持って続く。

「これはどうも」主教はいった。「なんともおいしそうなケーキですなあ」

「クレメントさん、切り分けて配りましょうか?」

「だいじょうぶだよ、ギャレス」と主教。「自分たちでやるから」

ギャレスは一瞬固まったが、オードリーにそっと促されて出ていった。

「お茶をどうぞ」ダニエルが注いだ。

「聖書というのはなかなかわかりにくいものだね。ユダヤ人がイザヤ書を読んだら、当然まるでちがう解釈をするだろうな。われわれは、クリスマスのたびに読んだり歌ったりしているから、物語がすっかり刷りこまれているけれどな。きみは、ヘブライ語にくわしかったかな?」

「いいえ」

ダニエルはケーキを切った。ねっとりとして、風味豊かで、それでいて軽いケーキだった。

「わたしもそちらは苦手でね。若いころ、ギリシア語もヘブライ語も習ったが、神学校ではギリシア語とラテン語ばかりだった。ギリシア語がいちばん性に合ったな――それで問題解決の方法も身についた」

いかにも熱心そうにうなずいてみせた。

「細部はもちろん大事だが、一歩下がって全体を見ることも欠かせない。いまでも覚えているが、『エフェソの信徒への手紙』について、じっくり研究したことがあるんだ。どの訳が古くて――ごくわずかなちがいなんだが――なぜ変更されたのか、謎が多くてね。図書館に居座って格闘していたら、となりに来たのが、聖書神学が専門の学生でね、『コロサイの信徒への手紙』を研究していた。承知のこととは思うが——」ほんとうに学者っぽいな。「——『コロサイ書』と『エフェソ書』には密接な関係がある。そこでいっしょにパブへ出かけて、議論したんだ。すると、彼もわたしも、『コロサイ書』や『エフェソ書』に自分の思うとおりのことが、思うとおりの書き方でのっているはずだ、と考えていることがわかった。彼が手紙を基礎として壮大な枠組みを築こうとしているので、不安定すぎる、無理だ、とわたしは反論した。彼はわたしのことを、そんな細部にばかりとらわれているのは、一枚の楽譜をにらんで音の周波数を割り出そうとするのとおなじだ、と批判した。ここまではわかるかな？」

ダニエルはうなずいた。先にケーキを食べはじめては失礼だから、主教が口に運ぶまで待たないといけないかな？

「そうこうしているうちに、ひらめいた。一歩下がって、細部ばかりでなく全体像を見てみたんだよ。そうしたら、問題はどの文体が古いかではない、とわかった——そんなことはさほど重要ではない。原文を確定したいというなら別だが、そもそも原文とはなんだ？著者が——ちなみにパウロではないよ——書いたままの文か？ 初稿ということか？ 最終稿か？ 現地の教会へ送られた文章か？ 聖書に採用された文章か？文体にこだわるのをやめたとたん、ぱっと目の前が開けて、もっと興味深い課題が見えてきたんだ。これを読み、保管し、後世に伝えたのは、なにを重要と感じたからだろう？ とかね」

そこでようやく、ケーキをひと口かじった。

「アルキロコスは、人間をキツネとハリネズミにたとえていますね」ダニエルはいった。「キツネは多くのことを知っているが、ハリネズミは大事なことを一つだけ知っている。両方にはなれないんですね」

「おそらく、ハリネズミはキツネ的に、キツネはハリネズミ的にと心がけるべきなんだろうな。一歩下がってみたまえ、ダニエル……しかし、このケーキはこの上なく美味だね」

なにをいわんとしているのだろう？

答えはすぐに出た。

「われわれも一歩下がって、教区全体を見てみたんだよ。長所短所を見すえた上での、教会区の再編案について話し合いたくてね」

カップの中身が急に冷めた。

「教会区の再編ですか？」

「そうだ」

「チャンプトンと別の教会区が合併するんですか？」

「別のいくつかの教会区だ」

青天《せいてん》の霹靂《へきれき》だった。ありえない。しかし――一歩下がって考えてみれば――教会区の合併は最近の流れだ。小規模な教会が増え、人材不足も財政難も深刻化している。チャンプトンもその一つにはちがいない。いや、ここはちがう。チャンプトン聖マリア教会を、ほかのどこかと合併などできない。ここにかぎっては、教会と村人の暮らしは強く結びついていて、よそとはいっしょになれない。そんなのは、セイウチとピラミッドをつがわせるようなものだ。それに、バーナードが許さない。ド・フローレス卿に向かって、牧師を独占できなくなると告げる主教は、よほどの胆力が必要だ。

「いくつかの教会区？」

「うん。モーリス・レッジが引退するだろう？　そうすると、バドサドル両教会区が空席になる」

アッパー・バドサドルとロウアー・バドサドルは、チャンプトンの北に接している。ウランバートルと大差ない。

「整理しなければならない手順はいくつかあるが」主教は鷹揚な顔つきをしてみせた。「チャンプトン聖マリア教会と、アッパー・バドサドル聖トマス教会と、ロウアー・バドサドル聖カタリナ教会の牧師を、兼任することを考えてもらえんだろうか？」

その響きが彼の心を一瞬とらえた。ほんの一瞬だけ。

「わたしを候補に挙げてくださって、光栄です。手順というのは？」

「地元の有力者との交渉などだ。ここのド・フローレス卿は、きみに頼む。アッパー・バドサドルの地主はわたしが担当しよう。ロウアー・バドサドルは、ケンブリッジのセント・アルフェージ・カレッジが窓口だ。わたしの出身カレッジでね。どちらの領主も話のわかる人だよ。そこでだ、ド・フローレス卿は話をわかってくれるだろうか？」

「ご本人は、話がわかると自負しています。ただ、そうは感じられないかもしれません」

「むむ」

「ド・フローレス家は何百年ものあいだ、教会を支えてきました。バーナードもとても真剣に向き合っています」

「そうか？」

「そう思います」

「三度も結婚しながら？」

「人は過ちを犯すものです」

「まったくだな。しかし正直なことをいうと、有力者が教会の屋根の補修を援助して、見返りに自分の私生児の洗礼を求めるというような時代は、もう遠い過去だよ」

大聖堂のオルガンの修繕が必要になったときに、バーナードの援助を遠慮なさったような記憶はありませんが、と思ったが、口には出さなかった。

「ド・フローレス卿も――われわれも――現実と向き合わねばな。彼にとっては向き合いたくない現実だろうとは思うが、だからこそきみにまず話したんだよ。洗礼者ヨハネのように、先駆者となってもらえないかとね」

わたしのことなどほとんどご存じないのに。「正式な通知は主教からいただけないでしょうか？　あるいは大執事から?」

「追ってそうしよう。だが、きみが持ち前の巧みな交渉術を発揮してくれたら、これまでと同様、たいへんに恩に着る。聖書にあるように、荒れ地に広い道を通してもらえないか?」

「わかりました、ド・フローレス卿に伝えましょう」

「よかった。ときに、ここ最近の苦労に心身をすり減らしてはいないかな? きみと、ここの人々を、つねに祈りに覚えているよ。助けがいるときには、ためらわずいってくれ」

ピンと来た。

「実は、お力をお借りできればと思うのですが」

「もちろん」

「第二の被害者のネッド・スウェイトのことです。彼の死が軽んじられているわけではないのですが、ただ、アンソニー・ボウネスの方が、当然ながら注目を集めていて、それで——おそらく——遺族は複雑な心境だろうと思うんです。アンソニーの事件のようにマスコミのターゲットにされることは、だれも望んではいませんが、ネッドの奥さんや娘さんたちにしてみたら、脇へ押しやられたような、ネッドの死にきちんと目を向けてもらえていないような気分ではないかと思います。検屍がすんで、遺体が戻ってきますので、葬送式の準備をしているのですが、もし主教ご自身が式を執り行なってくださったら、遺族にとって——それに、困難なときをすごしている教会区全体にとっても——たいへんななぐさめになると思うのですが」主教の笑顔が、ほんの少し引き締まった。「もちろん、ご都合がつくようなら、ですが。お忙しいのは承知していま す」

「どんな地位にあろうと、わたしの本質は牧者だよ。望まれているのならば……」

「ええ、心から望んでおります」

「……それなら、喜んで引き受けよう。くわしい相談は、ギャレスとしてもらえるかな？」

「感謝いたします、主教。式の後、会食にも出てくださいますか？　ド・フローレス卿が主催してくれる予定です。いつも豪華なバイキングなんですよ」

31

ギャレスの足がクラッチペダルから離れるより早くガラスの仕切りを上げながら、主教の車は去っていった。ダニエルはすぐには邸に駆けつけなかった。何本か電話をかけ、低位の聖職者から見た高位の聖職者について弟と七面倒な会話を交わし、説教の原稿を書くと言い訳をした。セオの車が出ていく音を聞いてから、ようやく邸に向かって歩き出した。庭園を抜け、厨房に入っていくと、家政婦長のショーリーさんが机から顔を上げた。

「だんなさまにご用？」

「そうなんです」

「書斎におられますよ。お知らせしましょうか？　いまお客さまなの。先生の仲よしの刑事さんですよ」

ニール・ヴァンルーがバーナードになんの用事だろう？

「お願いします」

機能的な電話から受話器を取り上げた。電話にはボタンがずらりと並んでいて、厨房と邸内、さらに領地内の各所とをつないでいる。机の背後には奥行きの浅い戸棚。扉が開いていて、何百とはいわないまでも、何十という鍵がフックから下がっているのが見えた。この様子だと、クリケット観戦席や、浴場や、芝刈り機の倉庫や、私宅礼拝堂や、玄関を開けるためには、まずは鍵の保管場所を鍵で開けて……

「だんなさま、牧師先生がお見えです……承知しました、だんなさま」受話器を戻した。「いまおいでください、だそうです。行き方はわかります？」

ダニエルは迷いそうになりながら、厨房側の端と居室の一画とを結ぶ、薄暗い廊下を進んでいった――シンプルなドアのむこうに豪華な部屋があったり、そうでないドアの先に廊下が続いていたり、すんなりとはたどり着けない。どうにか談話室を見つけ、そこからバーナードの書斎に出た。バーナードとニール・ヴァンルーは、机に積み上げた書類を見ていた。

「おいで、ダン。一杯どうだ？　刑事さんは相手になってくれないんだよ」

断わってはいけない気がして、ウイスキー・ソーダをもらった。バーナードはそれに合わせて一杯目を空け、おかわりを注いだ。

「ヴァンルー巡査部長がアンソニーの文書を返してくれたんだ。殺された日に調べていたやつを」

ダニエルはニールに向き直った。「なにか明らかになった？」

「見たところなにも。主に百年くらい前の労使関係の書類だね。仕事の一覧とか」

「アンソニーは、うちの黄金時代を調べていたんだな。

大英帝国女王ヴィクトリアの時代」とバーナード。

「数えきれないほどの使用人、大がかりな狩り、庭師にその見習いに馬丁。一般公開の展示企画になりそうだな」

帳簿や目録や一覧と、実際に生きてそれらを生みだした人たちの物語には、隔たりがあるように思えた。ほとんどは名もなき人たちで、後世に残したものもない。かろうじて、給与明細や職務記録、ひ孫あたりのおぼろげな記憶に、痕跡があるだけだ。

「ダニエルの話というのは？」

「主教が先ほどいらっしゃったんです」

バーナードはぽかんとした。「しゅきょう？」

「この教区の主教です。お伝えすることがありまして」

ニール・ヴァンルーが立ち上がった。「そろそろ失礼します。ダニエル、あとで時間があったら、少し話せないかな？」

「いいとも。牧師館で待っていてもらえる？　母にいえば入れてくれる」

「わかった」

バーナードはじりじりしているようだ。「刑事さん、玄関までお送りしよう」

二人が出ていくと、机にのっていた帳簿をめくった。布張りの装幀で、それぞれの仕事分野がはんこで押されている。〈厩舎〉〈木工所〉〈執事〉〈家政婦〉。手書きの文字は、流れるように美しく、読みやすい筆記体だ。コンピュータがこれから普及していくと、このような技術は廃れてしまうのだろう。ライマン文具店で見た機械を思い出した。キーボードで打ったことばが画面に現われ、まちがいを直した上で、タイプライターのように見栄えよく印刷することができる。手が出ないほど高価だったが、じきにみなあれを使い出し、手書き文字の個性とか、味とか、飾りとか、余白とかは、顧みられなくなるのだろう。

厩舎、馬房――改修
教会家具――新調
奥方さま読書室の机――新調

奥方さまの読書室というのは、啓蒙に熱心だった先祖の試みだ。線路工事の人夫たちが、給金を食事や暴力沙汰で無駄づかいしないようにと、パブを閉鎖させて作った。だが本が酒に勝てるはずもなく、あっという間にパブは再開し読書室は使われなくなった。

バーナードが戻ってきた。「刑事さんは、きみになにを話したいんだろうな？　聞き出そうとしたんだが、頑として口を割らないんだ」

「見当もつきませんね」

「わたしはつくぞ。ノーマン・スティヴリーが警察に呼び出されたんだ。なぜだと思う？」

「さあ」

「アンソニーと最後に会ったからだ。事件の夜、教会で。言い争いをした後に帰ったといっているらしい。そうしたら、アンソニーの遺体が発見された、と。ご立派な議員どのは、事件と関係あるとは思っていなかったんだと。むかしからうさんくさい男だ」

ダニエルは黙っていた。

「一族みんなうさんくさいな――父親も祖父もそうだった。うちで働いていたんだ。ノーマンの奥さんの家族も。だがやめていった。おやじはなにもいわなかったが、なにか事情がありそうだった。おふくろはあしざまにいっていたし」

話しながら、もう一杯注いだ――三杯目か？「で、主教の話は？」

「お気に召さないとは思いますが」

そのとおりになった。まったくお気に召していないことは明らかだったので、反論をはさませないように話した。主教がそれとなく名乗りを上げた、ネッド・

スウェイトの葬送式の件までは。「つまり、主教はこちらのいいなりです。少なくとも、恩義はあるはずです。そして、みながそれを目撃するわけです」

「あのあほ野郎め！　わたしの権利をないがしろにする気か？　うちはずっと、ええと、ばら戦争の時代からずっと、ここの地主なんだぞ！　あのくだらないオルガンだかなんだかのために、一万ポンドもくれてやったのに！　それでこの仕打ちか？　断固抗議すると書きまくって送りつけてやる」

「ちょっと待ってください。落ちついて考えましょう。主教がチャンプトンとバドサドルを合併しようという理由は——」

「バドサドルだと！　チャンプトンとバドサドルを比べてもらっちゃ困る。あっちは議会派だったじゃないか！」

「バーナードが同意されないなら、この話は進められないと思います。先は長いですし、わたしの知る主教なら、めんどうな事態に陥ればやる気を失うでしょう」

「ではめんどうになってやろうじゃないか」

「そうです。手始めはネッドの葬送式です。今後も変わらぬご配慮とお導きを、とひとことあいさつを述べるのは、至極まっとうだと思いますね」

バーナードも納得した。

「うん、いい計画だ。で、ネッドの葬送式はいつなんだ？」

「ジェインと娘さんたちのためには、アンソニーの葬送式から適度に間隔を空けた方がいいと思います。検屍は終わりましたから、準備は始められます」

「五日でも適度かな？」

「確認します。火葬場の空き具合によるので。ネッドは、故郷の谷への散骨を希望していたんです」

帰ると、ニール・ヴァンルーが書斎で待っていた。

オードリーが獲物を狙う肉食獣のように、うろうろしている。だがニールは質問には答えず、むしろ発する側だった。冗談をいわれれば冗談で返す。ダニエルも登場すると、母はしぶしぶ台所へ引き下がるしかなくなった。「いるものがあったら、大声で呼んでねえ！」閉まったドアに向かっていった。

「どうしたの？」ダニエルはきいた。

「署でステイヴリー議員を取り調べたんだ。いろいろ話してくれたよ」

「聖堂にいたって？」

「うん。アンソニーに会いに来たそうだ。パブから聖堂の戸締まりに来たのを見て、入っていった。だれにも見られなかったようだ。アンソニーは祈っている最中だったが、声をかけ、迫った」

「なにを迫ったんだ？」

「アンソニーは古い文書の中に、ノーマンの知られたくない事実を見つけてしまったんだ。会計記録なんだけど、ド・フローレス家から彼の父親に、当時としてはかなりの金額が支払われている。運転手をやめたときだ」

「口止め料？」

「うん、多額のね。どうも、ド・フローレス卿のおばさんをおおいに辱《はずかし》めることをしたらしい。で、一族は口外を恐れて大金を支払った。その金でやっかい払いしたつもりだったのに、父親はブラウンストンベリーでガソリンスタンドを開いた。おまけに、どういうわけかお邸とも取引を始め、そのうちにノーマンとドットはチャンプトンに住まいをかまえ、さらには、ノーマンが熱心な保守党員として地方議員に当選した。ド・フローレス卿との縁はいよいよ切れない」

「ノーマンも気分が悪かったろうな。自助努力と、強力なサッチャー支持とで成功を手に入れ、大英帝国勲章もまちがいなしなのに、その基盤が実は少々後ろ暗いものだと、なにかにつけ思い出す」

「そのとおり。世間に知られてはいけない。そこでアンソニーに口止め料を持ちかけたけれど、受けてもらえなかった」

「それで?」

「あきらめて聖堂を出たといっている。家に帰ったと。後になって、パトカーのライトが見え、だれかからドットに電話がかかってきて、事件を知った。それ以来、気が気でなかったらしい。どう思う?」

「動機と機会か……でも、ちがうと思うな。ノーマンはえらそうではあるけれど、人殺しではないよ。それに、ネッドの件は?」

「同感だ。でも、聴取に応じてくれたのは彼だけじゃないんだ。ネイサン・リヴァセッジもだ」

「ネイサンが? どうして?」

「ハンプシャー警察から、彼の情報が届いたんだ。強盗歴がある。おばあさんを殴り倒して年金を奪った輩《やから》がいた。ジョー・ブルーエットという容疑者が浮上したが、行方がわからない。ブルーエット家とリヴァセッジ家は縁続きなんだ。何代も続くロマの家系だ。ジョー・ブルーエットとネイサン・リヴァセッジは、おそらく同一人物だろう。ネイサンがチャンプトンに来たのはいつだった?」

「覚えてないな。わたしが来た直後だった。六、七年前かな?」

「合致する。それに、祖父の方も。波乱万丈の人生だな」

「そう聞いてる」

「どんなことを聞いた?」

「若いころはプロボクサーだったって」

「そう。お祭りなんかの、違法な素手の殴り合いのことだろう。その後借金の取り立て業を始めた。うわさでは、取り立て以上のこともやっていたとか」

ダニエルは反応しなかった。ニールはそれを確認してから、続けた。「アンソニーとネッドがネイサンの過去を知り、エッジーが孫を守るために二人を殺した、という線はありうるかな？」

「アンソニーとネッドが、ネイサンのなにかを知ることは、ありうると思うよ。でも、エッジーが殺したとは思えない」

「どうして？」

「おかしい」

「エッジー像としておかしいと感じる？」

「合わない」

ニールはじっと見て、なにかたずねようとしたが、やめた。考えてから、口を開いた。「なにもかも聞かせてもらえていないような気がするんだけど」

「なにもかも聞くことなんてできない」

「そういう意味じゃなくて」

この流れは避けたかったが、いたしかたない。「まず確認してからだ」彼はいった。「それまで待ってもらえないかな？」

「ばかいうなよ」

「わたしを信頼していない？」

ニールはまた見つめた。「しているよ。でも、殺人捜査でそれは関係ないんだ」

「その信頼に基づいて、この話の続きは後にできないかな？　三十分でいいんだ――そのくらいいいだろう」

「ずいぶんな頼みだな」

「わかってる」

ニールはため息をついた。「三十分だけだぞ」

「ありがとう」

彼を残して書斎を出た。鍵束の音を母に聞かれまいとしたが、犬たちが聞きつけて母に知らせてしまった。

「ダニエル？」

「なに？」

「ノーマンのこと、聞いたわよ。チャンプトンじゅうに広まってる。彼がやったの？」

「その話はできない」

「ノーマン・スティヴリーが殺人犯だなんて、ほんとうなら腹を切ってみせるわよ。でも切らずに、お夕食はダニエルの好きなキドニーのシェリー煮込みを食べましょ。セオが、デニスのお店まで行ってきてくれたの」

デニスのキドニーと、甘くて風味豊かなシェリー酒。生きて帰ればなつかしの好物が待っていると思うと、殺人捜査妨害の罪でくさい飯を食わされるかもという心配が、頭から吹っ飛んだ。「もう少し後でもいいかな？」

「たぶんね。セオはまだパブにいるみたい」窓の外の、ゴルフと並んで停まっている車に目をやった。「刑事さんは残られるの？」

「書斎にいるけど、ほんとにすぐ戻るから」フックからコートを取った。

玄関ドアを閉めるときに、オードリーの大声が聞こえた。「刑事さん、めでたく解決しそうなのかしら！」

32

冷えてきたのでコートの前を閉じ、歩いていった。

エッジーは、アレックスと孫のことをどこまで知っていたのだろう？　明るみに出たら、どこまで耐えられるだろう？　時代は変わったのだといったところで、エッジーの価値観では男性どうしの関係は受け入れられないだろう。それに、アレックスとロマの若者を、バーナードが祝福するとも思えない。アンソニーは気づいていたのかもしれない。蛇《じゃ》の道は蛇《へび》だから？　裏の事情があったから？

それ以上考えたくなかった。かわりに、かつて小屋を訪ねたときにエッジーが唐突に語り出した過去について考えた。良心の呵責すら感じずに水に流していた過去の行為が、いまになってさいなむのだと。南イタリアの町で始末した男性の話もしてくれた。背後から近寄り、左手をひたいにあててそっとのけぞらせ、のどをかみそりで切り裂く――息を漏らしのどを鳴らして、生命が抜けていく。成人男性ではなく、ただのティーンエイジャーだった。その驚いた顔が、ネイサンと暮らしはじめて以来、脳裏にちらつき、夢の中ではネイサンの顔に変わっているのだと。

「自首なさっては」とすすめたが、エッジーは笑い飛ばした。

「しやしませんよ。良心をなだめたいだけで、他人に首を突っこまれるのはごめんです。それに、古い話といっても、わしの顧客たちは忘れておらんでしょうから」

「それでしたら、わたしが心の平穏を与えることは不可能です」

「じゃ、あきらめましょう」

「それなのに、なぜ話してくださったんですか？」

通りの果てまで行くと、邸への私道に切り替わる。境界には、錬鉄と金めっきの無駄に立派な門が建っている。二列の花輪のあいだには、ド・フローレス家の紋章。なんにでも所有者の印をつけるのが好きなんだな。蔵書票でもハンカチでも。紋章でなければ、判じ紋の花輪。ノルマン語系のド・フローレスという姓を、うまく表わしている。

ワシの像がのった巨大な門柱の右側に、味もそっけもない柱が立っており、ランドローバーの窓の高さにキーパッドがついていた。腰をかがめ、目をこらしながら、番号を打ちこんだ――ノルマン・コンクエストの一〇六六。ウィーンと音がして、門がゆっくりと開いた。だが、邸へは進まず、北側の番小屋の前で足を止めた。アレックスの昼間の居室だ（夜はバスルームと寝室のある南側の番小屋ですごす）。ドアをノックした。

アノリアが出てきた。「こんにちは、ダン。中にいるよ」

アレックスは、リビング兼アトリエのソファーに寝転がっていた。モダンダンスのイサドラ・ダンカンと、パンクバンドのスージー・アンド・ザ・バンシーズの、中間のような服装だ。腹の上にのせた皿から、動物の睾丸にしか見えないものを口に運んでいた。

「アレックス、お元気ですか？」

「いや」

「お話があります」

「なんの話？」

後ろからついてきたアノリアを振り返った。「二人で話をさせていただくわけにはいきませんか？」

「いきません」

いやな展開だ。「アレックス以外には話しづらいのですが」

アレックスが口を開いた。「姉貴は話しづらくないから。乾燥トマト食べる？」皿を差し出した。

「けっこうです」少し考えた。「ほかの方への配慮も必要ですから」

アノリアがいった。「二人は恋愛関係なんだよ、ダン。知らなかった？」

ダニエルはしばし黙りこんだ。「性的な関係だろうとは思っていました。それで、話をしなくてはと思ったんです。できるかぎり慎重に対処するとお約束しますが、捜査の過程で公《おおやけ》になってしまうかもしれません」

「そうだな」アレックスがいった。「いっそ公にしちゃえばいいか」

「法に触れることではありません」必死で頭を働かせた。「お二人とも成人ですし、過ちはだれにでもあります」

「過ち？」

「そうです。こういうことに対して、人は思うよりずっと寛大ですよ」

「ダニエルはどういう過ちをするの？　ロマの男の子と寝るとか？」

「いや、わたしの話ではなく、ただ念のため――」

「ぼくらは過ちなんかじゃない。恋人だ」

アノリアがきつい声でいった。「あのね、二人は何年も前からつきあってるんだよ」

アレックスが笑いをかみ殺した。まぬけと思われてるんだろうな。それから、笑っているのではなく泣いているのだと気づいた。

アノリアがそばへ行って手を取り、それからやさしく抱きしめた。彼は涙をぽろぽろこぼし、体を震わせてしゃくり上げた。「ほらほら、だいじょうぶだから……」

なにもいえなかった。アレックスとネイサンの関係を、中途半端にしか理解していなかったと猛省していた。背徳でも、戯れでもなく、真剣な恋愛だったのだ。

アレックスは泣きやみ、アノリアが渡したハンカチで涙をぬぐった。「あーあ、ひどい顔だろうな」それからダニエルをまっすぐ見た。「ぼくが彼を弄《もてあそ》んでると思ってた？」

「いえ」ダニエルは答えた。「……いや、思ってました」

「彼に襲いかかって、ゆがんだ性欲を満たすのに利用したって？」

「本気だと理解できていませんでした。ただ、人目をはばかる様子なので、なにかを恥じているのかなと思ったんです」

「恥じてなんかいない。用心してたんだ。パパに知れたら、どうなると思う？　エッジーだって。結婚式を挙げてド・フローレス家の後継者に、なんてとんでもない。リヴァセッジ家もおなじ。それに、村じゅう大喜びだよね。シッチェスへでも駆け落ちするしかなくなっちゃう」

シッチェスって、どこだ？

アレックスは続けた。「まあ、理解できなくても無理もないよ。実際、物陰でこっそりやったのが始まりだったからね。ぼくが誘ったのもほんとう。ロマの男の子ってだけで興奮したのもほんとう。でもそうやって、ただの体の関係を続けるうちに、突然、体だけじゃないって気づいたんだ」

「なにが変わったんですか？」

肩をすくめ、あっさりといった。「彼も人間だって気づいた」

「だれかに見られたことは？」

すぐには答えなかった。「ネッド・スウェイトに。浴場で添い寝してたとき、窓からのぞく顔が見えたんだ。ネッドだった。手もとにはいつもどおり、カメラと、ノートと、やじ馬根性さ」

33

ニールは書斎の窓辺で外を眺めていた。急速に長くなった影が、牧師館の芝生に落ちている。その先は、美しく整然と手入れされた庭園。けれども整然として いるのはうわべだけだ。振り返ってダニエルを見ると、自分の〈涙のソファー〉にしょんぼりと座っていた。

「エッジーが自供したそうだ」ニールはいった。「一時間前に出頭した」

「えっ、いや、そんな……ありえない」

沈黙、そしてため息。「ダン、自供したんだよ。動機も、機会も、ぜんぶそろってる」

「でも、やってない」

「アレックスがネイサンに言い寄った。従うしかなかった。仕事やお金の心配があったし、ひょっとしたら彼もゲイなのかもしれないし、あるいはただのひまつぶしだったのかも。アンソニーが見つけて、脅迫でもしたんだろう。エッジーがそれを知った。エッジーの流儀というものがある」

ダニエルは肩をすくめた。

「ネイサンから、アンソニーのことも、アレックスのことも聞いたんだろう。孫も自分も危険だ――評価、体面、地位、いろいろ絡んでくる。一般公開の後、アンソニーが聖堂に入っていくのを見て……」

「ノーマン・スティヴリーはどういうこと?」

「スティヴリー議員が出入りするのも見ていた。それでさらに不安を募らせた。彼もネイサンのことを知ってしまったのか? そう疑って、覚悟を決めた。聖堂に入り、アンソニーと向き合った。脅しをかけたら、すぐに吐いた。ノーマン・スティヴリーにはなにも話していないと。命拾いしたな。だがアンソニーは……

エッジーは剪定ばさみを見つけ、彼を殺した——いってたとおり、プロの仕事だよ——そして逃げた」

「ネッドの方は？」

「ネッドはアレックスとネイサンを浴場で目撃した。ネイサンがエッジーに訴え、エッジーが処理した。ネッドのカメラも彼が持っていて……」

「キヤノンAE‐1？」

「そう、キヤノンAE‐1だ。フィルムは入っていなかったけど、まちがいなくネッドのだ。名前のラベルが貼ってあった」

「ネイサンはなんていってる？」

「黙秘してる」

黄色いシャープペンを手に取った。なにか書こうとしたわけではなく、間がもたなかったから。ニールも愛用している、ぺんてるのSP〇・九ミリだった。

「もういいだろう、ダン。正式な聴取をさせてくれ。署まで同行してほしい」


大きく息を吐き出した。「いいよ、もちろん。ちょっと母に伝えてくる」

台所でオードリーは、血の色をしたキドニーに小麦粉をまぶしていた。この作業はわりと楽しい。ブルームの生じたプラムを思い出すから。疑わしげに眉を上げた。「まさか容疑者にされちゃったの？」

「そうともいいきれない」

「いったいどういうこと？」

「聴取に協力するということだと思う」

オードリーはエプロンで手をふいた。「セオはデニスのお店まで行ってキドニーを買ってきた。わたしはパブまで行ってシェリー酒を買ってきた。ダニエルの好きなお夕食を作るためにね。刑事さんと話をさせなさい」

「それはやめてほしいな」

けれど、オードリーはすでに戸口にいた。コズモとヒルダが、助太刀《すけだち》をするかのようについていった。

「刑事さん、どうしてもうちの夕食の邪魔をしようとなさるのは、どういうわけかしら。うちの息子は犯人じゃありません、お門《かど》ちがいもいいところ」

ニールは答えた。「クレメントさん、これは殺人事件の捜査なんです」

犬たちは彼とダニエルを見比べた。

「行こうか」ダニエルはいった。犬たちはしっぽを振った。どこかへ行くと聞くと、都合よく解釈して期待してしまうのだ。

そうは行かない。彼らの目の前でドアを閉めた。母も彼らとそっくりの、不安と不満がないまぜになった顔をしているのが見えた。

「わたしが運転するよ」ニールがいった。

ダニエルは後部座席に乗ろうとした。

「そうじゃないって」とニール。そこで助手席に座ったが、たちまち、近いのに遠い感じにそわそわし出した。

と、セオが車の前に現われた。「ただいま」というと、ダニエルに窓を開けろと合図した。「夕食に遅れちゃったかな？」

「いや、でもわたしは遅れる。署に行って、また聴取を受けることになった」

セオはビールとたばこのにおいを漂わせながらいった。「なんでいまさら？」

ニールが身を寄せてきた。「進展があったんです」

「ノーマン・ステイヴリーのこと？　パブでもその話でもちきりだった。彼がやったの？」

「ノーマンじゃない」とダニエル。「ほかの人だ」

「ダニエルじゃない？」

「あたりまえだろ」

「じゃあ、だれ？」

ニールが口をはさんだ。「すみませんが、もう行かないと」

だが、セオはどかなかった。「エッジーじゃない？」

ダニエルもニールも答えなかった。

セオは吹き出した。「なにいってるんだよ！　エッジーには無理だ」

今度はニールが不審な顔になった。

セオはいった。「あの手じゃあね」

電話が鳴った。こってりしたシェリーソースに浸ったキドニーを、静かに食していたダニエルが、受話器を取った。

「あたってた。彼がやったんじゃない」

「確定だね？」

「確定だ。指を伸ばすこともできない。剪定ばさみで刺し殺すなんてとても無理だ。でも、どうしていってくれなかった？」

エッジーの罪の告白のことを、話せるわけなどなかった。良心ではなくリウマチが原因で、殺人稼業をやめたことも。

34

「お集まりのみなさん。きょうここで、みなさんとともに亡きネッドに別れを告げる機会を与えられたこと、またこの暗く困難なときに、みなさんの牧者としてここに立たせていただけること、さらにまた、この世のいかなる闇をもってしても消すことのできない、キリストの光の中にわれわれは生きているのだと、いま一度お伝えできることを、たいへん光栄に思っております」

あのめちゃくちゃな一日、チャンプトンの跡継ぎと、ストウの主教と、ブラウンストンベリーの巡査部長が、次々と牧師館を訪れたあの日は、過去のものとなった。オードリーはあの日を、息子が殺人事件の聴取のために警察へ引っぱって行かれそうになった日、とは思わないことにした。あの不愉快な記憶はもはやおぼろだ。

いまはだれもが内陣に注目していた。そこに設置された主教座（実際は、ブラウンストンベリーの町役場から借りてきた古い椅子）に。

祭服と紫のストール姿のギャレスが、緊張の面持ちでその近くに立ち、さまざまな道具を手渡したり預かったりしていた。主教冠、主教杖、式文。いつもは着るものに比較的無頓着な主教だが、きょうはギャレスが強硬に主張して、ダニエルが結婚式で使うマントと、それに合う主教冠を着けさせた。主教冠は、前任の牧師の大おじがアークティック教区の主教として使っていたものだが、よほど頭が大きかったのだろう、詰め物をしないと借り手の頭には具合よくのらない。礼拝の大事な場面で脱げたり、かぶり直したりすることになりかねない、なかなかやっかいな代物だった。

司式を務める主教と、主教付司祭とで、聖職者席は少々きゅうくつだった。そこでダニエルは反対側の、ド・フローレス家の席の近くに座った。バーナードとヒューとアノリアとアレックス――バーナードの命令で、敬虔な一家として勢ぞろいした――は、アンソニーの葬送式のときとまったくおなじ服装だ。

主教と地主という敬意の対象二人と、さらには悲しみに打ち沈む遺族とで、だれを最優先とすべきかは、悩みどころだった。ベルグレイヴィア時代に執り行なった葬送式に、女王の名代《みょうだい》として有名でない王室メンバーが参列したときのことを思い出した。宮内長官からお達しのあった着席順がややこしく、遺族を最後から二番目、女王代理を最後とすれば不敬罪に問われるおそれはない、というものだった。ダニエルは通路を駆けずりまわって、王女の到着前に遺族を席に案内したが、いざご本人が登場すると素通りしてしまった。いとこにあたる別の王女と思いちがいをしていたのだ。玄関広間でにこやかにほほえむ王女には目もくれず、別の人物を探すという、冷や汗ものの失敗だった。

主教は予想どおり、牧師の役割を楽しんでいた。普段の任務より見栄えがするし、みなわかりやすく喜んでくれるからだ。事実、彼は聴衆に受けがよい。もともと目立ちたがりで、外交的だ。ディナーや仕事の相手には横柄と取られかねない資質も、教会や大聖堂や貴族院では、好意的に受け止められる。自信たっぷりの態度に、信者たちも嬉々として反応した。善意を胸によそから来たこの人が、アンソニーが死んで以来立ちこめていた不安を取り除いて、朗らかにしてくれる。遺体が見つかった長椅子には、きょうもキャスとドーラの姉妹が、いつもと変わらぬ配置、いつもと変わらぬ一張羅で、座っていた。

ネッドの故郷にも縁がある聖歌『輝く日を仰ぐとき』と、ラグビーの応援歌を思わせる『大御神をほめまつれ』を歌った。その後、後任の校長であるカトリーナ・ゴーシェが弔辞を読んだ。教育に終生注いだ情熱、学校への献身、引き継ぎの際のきめ細かい心配りを、称賛した。

「ネッドほど頼れる友はほかにいません。出しゃばることなく適切に助言し、時間も知識も惜しみなく与えてくれました。学校運営のことでも、戦争についての調べものでも、わたし個人に対しても。エルヴェのフランス人の親探しにも力を貸してくれて、感謝してもしきれません。彼が人生を捧げた〝損得抜きの知識の追求〟に、これからも努めていこうと、決意を新たにしています」そこでジェインと娘たちの方を向いた。「けれどそんなことよりなにより、彼は家庭を大切にしていました。ジェインとお嬢さんたちを心から愛していました。悲しみの中にあるご家族を思うと、胸が痛みます」

アンジェラが聖書朗読で、『コヘレトの言葉』を読んだ。「なにごとにも時があり、天の下のできごとにはすべて定められた時がある。生まれる時、死ぬ時……」

〝死ぬ〟と口にするときわずかに声が震えたが、立て直した。

「植える時、植えたものを抜く時、殺す時、癒す時……」

自分だったらこの箇所は選ばない、とダニエルは思った。生きるのも死ぬのも、すべて神の計画に従っているのだと、おなじ形で何度もくりかえす箇所。天寿をまっとうした九十歳のひいおばあさんならともかく、まだ若く、突然に、残酷に命を奪われた人には、ふさわしくない。だがそれでも、くりかえされる韻律は、耳に心地よかった。

「泣く時、笑う時、嘆く時、踊る時……」

神さま、どうかこの村に癒しが与えられますように。平穏と秩序を取り戻すことができますように。ネッドとアンソニーにも、チャンプトンやその村人に恐ろしい業を為した謎の人物にも、正義がもたらされますように。

朗読箇所の終わり近くなり、アンジェラの声がゆるやかになった。

「いまあることはすでにあったこと。これからあることもすでにあったこと。追いやられたものを、神はたずね求められる」

会衆席の最前列に戻り、ジェインの手を握った。

ダニエルは立ち上がった。祭壇の十字架に頭を下げ、主教に頭を下げてから、説教壇についた。集まった信者たちを見渡した。最前列のスウェイト母娘。最後列のシャーマン姉妹。家族席のド・フローレス一家。部外者に席を取られ、いつものグループで別の席に座っている、チャンプトンの村人たち。職務熱心なヴァンルー刑事。ウィリアムズ氏と、喪服姿で無表情な部下たち。

「先日、主教とお会いしました」ダニエルは話しはじめた。背後で主教の衣《きぬ》ずれが聞こえた。「このチャンプトンで過去数週間に起こったことについて、お話をしました。主教のお導きと本日のご臨席に、感謝を申し上げます」半ば振り返り、半ばこうべを垂れた。

「そのときわたしの心に留まったのは——そしてそれ以来心に留まっているのは——ものの見方についての主教のおことばです。明白だと思えることでも、ときには一歩下がって眺めるのが大事だと。ときには目の前のものに集中するあまり、全体図が見えなくなる。一歩下がり、大局を見て、没頭していることがらがどういう位置づけにあるのかを、考えなければならない」

みなは英国国教会信者にふさわしい態度で、説教者と静かに無関心に向き合いはじめた。

「つい数週間前、ここに集まって復活日を祝いましたね。キリストが死んだ聖金曜日の闇が、復活の光によって、夜が明けるようにきっぱりと払われたのでした。マグダラのマリアと弟子たちが、墓へ行ったものの遺

「ネッドは神の永遠の世へ迎えられたのだと、頭ではわかっています。アンソニーもそうだったし、わたしたちもみないずれはそうなると。けれど心では、なにごともなかったかのように、彼がここに戻ってきてくれることを願ってしまうのです。死後の命などと気休めをいわれたところで、姿を見ることも、声を聞くことも、会うこともできなくては、意味がないではありませんか」信者たちを見まわした。「それでも……それでも……」

口ごもった。いや、口を閉ざし、じっと見つめた。静寂。数秒がすぎ、うつむいていた人たちが目を上げた。静寂。静寂。葬儀屋の一人が、終わったと勘ちがいして棺を運び出そうと立ち上がった。静寂。二十秒、そして三十秒。うわの空だった人たちは、ネッドのために一分間の黙禱を、といわれたのに聞き逃したかと思い、もぞもぞと居ずまいを正した。あるいは二分間か？背後から衣ずれと、足音が聞こえた。

体を見つけられず、落胆しながら帰ったのとおなじように、わたしたちも、変わらないように見えてまったくの別物になってしまった世界を、受け入れようとしています」

葬儀屋の一人が腕時計を見た。

「死んだと思いこんでいたところに、思いがけず命が与えられる奇跡は、旧約聖書の中でも予言されています。出エジプトの際、イスラエルの民がメリバで疲れ、おののき、渇き、不平をこぼすと、モーセは枯れ果てたような岩を杖で打って、泉のように水を湧き出させ、みなそれを飲んだのです。

命が救われた話や、死後も命が続く話は、死の現実をまざまざと見せつけられているいまのわたしたちには、ひじょうにつらいものではありません」

ジェイン・スウェイトの目から涙がこぼれ落ちた。娘たちがその手をさらに強く握りしめた。アンジェラがこちらをにらんだ。

「ダニエル、だいじょうぶですか?」ギャレスがささやいた。

だが、ダニエルは聞いていなかった。アンソニーの葬送式の朝、小川のほとりでのあの一瞬を思い出していた。ハンノキの動きと、水の動きとが共鳴していたあの瞬間。この世とあの世の境界が薄膜ほどに狭まった、幻のようなあの瞬間。

「ダニエル、どうしました?」

いまもおなじだ。信者たちを見つめながら、深い意味をはじめて悟ったいまも。なぜ殺人事件が起こったかわかった。だれがそれを犯したのかわかった。目の前に座る集合体の中から、一つのくっきりとした姿を、ニール・ヴァンルー刑事の顔を、とらえた。

35

ボブ・エイチャーチが先導して主教が、続いてダニエルとギャレスが並び、それから棺、最後にジェインと娘たちが外へ出た。すぐさま主教が声をかけてきた。

「だいじょうぶか、ダニエル? さっきはどうした?」

「申し訳ありません。火葬の儀式はできそうにありません」

「ふむ、わたしも無理だな。ギャレスがやりなさい。ダニエル、座った方がいいんじゃないか?」

「いいえ、刑事と話をしなくては。母の後に出てきます」

オードリーは、厳粛な葬儀で許されるかぎりの速足で、スウェイト母娘を追い越して寄ってきた。ニール・ヴァンルーがその後に続く。

「ダニエル、どうしたの？　てんかん発作でも起こしてるのかと思った」

「てんかんじゃないよ。啓示だよ」

「とにかく、座ってなにか飲んだ方がいいわよ。お茶？　ウイスキー？」

「それより、話がある」ニールに向かっていった。「だろうと思った。静かな場所はある？」

「牧師館に行こう。あっちならだれも来ない。お母さん、主教をお願いできる？」

オードリーは目を細めた。「任せなさい。でも、バーナードにはなんていえばいいの？」

「できるだけ早くお邸に行くといっといて。それまでみんなを帰らせないように」

ジェインと娘たちも来た。「ダニエル、だいじょうぶですか？」

「ジェイン、申し訳ないんですが、火葬場へはごいっしょできなくなりました。主教付司祭がすべてやってくれます」

「もちろんいいんですけど、でも、お加減は？」

「じき治ります。お邸でお会いしましょう」

それ以上質問される前に、そして聖堂からどやどやと人が出てくる前に、ダニエルとニールはその場を離れ、遠回りして牧師館へ向かった。

台所で座った。犬たちがニールにじゃれついてきたが、いつになくすぐにおとなしくなった。ニールには、クロコダイル・ダンディーのような摩訶不思議な力でもあるんだろうか。

「ダン、ほんとうにだいじょうぶ？　たしかに飲み物があった方がよさそうだ」

「犯人がわかった。動機もわかった。大至急、ステラ・ハーパーの家に警官をやってほしい」

36

バーナードは談話室で、またしてもシャンペンとサンドイッチの提供にはげんでいた。ただ今回は、頭にあるのは大盤ぶるまいの費用よりも、気に食わない高位聖職者のこと。主教が自分を避けているのはもちろん、主役を横取りしているのも腹が立つ。いまはアレックスと会話中だ。アレックスは、主教の身を飾る付属品のうち、房のついた紫色のシルクの帯の手触りを確かめている。オードリー・クレメントが、ダニエルとニール・ヴァンルーが来るまでワインとサンドイッチを絶やさないよう頼んできたのも、いらだちの原因だった。シャーマン姉妹の姿が見えないので、ショーリーさんとアノリアが給仕をするしかない。ショーリーさんは、『レベッカ』の家政婦長、ダンヴァース夫人さながらの客あしらいだが、アノリアの方は案外楽しそうだ。認めたくはないが、娘が家政婦長といっしょに飲み物を配ってあるくことには、どこか抵抗感があった。守られるべき身分の差があやふやになってしまう。

アン・ドリンジャーも主教にへばりついている。早く終わってくれないと、領主の責任として一、二の微妙な問題について話を持ちかけるのが、どんどん先送りになってしまう。

ヒューはカトリーナ・ゴーシェ、エルヴェ・ゴーシェの夫婦と、複雑なルーツの話をしていた。カナダでは珍しいことではなく、人口の半分はフランス人や、スコットランド人や、先住民族や、それらの混血を先祖に持っている。開拓地ではなんでもありなのだ。

彼なりの礼服を着込んだネイサン・リヴァセッジは、山盛りにしたサンドイッチを食べながら、ニコラス・

メルドラムの質問にやましい表情を浮かべていた。コウモリの群れがどうなったか知らないか、ときかれたのだ。保護対象とされている迷惑なコウモリたちが、古い厩舎に住みついていたのだが、最近見かけないという。

ドット・スティヴリーとノーマン・スティヴリーもいた。思ったほどひどくもなかったノーマンの失態を、帳消しにしようとしている。ドットがオードリーにすり寄って、チャリティ・バザーの目玉として、いつもの手作りジャムやチャツネやマーマレードだけでなく、セオを提供してくれないかと頼んできたときには、オードリーは幻滅を隠そうと必死だった。「本人にいってみるわ。でも新しいドラマの撮影が始まると、むずかしいかもしれないわねえ」そして、それ以上追及されまいと急いでいった。「それにしても、果敢に立ち向かってらっしゃるわねえ」

「チャンプトン全員集合」バーナードは胸の内でつぶやいた。空気が一変したのは、ジェイン・スウェイトと娘たちが、火葬場から到着したときだ。ジェインは疲れた顔で、身がまえながら入ってきた。シャンパンが近くに来るや、ためらいもせずに一杯取った。アンジェラとジリアンは、かたや険しい顔で、かたや打ちひしがれた顔で、母親の両脇を固めていた。人々が寄ってきて口々に、おつらいでしょうとか、アンジェラの聖書朗読がすばらしかったとか、ほんとうに……

アンから後ずさって逃れた主教は、知らぬ間にバーナードの領域に踏みこんでいた。「主教、よくおいでくださいました！」主教が振り向いた。「少々お時間をいただけますか？」

「もちろんですよ、バーナード。わたしもちょうど、教会改修の秀逸な計画のことを……」

「計画なんざどうでもよろしい。わたしから申し上げたいのは……」主教の腕を取り、引っぱって行こうとした。

しかし、チャンプトンは全員集合していなかった。池のむこうから上がる細い煙を最初に見つけたのは、アレックスだった。

牧師館でパトカーを待っていたニールも、それに気づいた。

「あの煙はどこから？」

風はなく、煙はまっすぐに立ち上っていた。

「庭園からだな。カラマツの葉を燃やしているんじゃないかな。ニコラスが、池のまわりから撤去するといっていたから」

「あの煙はまずいやつだ」

ダニエルは眉間にしわを寄せた。まずい煙とまずくない煙って、どうちがうんだろう？　そこではっとした。

「浴場だ！」

その瞬間、パトカーが牧師館の前に入ってきた。回転灯もサイレンもなしで、砂利の上でブレーキをかけ、急停止した。

ニールが外へ飛び出した。台所では犬たちが吠え、ドアを引っかきはじめた。

ダニエルもニールを追いかけた。ニールが二人の制服警官に警察用語でなにやらいい、パトカーの屋根を手のひらでバンと叩くと、回転灯をつけて発進していった。

「ダニエル、浴場へ行かなきゃ――ランドローバーを借りていいか？」

鍵を取りに駆け戻った。犬たちは散歩の支度と思いこんで大騒ぎした。ニールはランドローバーのそばで待っていた。

「運転するよ」ときっぱりといわれ、鍵を渡した。数秒後にはタイヤをきしらせながら公道へ出て、庭園に向かっていた。

「消防車がもうすぐ来る。それから、ハーパーさんは読みどおりだった」

「いやだ、やめてくれ！」

「椅子に座って死んでいた。テレビはつけっぱなしで、カーテンは閉まっていた。だれも妙だと思わないのかな？」

「ここの風習なんだ。葬送式の日、霊柩車が通るときにはカーテンを引くんだ。弔意の表われだよ。死因は？」

「まだわからない。部屋着姿で、マグカップと、皿と、ケーキフォークがサイドテーブルにのってた。ケーキは台所の調理台にも」

「くるみのケーキ？」

「そうだ。どうしてわかった？」

「得意なんだ」

　いまや煙はもうもうと上がっていた。木立を抜けて池の方へ曲がると、煙だけでなく、浴場の窓から噴き出す真っ赤な炎も見えた。ごうごう、パチパチという音も聞こえた。炎は水面に映り、さらに遠花火《とおはなび》のように、対岸の邸の窓にも映っていた。別の明かりをひらめかせて、パトカーが到着した。邸のテラスに並ぶ小さな人影も、それを見守っている。さらに近づいていくと、池のほとりに二つの人影が見えた。制服警官だ。そして、彼らの肩にも届かない三人目も。

　ドーラ・シャーマンだとひと目でわかった。駆け寄ってきいた。「ドーラ、キャスはどこです？」

　ドーラは浴場を指さした。炎にすっかり包まれてほとんど見えず、池にまで届く熱気に、みなじりっと後ずさりした。「あの中なんです」

　すべてを焼き尽くす聖なる火が頭に浮かんだ。「主よ、あわれみたまえ……」思わず声を漏らした。

「葬送式の後、いなくなったんです。先生と刑事さんを見たんだと思います。説教の途中で、わかったんですね？」

「はい」

「だと思いました。たぶん、彼女もです。いつ気づかれるかと思ってたんです。なにでわかりました？」

「お二人がいつもの場所に、いつもの姿勢で座ってられるのを見たときです。頭を傾けて、両手をひざで組んで」

「日曜学校でそう教わったんです。でも、それでどうしてわかるんですか？」

「壁画で見たからです。まったくおなじように、おなじ姿勢で座っている人物が描かれていたんです。毎週、教会の最後列でそうやって座ってらしたでしょう。それが壁画にもありました。お二人のどちらかだと気づいたんですが、ドーラは戦時中、ノーフォークに行っていたとおっしゃったでしょう。キャスは残ったと。それではっきりしたんです」

「なにがはっきりしたんだ？」ニールがたずねた。

「キャスの身に起きたことが。でも、ドーラはご存じだったんですか？」

「もちろん知ってましたよ」

「いいえ、キャスがしたことをです」

ドーラは黙りこんだ。「知っていたことがなかったわけじゃありません」ニールをちらりと見た。「いまはそれ以上いえません」

すさまじい音とともに、浴場の屋根が焼け落ちた。火の粉が煙たい空気の中を舞い上がった。真っ赤に焼けた木材が池に飛び散り、ジュッと蒸気を上げた。

対岸の邸のテラスでは、アレックス・ド・フローレスが『神々の黄昏』の幕切れを思い浮かべていた。炎に包まれたヴァルハラ城が、ライン川に沈んでいく場面。「すばらしいな……」とつぶやいたが、聞いていたのはアノリアだけだった。

37

バーナードが酒を注いだ。ダニエルとニール、アレックスとヒューとアノリア、オードリーとセオが、図書室に座っていた。窓からは、池の対岸で消防車が浴場の燃え残りに池の水をかけているのが見えた。現場からはすでに遺体が収容されていた。小柄な女性らしかった。

ダニエルとニールは、かすかな煙のにおいをまとって邸に到着した。たき火をした翌日の洋服のように。それを嗅いだとたん、みなしんみりとした。

オードリー以外は。「キャス・シャーマンだったなんて！」と叫んだ。「あんな小柄で、あんな歳なのに——まるで小鳥じゃないの——なのに、倍も大きい男性を、刺したり殴ったり、どうしてできたの？」

「やり方を心得ていたから」バーナードがいった。

「ですね」ダニエルもいった。「きっとそうでしょう。戦時中、ここはただの療養所ではなかったんですよね」

「そうだ」とバーナード。「SOEの訓練所だった」

「SOE？」アノリアが首をかしげた。

「特殊作戦執行部《SOE》だよ。フランスの敵陣深くに落下傘降下して、レジスタンスとともに闘うため訓練を受けた男たち——そして女たちだ。おそらくここで、フランス的な空気に慣れる意味合いもあったんだろう。フランスの諜報部将校も来たんだよ。あの芸術家もそうだったんだな。キャス・シャーマンはそのころ、給仕係だか、厨房の手伝いだかで、邸の管理のためフランス人が来てもここに残っていた。それで、そういうことになったんだろう」

「恋に落ちたのね！」とオードリー。「皿洗いメイドと、りゅうとしたフランス人将校が」

「恋だったんだろうな。戦争やら、配置換えやらの混沌の中で、皿洗いメイドが――どうも皿洗いメイドではなかった気がするが、まあ置いておいて――一線を越えたんだろう。いや、身分がちがうとかいっているんじゃない。その当時でもそんな区別はなくなっていた。不適切な関係だとか、適切だとかいう区別も――世界がひっくり返っているときに、なんの意味がある？　区別といったら軍人と文民だけだが、フランス人、ことにアレックスみたいな芸術家肌の連中は、わたしたちとちがって気にかけなかった」

アノリアはけげんな顔をした。「キャス・シャーマンがSOEの一員だったってこと？」

「まさか。いや、でも、そうだったのかな？」

オードリーが口を開いた。「いまとなっては、どちらでもおなじこと。彼女は頭がよかったし、機転も利いた――ただのメイドだと思ってらしたから、気づかなかったんじゃありません？　きっとみんなそうだったんだわ。時代遅れの村のちっぽけな家に住む、未婚の老姉妹としか見てなかった。でも戦争では、だれにも注目されていなかった女性が大勢、すごいことをやってのけたんですよ」

「それに邸では」バーナードも続けた。「兵士たちが男女を問わず絆を育んでいた。キャスもそこへ仲間入りしたのか」

「ただの女性兵士じゃないんだろ」とアレックス。「殺しの技術を叩きこまれたなんて、かっこいいな」

「そのときには恋をしていたんだろう」

「彼もでしょうね」ダニエルはいった。「だからこそ、浴場の壁画に彼女を描いたんです」

「どれが彼女だったんだ？」

「恋人たちの片方です」

「あれがキャス・シャーマン？」

「そうです。わたしも最初はわからなかった。キャスが画家のモデルになるなんて、やはり思いもしなかったんです。彼が見ていたものが、わたしには見えていなかった」

「それがきょうのテーマだね」とアノリア。

ダニエルは続けた。「ともかく——戦乱のさなか、世界が揺らぎ不安に満ちているときに、恋が生まれたんです」

「だが彼女の恋人の芸術家は」バーナードが引き取った。「庭園で飛行機事故に巻きこまれた。彼女も知らせを受けただろう。ひょっとして目撃していたかな？わたしはここにいなかったんだよ。亡くなったと聞いてとても気の毒に思ったが、犠牲者は彼だけじゃなかったからね。いつまでも引きずるわけにはいかなかった。記憶が薄れるに任せた」

「でも彼は、壁画に記録を残していたんです。ほとんど見る人もいない浴場の壁に。わたしは、一歩下がって、凝視するのをやめて初めて、彼女を見つけたんです。彼女の姿形、彼女の姿勢を。教会でいつもあんなふうに座っているんです、頭をまさにあんなふうに傾けて。それに気づけたのは、説教をしっかり聞いている人が、彼女のほかにほとんどいないからです」

みな恥じ入った様子になったが、バーナードだけは知らん顔だった。

「それで、キャスがフランス人と関係を持ったとわかったわけだ。深い関係を」

「それに子どもも」とニール。

バーナードはうなずいた。「うん、ありうるな。そういえば彼女はラドナムに来たな。たしか一九四三年あたりだ。ドーラはおふくろにつき従って先に来ていたから、キャスのめんどうを見てやっていた」

「そこで出産したんですね？」

「おそらく。当時は、おやじと牧師とでそういう手配をしていた。未婚で身ごもった使用人は、ノーフォークか、あるいはアーガイルに行かされて、こっそり出産し、生まれた子は取り上げられた」

オードリーがうなずいた。「その後ここへ戻ってきたのね。みんな察していただろうけど、なにもいわない。彼女も、亡くした恋人を想いながらもなにもいえず、会えない子どもを想いながらもなにもいえない。だから二人の思い出を心の奥深くにしまいこんで、ふたをしたんだわ。せつないわねえ」

「ドルベン司祭から聞いた話では――」ダニエルはいいかけたが、ニールがさえぎった。

「エルヴェ・ゴーシェか？」

「だろうね。実はすぐ近くにいたんだ。でも、キャスが母親だとは知らないだろう」

「母親だった」アノリアが訂正した。「でもこれだけじゃ、彼女がアンソニーとネッドを殺した理由は説明がつかない」

ダニエルはまた話し出した。「それもわかった気がするんです。キャスとドーラは、いつもどこに座っていたでしょうか？」

「左側のいちばん後ろ」オードリーが答えた。

「いちばん後ろ。なぜでしょう？」

「チャンプトンではなんでも後ろから埋まるから」とアレックス。

ダニエルは首を振った。「だれにも見られないからです」

「なにを？」

「泣いているのを。つんけんして、涙などけっして見せず、世間をしらっと見つめているキャスが、です。悲しみをだれかに打ち明けたり、気取られたりできるわけがないでしょう？　だから最後列に座っていた。そこが彼女の定位置になった。岩から湧き出る泉のような涙を、見ていいのはドーラだけ」

「それをなにかが狂わせたと？」バーナードがきいた。

「わたしのことばです。聖堂の改修を提案したことです。最後列の席、彼女の席を、撤去すると。彼女は多くのものを失った。残されたわずかなものを、教会の居場所を、一人で悲しみに浸れる場所を、失うなどと考えただけで、耐えられなかったんです。それだけは許せないと思ったとき、彼女のなかでなにかが崩壊したんでしょう。考えが及びませんでした」

オードリーがまた問うた。「でも、どうしてアンソニーを殺すの？　聖堂の最後列で彼が祈ってたから——彼女の場所を取ったからなの？」

「祈っていたんじゃないんだ」

「クッションを出してひざまずいていたのに？　なにをしていたの？」

「長椅子を撤去できない可能性、覚えてる？　だれかがいったように中世の作品だったら、撤去はひじょうにむずかしくなる。でもこの前、バーナードの書斎でアンソニーの書類を見ていたら——ニールが返却したやつだよ——一八八〇年代の木工所の台帳があったんです。教会の家具を新調したと書いてありました。教会に納める木工家具といったら——おそらく——長椅子しかない。一八八〇年代のお邸の木工職人が作ったなら、印を残しているはずです。アンソニーはそれを探していたんです。ほんとうにヴィクトリア時代の作品なのかどうか、確かめるために。さすがしっかりした教会委員ですよ。もし印が見つかったら、撤去できる。そしてキャスは居場所を失う」

オードリーはまだ納得できない顔だ。「でも、なにをやってるのかなんて、キャスにわかる？」

「あの日は一般公開日だった。アンソニーは古い厨房のそばの仕事場にいた。キャスとドーラは厨房と屋根裏を行き来しながら、見学者に使用人の暮らしを説明していた。階段の上り下りに不平をいってたのを覚えてます。アレックスが来て、アンソニーは仕事場を出た。机の上に、木工所の帳簿を開いたままで。キャスはそれを目にして、意味するところを悟ったんでしょう。それで、教会へ行って長椅子を調べた。アンソニ

ーもおなじことをした。見つけたものを公表させては
ならないと思ったんでしょうね」
「それで殺したのね。んまあ！」
「そう。剪定ばさみを手に取った——理想的な凶器と
はいえませんけどね。でも、殺し方はわきまえていま
したから。彼の頭をのけぞらせて、頸動脈に刃先を突
き立てた。あっという間に意識を失ったはずです。そ
れからだれにも見られずに家に帰った。気づいたとし
たら、ドーラだけ」
「ネッドは？」
「ネッドに過去を知られたと思ったんです。カトリー
ナ・ゴーシェが来年、学校で開く第二次世界大戦記念
行事の準備を、ネッドは手伝っていました。戦時中の
チャンプトンの様子を再現するんです。ネッドは、当
時ここにいた人たちに取材して、自由フランス軍のこ
となんかをきいていました。ギルバート・ドレイジを
訪ねていって、庭仕事かなにかをしているところを捕
まえたんでしょう。ギルバートは自由フランス軍を容
赦なくこき下ろした——守銭奴とか、人殺しとか、強
姦魔とか。それを、となりの家の窓際で、キャス・シ
ャーマンが見ていたんだと思います。ギルバートが、
不用意に自分の秘密を漏らしてしまったかもしれない
と考えたら……耐えられなかった」
「一人殺したんだから、もう一人と思っちゃったのね
え」オードリーはつぶやいた。
「うん、ネッドはそういうことだと思う。それと、あ
の壁画です。ネッドはあれに魅了されて、いつものよ
うに記録写真を撮らなくてはと思った。彼が浴場へ行
くのを見て尾けていったのか、浴場で待ち伏せていた
のか。ちなみに、浴場にたびたび行っていたのは、彼
女だと思います。浮浪者だったら、もっと散らかし放
題にしますよ。で、そのとき手に取ったのが、あの…
…ネイサンはなに錨といってたっけ？」
「四つ爪錨」

「それを持ってネッドに背後から近づき、殴りつけ、池に彼の体を投げこんだ」

「でもさ、血がついたはずだろ?」とアレックス。「頸動脈を突き刺すなんて、ぜったい血まみれだよね?」

「アンソニーの背後に立ってましたからね。血は前に向かって噴き出した。ネッドのときは、現場は浴場ですから、洗い落とせたでしょう。それに、いつも黒っぽいコートと帽子でしたから、血がついても目立たなかったはずです。だれにも会わず、注意も向けられなかったでしょうし」

「一件の殺人で、ダムが決壊することがあるんですよ」ニールがいった。「それで二件、三件と続く」

「二件で終わってよかった」アノリアがつぶやいた。

「二件だけではないんです」ダニエルは告げた。「残念ながら、ステラ・ハーパーが自宅で亡くなっているのが見つかりました」

驚きの声が部屋じゅうにこだました。「なんで葬送式に来ないのかしらと思ってたのよ」オードリーがいった。

ニールが牽制した。「現時点ではなにもお話しできませんので」

「長椅子か!」セオが大声を上げた。「長椅子だ。シャーマンさんちに行ったとき、ステラは長椅子を守るのをあきらめたと、ドーラが話してたんだ。キャスは愕然としたようだった。ちょっと不思議に感じたんだよね。でも、そういうことか。ステラは長椅子擁護のリーダーだったのに、降りてしまった」

「なにがあったんだろう?」ダニエルは考えこんだ。「ステラが自分から降参するなんて……」そこで気づいた。「お母さんなの?」

オードリーは背すじをしゃんと伸ばした。「彼女と話はしたわよ。わたしの考えを説明したの。理性の勝利ってこと」

「それだけで殺す気になる?」アノリアはいぶかった。「裏切りと見なしたんだ」バーナードは述べた。「がまんならなくなったんだろう。もともと寛大なたちではなかったし」

オードリーがつぶやいた。「くるみのケーキ」

「くるみのケーキ?」

「きのう、パブへ行った帰りに――」みなを見まわした。「――キドニーを煮込むシェリー酒を買いに行ったのよ――主教にお出ししたらなくなっちゃったから――で、その帰りに、キャスをステラの家の玄関で見たの。ケーキの器を持って。ステラはキャスのくるみのケーキが大好きだったのよね。あれだったの?」

「申し上げたように、いまはなにも――」

「でも、キャスに毒物の知識なんてあったのかな?」セオがたずねた。

「父親が猟場番人だったからね」バーナードがいった。「ヒ素やストリキニーネや、いろんな薬品を扱っていた。エッジーの小屋にも多少はあるだろう」

「それに、戦時中はここに実験室もあったんですよね」とダニエル。「まさか、重曹や硫酸銅の実験をしていただけじゃないでしょう。ただ、戦後にすべて処分したんじゃないんですか?」

「いや、わたしたちが帰ってきたら、夜逃げのような状態になっていた。なにもかもほったらかして出ていったんだ」バーナードは説明した。

アレックスがうなずいた。「試験管だのコンデンサーだの、あやしい物質の入ったびんだのが、納屋にいっぱいあったな。制作活動にだいぶ使わせてもらったよ」

「必死だったんだね」アノリアはいった。「古傷や、秘密や、恥辱が、全部発覚しそうになって。息子の存在も。どうしよう、エルヴェが知ったら、どう思うだろう?」

「わかりません。それも、彼女が幕引きを決めた理由なのかもしれませんね。自分の素性や、自分のしたことをエルヴェが知ったら、合わせる顔がないと」

38

イギリス垂直様式の花のごとき傑作、チャンプトン聖マリア教会は、花祭りの週末を迎え、いっそう華々しい姿になっていた。

花祭りの開催については、侃々諤々《かんかんがくがく》の議論があった。アン・ドリンジャーは、ステラ・ハーパーへの弔意から、中止を主張した。「彼女抜きでは、しみったれた花祭りしかできませんもの」と。四人もの住民を亡くしたばかりのこの村に、お祭りの空気はそぐわない、と考えるものもいた。黒焦げの柱とすすまみれのしっくい飾りだけになった浴場から回収されたのは、やはりキャス・シャーマンの遺体だったのだ。

けれどもオードリーの発言が、みなの心をがっちりととらえた。自然界でも、信仰の世界でも、生命の歩みは止まらない。どれほど打ちのめされていても、緑の新芽はまた萌え出て、それとともに新たな希望も生まれる。「わたしたちへの約束なんですわ！」

「いいぞいいぞ！」ノーマン・スティヴリーが野次を飛ばした。評判には傷がつき、成功の要因は生まれでも人徳でもないと知れ渡ってしまったが、思ってもみなかったほどさっぱりした気分だ。人生についても、結婚生活についても。ドットがにっこりした。

マーガレット・ポーティアスが、ご意見番としてステラの抜けた穴を埋めるべく、異議を唱えた。せめてテーマはもう少ししっとりしたものに変更したらどうか。たとえば〝追憶〟と題して、ローズマリーやユリを使って偲ぶとか。しかしオードリーはきっぱりと反論した。事件が起こる前に決まっていた〝遥かなる空〟というテーマこそ、二度とは戻れぬ世界へと旅立っていったものたちにふさわしい。

緑の新芽は、それほど目立っていなかった。むしろ、派手な色が競演する作品が多く、あちらこちらで爆発が起こっているようだった。満天ならぬ〈満点の星〉というブレインズさんの作品名に、高揚感がよく表われていた。

『はてしも知られぬ』宇宙をめざす作品も多かったが、アレックスとアノリアのがいちばんふるっていた。いくつものまん丸いオアシスに花を刺して天体を表現し、釣り竿と釣り糸を使って頭上に吊るすと、公転軌道のように回してみせたのだ。オアシスに水を足すたびに、見学者の頭にぽたぽた垂れるのが難点だった。

それでも地球は回っている、とダニエルはひとりごちた。だがチャンプトンは回らなくなりかけた。エッジーとネイサンがある晩突然にチャンプトンから姿を消し、花祭りの展示に必要な力仕事の担い手が足りなくなったのだ。兄とちがって実はかなり器用なセオが、力を貸してくれた。そして、初恋に破れたアレックスが自暴自棄になったときも、セオが力になってくれた。ダニエルはこの件では、いまも自分を責めていた。ネイサンとアレックスの関係を正しく理解しなかったことも、そしてそれゆえに、深く傷ついたアレックスをなぐさめ、癒し、はげますのに、弟に頼らざるをえないことも。セオにとっては、聖職者の役割や信者とのかかわりの、いい基礎学習になっただろう。『牧師と医師と』とかなんとかいうドラマで生かせそうだ。

それでも地球は回っている。ダニエルはオルガンの椅子から教会内部を眺めた。かつてはここで、演奏者たちが信者に向けて調子はずれなアンサンブルを奏でていたという。いまはオルガンが、小ぎれいなパイプを見せて据えられている。演奏台に並んだ三段の手鍵盤で、ダニエルは先ほどから十八世紀イギリスの、楽器にも弾き手にも合うやさしい曲を弾いていた。ところどころで、思いつくかぎりの花の歌をはさみこんで、自己満足に浸った。『スイカズラと蜂さん』や、『ブルー・レディに紅いバラ』、それから、オペラ『ラクメ』の『花の二重唱』を弾いたときには、ブリティッシュ・エアウェイズのコマーシャルでみな知っていたので、さざめくような反応があった。

ド・フローレス一族の墓所の門は開いており、アンソニーとネッド双方の遺志を引き継いだマーガレット・ポーティアスが、ここに眠る人々の経歴を説明している。名誉革命の重要性ではなく家族の思い出話を語って聞かせるような、甘くやさしい口調で。いまのこの時代、バーナードの代に落ちる、暗く細い影については、どのような物語が伝わっていくのだろう？　だが、当代のド・フローレス卿は、子孫の評価など気にしない。目下頭を悩ましているのは、損害鑑定人や建物保険のこと。浴場の焼失という災いを、どうにかして福に転じることはできないかと、いまも図書室でニコラス・メルドラムと相談している。

ジェイン・スウェイトは、アンジェラ、ジリアンといっしょに現われた。否応なく始まった苛酷な一人暮らしに慣れるまでのあいだ、娘たちが交替で週末に泊まりに来ることにした。ゴーシェ一家も目に入った。〈宇宙探査〉という題の学校からの出品を眺めている。ドーラ・シャーマンもいっしょだ。妹の悲劇的な死と、彼女が犯した恐ろしい行為が明らかになって以来、初めて人前に出てきた。これほどセンセーショナルな結末でなかったら、エルヴェと、存在すら知らなかったおばの感動的な再会は、トップニュースになっていただろう。

ダニエルは顔をくもらせた。スウェイト母娘とドーラがおなじ会場にいる。ドーラがキャスの犯罪についてどこまで察していたのかは、知る由もない。だがアンジェラは、ドーラがこうして公の場所に、さも裁きはすんで平穏な日常が戻ったかのように姿を現わしたら、がまんならないだろう。そうこうするうちに、スウェイト母娘が展示の列の端を回り、ゴーシェ一家とドーラも反対の端を回って、いきなり正面から行き合った。ほかに気づいた人はいるだろうか。ゆるやかに進み、止まり、また進み出す人の流れの中で、被害者の娘と加害者の姉の邂逅は、目立たなかった。

この場所の見通しのよさが、絶妙なものに思えた。一段高く、一歩下がった立場にいるからこそ、人々の動きがよく見える。ニール・ヴァンルーもおなじような立場だった。ちがう角度、ちがう高さから見ることで、近すぎては見えないパターンを読み解いたのだ。事件が解決し、二人の仕事上の関係が切れた後のある午後、ニールが教会をじっくり見たいと訪ねてきた。思っていたよりも教会建築にくわしく、棚や小部屋の呼び名もちゃんと知っていた。見学は長引き、話も長引き、夕暮れが迫るころに二人で鐘楼に上ると、牧師館やそのむこうの邸を眺めた。傾いた陽の光の中で、古い村の図が浮かび上がった。ド・フローレス家の始まりよりもっと前、中世の時代に耕された畑や、寄り集まる影絵のような家々が。

と、アンジェラがドーラに向かってうなずいた。ドーラもうなずき返した。ゴーシェ家の一行が右へよけ、スウェイト母娘が反対へよけた。そしてすれちがい、それぞれがまた人の流れに溶けこんでいった。ダニエルはオルガンに向き直った。ストップレバーを一つ引き出し、一つ押しこむと、モーリス・グリーンによる晴れやかな奏楽曲を弾きはじめた。その途中に巧みに挿入したのは、『カルメン』の『花の歌』だった。

謝辞

アラン・サムソン、フェデリコ・アンドーニノ、ルシンダ・マクニール、ヴァージニア・ウルステンクロフトはじめ、オライオン出版のみなさんに感謝します。

ティム・ベイツとPFDのみなさん

マーガレット・サッチャー追悼昼食会のみなさん

ハイアム大聖堂参事会のみなさん

マイケル・トンプソン司祭

ロビン・ウォード博士兼参事会員

スペンサー伯爵夫妻

スー・ブラック教授兼女男爵

フランク・サーモン博士

アンディ・コールズ議員

有能なバクスター

……そして、牧師に話しかけてくださるすべての方に。

解説

書評家　大矢博子

「だけど、二週間で殺人が二件もですよ。イギリスのいなかの村にしては多すぎでしょ、セント・メアリ・ミードでもかなわないわ」

という登場人物のセリフに思わず笑ってしまった。「セント・メアリ・ミード」とはアガサ・クリスティーが生んだおばあちゃん探偵、ミス・マープルの暮らす村の名前である。それが何の説明もなく会話に登場するあたりが、このミステリの持つ雰囲気を明確に伝えているのだ。つまりこれは田舎の小さなコミュニティで繰り広げられる、伝統的な様式のコージーミステリですよ、と。

ということで、リチャード・コールズによるダニエル・クレメント・シリーズ第一弾、『殺人は夕礼拝の前に』を紹介する。

物語の語り手は、チャンプトンの村の聖マリア教会で司祭を務めるダニエル・クレメント。教会は五百年前に建てられ、建築的価値が高い一方でさまざまな不便もある。特に困るのがトイレがないことだ。そのためダニエルはトイレの設置を訴えるが、村の一部から猛反発を受ける。さらに反対派の急先鋒《きゅうせんぽう》であるステラは教会の花係で、より多くの花を飾るための教会改修を提案してきた。トイレを作らせないためなのは明らかだ。そのステラが助手のアンと一緒に夜に教会に入り込んで、何やらあやしい動きをしていたのをダニエルは目撃しており……。

というふうに導入部を紹介すると、このステラが殺されるのではと予想する読者も多いだろう。しかし、さにあらず、しばらく経ったある日、教会で剪定鋏で喉を裂かれるという無惨な死体で発見されたのは、特に目立つところのない人畜無害な人物だった。いったいなぜこの人物が？　というところから物語が動き出す。

トイレというあまりに身近な問題で分裂する村人。古くからの地主でカントリーハウスに暮らす地元の名士一家。人々はゴシップに興味津々で、特に張り切っているのがダニエルの母親、オードリーだ。女たちの噂話は雑貨店が併設された郵便局で、男たちのはパブで広められる。だがその一方で、暴かれたくない秘密を抱え、戦々恐々とする村人も多い。

ダニエルと母が暮らす牧師館を中心に進む物語は、その設定も道具立ても人物配置も、クリスティーの世界観を彷彿とさせる。オードリーが警察からあの手この手で情報を聞き出そうとするところなど、クリスティー作品によく登場する元気な老婦人そのままだ。

実はこの物語、舞台は一九八八年なのだが、戦間期の話だと言われてもまったく違和感がない。途中にゴルフGTIの新型車やテレビの話が出てきて初めて「え、これいつの話？」と戸惑ったくらいだ。その後、「チャレンジャー号の爆発事故」「本物の携帯電話は見たことがない」といった文言を見て、ようやく八〇年代後半だと腑に落ち、ユーロビジョン・ソング・コンテストにスイス代表として出たセリーヌ・ディオンが優勝というくだりで一九八八年だとわかったのである。それらに違和感を覚えてしまうほど、古式床しいイギリス田園地帯のコージーの様式に則っているのだ。

だったらいっそ、戦間期の話にすればいいのに——と思った。しかしそれは大きな間違いであったことに気付かされる。こうしてちらちらと、ともすればノイズとも思えるような現代性を入れてくるのも意味がある。戦間期でも、そして現代でもない、一九八〇年代後半ということが、本書ではとても大切な要素なのだ。

なぜならこれは、時の流れが生み出す変化の物語だから。

物語の序盤、まだ事件が起きる前に、村の邸宅、チャンプトン・ハウスの一般公開の場面がある。

年二回、屋敷とお宝が一般公開され、一族のみならず近隣住民もボランティアとしてこのイベントに協力することになる。これはチャンプトン・ハウスの持ち主であり村の地主でもあるド・フローレス家が相続税軽減のために内国歳入庁と結んだ取り決めだ。

戦後にイギリスの植民地が次々と独立し、若い頃は植民地に出向して戻ってからは領地のカントリーハウスで悠々自適という、それまでの上流階級のライフスタイルが完全に崩れた。若い労働力はお屋敷に住み込みで働くのではなく、都市部で勤め人になる道を選んだ。多くの上流階級は屋敷を維持できず、手放したり、学校やホテルに提供したりという道を選ぶ。

そんな中で邸宅を維持するためのひとつの方策が、この一般公開だ。作中の言葉を借りれば「二度の大戦と、労働党の台頭を経て、ほんの一握りの特権階級は鳴りをひそめた。／けれども、それがむしろ興味を引いた――フィクションとして、理想化され、再生産されて、〝伝統〟という商品価値を得たのだ」。ナショナルトラストなどの公的機関に所有が移ったものも多いが、現在でも、比較的小規模なカントリーハウスは貴族やジェントリの子孫が所有し、維持費捻出のために一定期間、一般開放されることが多い。

その様子が綴られる7章はとても興味深い。そこで暮らしている人がいる一方で、歴史を見学しにくる人がいる。テレビドラマで見た「使用人の住まい」を見たがったり、王様が使ったかもしれないトイレに興味を持ったり。案内人は現実よりも、見学者が望む設定に寄せたプレゼンを行う。正確な記録もあるし当時の記憶を持つ者もいるというのに。これは実に八〇年代らしい場面と言っていい。

これはただ時代を表すためだけのエピソードではない。このあとに起きる殺人事件の伏線が仕込まれているのはもちろんだが、この章に込められた最も大きな意味は「どれだけ変わったように見えても、過去と現在はつながっている」というメッセージだ。たとえ訪問客がその場所を「ドラマに出てくるようなお屋敷」としか認識していなくても、そこには先祖代々暮らしてきた一族がいて、土地の中で育んだ歴史があり、それを受け継いだ人々が今も暮らしているのである。

八〇年代というのは、戦争を体験した世代がまだ多くいた時代である。と同時に、このすぐあとにベルリンの壁崩壊などの東欧革命が起きるという時代でもある。激しすぎる変化の中で、過去に囚われた人々のジレンマがこの物語には詰まっている。アルコール依存症や同性愛者（これも八〇年代後半ならではのエピソードだ）に向けられる目を作中で確認していただきたい。過去から逃げてきた人が懸命に過去を隠す姿をご覧いただきたい。教会にトイレは要らないという主張は、今を変えたくないという思いだ。けれど「今」は変わっていく。過去から逃れられない人々はいったいどうすればいいのだろう。

これぞコージー、というユーモラスで穏やかに幕を開けたこの物語は、思いがけず重いメッセージを投げかけて終わるのである。

著者のリチャード・コールズは一九六二年生まれ。ラジオのパーソナリティやミュージシャンとして人気を博すとともに、二〇〇五年からはイングランド国教会の牧師として活動している。また、ゲイであることを公表しており、二〇一九年にはパートナーを亡くすという悲しい体験をしている。それら公私両方の経験は複数の自伝やノンフィクションにまとめられているが、本書は初めてのフィクションだ。

インタビューによれば、子供の頃に祖父にシャーロック・ホームズの短篇集をプレゼントされて以来のミステリファンで、好きな作家としてクリスティーの他に、マージェリー・アリンガム、ドロシイ・セイヤーズ、ナイオ・マーシュ、P・D・ジェイムズの名を挙げている。P・D・ジェイムズ以外は戦間期にデビューし、当時英国女性推理作家のビッグ4と呼ばれたメンツだ。ユーモアと生活感、キャラクターの魅力、そして本格ミステリとしての構造など、本書を読めばなるほどと思うラインナップである。彼女たちの世界観をより現代に近いところに植え替えるのがコールズの手法と言えそうだ。

本国ではすでに本書に続くシリーズ第二弾 *A Death in the Parish*、第三弾 *Murder at the Monastery*

が刊行されている。第二弾では本書の事件から数ヵ月後、またも分断される村人たちの事件にダニエルが巻き込まれるらしい。さらには母のオードリーも何かをしでかしているようで……という物語で、こちらも刊行されるや否や高い評価を得ている。

板挟みがお家芸になりそうなダニエル、好奇心と策略が同居するオードリー、そして今回は紹介し損ねたが弟で俳優をやっているセオや、意外とお手柄な二匹のダックスフンド、コズモとヒルダらにまた会える日が楽しみだ。もちろんチャンプトンの住人たちにも。今から第二弾の訳出が待ち遠しい。

HAYAKAWA POCKET MYSTERY BOOKS No. 2007

西《にし》 谷《たに》 か お り

東京外国語大学外国語学部卒,
英米文学翻訳家
訳書
『暗殺者たちに口紅を』ディアナ・レイバーン

この本の型は、縦18.4センチ、横10.6センチのポケット・ブック判です。

〔殺人《さつじん》は夕礼拝《ゆうれいはい》の前《まえ》に〕

2024年9月10日印刷　　2024年9月15日発行

著　者　リチャード・コールズ
訳　者　西谷かおり
発行者　早川　浩
印刷所　星野精版印刷株式会社
表紙印刷　株式会社文化カラー印刷
製本所　株式会社明光社

発行所　株式会社　早川書房
東京都千代田区神田多町2-2
電話　03-3252-3111
振替　00160-3-47799
https://www.hayakawa-online.co.jp

（乱丁・落丁本は小社制作部宛お送り下さい
送料小社負担にてお取りかえいたします）

ISBN978-4-15-002007-1 C0297
Printed and bound in Japan